文春文庫

迷路の始まり

ラストライン3

堂場瞬一

文藝春秋

目次

迷路の始まり

ラストライン3

第一章　通り魔

1

羽田空港国際線ターミナルは単なる空港施設ではなく、さながらテーマパークのようだ。利用者を引きつけ、金を落とさせる——その象徴たる場所が「江戸小路」である。多種多様な飲食店の他に、いかにも日本っぽさを感じさせる土産物屋などが建ち並んでいて、ついつい覗いてしまう。扇子や人形、あぶら取り紙が、本当に日本土産として喜ばれるかどうか……外国人の知り合いがいない岩倉剛《いわくらごう》には見当がつかなかったが。

その一角にあるカフェで、赤沢実里《あかざわみのり》はリラックスした様子でカフェラテを飲んでいる。荷物は、隣の椅子に置いた大きなトートバッグのみ。昨夜十一時までかかって荷造りしたスーツケース二つは、既に預けた。あとは出国手続きを終えて、出発ゲートへ向かうのみ。セキュリティは混んでいない様子だったので、二人は別れの前の一時を共に過ごしていた。

「ご機嫌だね」岩倉はつい訊ねた。

「そう？　眠いわよ」穏やかな笑みを浮かべて実里が言った。

「羽田からの便が取れたんだから、いいじゃないか」

実里も岩倉も、羽田空港にほど近い蒲田に住んでいる。成田便を使う選択肢はなかった。

「ガンさんは、元気ないわね」

「それこそ眠いから」岩倉は両手で顔を擦《こす》り、コーヒーを一口飲んだ。本当は、眠いことなど何でもない。現在の状況が心に影を落としているのだ。何しろニューヨーク行き……もしかしたら彼女は、大きな夢を実現するかもしれない。

「オーディションが三ヶ月後か」岩倉はスマートフォンを取り出し、カレンダーを確認した。

「そうね」

「こんなに早く行く意味はあるのか？」

「いろいろ準備があるのよ。レッスンも受ける予定だし、いい機会だから、向こうでたくさん舞台も観たいし」

「英語の舞台も参考になるのか？」

「ガンさん」実里が急に真顔になった。「寂しいの？」

「……まあな」認めざるを得なかった。警視庁本部から南大田署に異動してきて二年と少し、ずっと彼女との半同棲のような暮らしが続いている。岩倉にとっては心地好い日々で、それがわずか三ヶ月とはいえ崩れてしまうのはきつい。もしもオーディションに合格すれば、さらに長く離れることになる。

「そもそもオーディション、受かると思う？」実里が両手で胸を押さえた。

「事務所がきちんと根回ししてるんじゃないか？」

「アメリカでは、そういうのは通用しないわよ」実里が軽く笑った。

「そうなのか？」

「ガンさん、芸能界の情報には疎《うと》いわね」

「そりゃそうだ」岩倉はうなずいて認めた。「ましてやアメリカの話となると、さっぱりだよ——しかし君も、勇気があるね」

「そうかなあ」実里が、後ろで一本に縛った髪を右手で軽くしごいた。「そんなに大変な話じゃないけど」

「俺にはまだ信じられないね。夢みたいな話じゃないか」

実里は舞台女優として既に十年選手なのだが、あまり欲がないというか、どうしても売れたいというギラギラした欲望がない。普段は蒲田のガールズバーでバイトをして、舞台がある時はそちらに専念する生活をずっと続けている。一年ほど前に事務所が変わり、出演したＣＭが話題になって「売れる」チャンスができた——シリーズ化が決まっていた——のに、何本目かの続編の撮影が舞台と重なって、降りてしまった。自分の本業はあくまで舞台で演じること――CMの方がはるかに金になるし顔も売れるのだが、そこに時間と力は割けない、とあっさり言い切った。

今回は事務所ではなく、所属する劇団の方から話が回ってきたオーディションである。その話を初めてした時の、彼女の珍しい興奮ぶりは岩倉を驚かせた。舞台に上がっていない時は基本的におっとりした性格のせいか、ほとんど見たことがない真剣な表情だった。そういえば、本場・ブロードウェイの芝居について彼女が語るのを、岩倉は何度か聞いたことがあった。学生時代、ニューヨークを貧乏旅行した時に、毎日のようにオフブロードウェイで芝居を見て、芝居の面白さに本格的に目覚めたのだという。いきなり海外の演劇の世界に飛びこむ勇気や能力はなかったので、日本の劇団に入ったのだが、いよいよ十年来の夢を叶えるチャンスが来た――もっとも彼女に言わせれば「そんなに簡単じゃない」。日本人がブロードウェイの舞台に立つには、まず言葉の壁が立ちはだかる。

「それで、オーディションに合格する見込みは?」

「無理、無理」実里が明るい笑みを浮かべて正直に打ち明ける。「現実が甘くないことは、私が一番よく知ってるわ」

「万が一合格したら――」

「実際の舞台は、今年の秋からだけど」

「ということは、一度帰国してから渡米する?」

「仮定の話だけど、向こうで仕事をするわけだから、ビザも必要になってくるし」

「それで、もしかしたら一年とか二年になる？」

「ロングランになったら、そういう可能性もあるわ。でも、ブロードウェイのロングランは、途中でキャストを大幅に入れ替えたりするから――とにかく全部仮定の話よ、仮定の話」

実里が声を上げて笑う。いかにも屈託ない感じで、今回のオーディションをちょっとした気分転換ぐらいに考えている節がある。大チャンスとはいえ、「記念受験」のような感覚なのだろうか。最初の熱狂は、比較的速やかに薄れていた。

岩倉は、実里の仕事――芝居に口を出したことは一度もない。もちろん彼女が出る舞台は、初日、中日、千秋楽と観に行って感想を述べるが、それ以上でもそれ以下でもない。彼女は自分の好きなことを楽しんでやっているし、生活に困らないぐらいの金は稼げている。二十歳も年上の自分が口を挟むことではないのだ。彼女は自由に生きるべき――自分もそうしているように。

ただ、彼女との生活が心地好く、今後も長く続いて欲しいとは常々思っている。もしかしたら今回のニューヨーク行きは、二人の生活が大きく変わるきっかけになるかもしれない。そういう不安がどうしても拭《ぬぐ》えず、岩倉の心を揺らし続ける。

「毎日の連絡は――」

「時差を考慮して、だね」岩倉は実里の言葉を引き取った。「ちょうど昼夜がひっくり返るから、面倒だろうな」

「ＬＩＮＥでもいいわよね？　あれなら時差を気にする必要はないし」

「そうだけど、あまり好きじゃないんだよな」実際、ＬＩＮＥでつながっているのは実里と娘の二人だけだ。

「誰でも使ってるじゃない」実里が笑った。「ああいうのに抵抗があるのは、オジさんになった証拠よ」

「否定できないな。五十二歳は、十分過ぎるほどオジさんだよ」岩倉は苦笑した。普段は、彼女との二十歳の年齢差を感じることはほとんどないのだが……。

「少しは慣れてもいいんじゃない？　あのね、新機能で――」実里がスマートフォンを取り出して説明しようとしたが、その瞬間、はっと目を見開く。スマートフォンを見て時刻が分かったのだろう。「もうこんな時間？　ガンさん、特殊能力持ってない？」

「何だ、それ」

「ガンさんといると、時間の進み方が早くなるとか」

「そんな超能力はないよ」岩倉は苦笑して腕時計を見た。「そろそろ行こうか。空いてるとは思うけど、セキュリティチェックには時間がかかるかもしれないし」

「最近、空港って警備がきつ過ぎない？」実里がトートバッグを担ぎ上げた。

「しょうがないさ。何か起こってからじゃ遅いんだから」

「はいはい」

立ち上がった岩倉に、実里がそっと身を寄せてきた。岩倉は一瞬彼女の体を抱き、顔を近づけた。衆人環視の中でこんな真似を――と自分でも呆れたが、かまうものか。三ヶ月もの別離。知り合ってから初めてのことで、不安しかない。せめて今は彼女を身近に感じ、その体温を少しでも自分の中に取りこみたかった。

一人の日曜日……岩倉は完全に時間を持て余していた。朝方、実里を羽田空港に送ってから、何もすることがなくなってしまったのだ。せいぜいしっかり家の掃除でもしようかと思ったが、狭い部屋に徹底して掃除機をかけ、風呂やトイレを隅々まで掃除しても、一時間もかからない。だったら洗濯……これもすぐに終わってしまう。まったく、自分には私生活はないに等しいわけだ。実里と一緒にいる時はともかく、一人きりだと、食べることも眠ることもどうでもよくなってしまう。

昨夜は実里の荷造りにつき合い、今朝も早かったから、寝不足なのは間違いない。窓を開けたままベッドに横たわると、五月の爽やかな風が心地好く、たちまち眠りに引きずりこまれてしまう。

そして、くしゃみで目が覚める。

気づくと、午後四時。少し気温が下がってきたのだろう、危うく風邪をひくところだった……風呂場に干して浴室乾燥機をかけておいた洗濯物を片づけ、冷蔵庫からビールを取り出す。自堕落な生活だが、久しぶりの一人きりの日曜日だ。構うものか。

最近、どうにも気分が落ち着かない。実里の件もあるのだが、異動が近そうなのも気になっている。警視庁本部捜査一課から南大田署に異動して二年と少し……南大田署への異動は自ら希望したもので、面倒なプロジェクトから逃げ出すためだったのだが、まだ自由になれたわけではない。最近、捜査一課時代の同僚に様子を聞いてみると、向こうは「まだ諦めていない」とのことだった。

本部から逃げ回っていれば安全そうだが……ここは、理想的な異動先だった。所轄へ出てしまえば、岩倉を追い回している連中も手を出しにくい。しかもここは実里が住む街である。安全な仕事場と恋人との生活を同時に手に入れてほっとしていたが、いつまでもこの環境を甘受しているわけにはいかないだろう。所轄にいると、特別な家庭の事情などがない限り、二年か三年に一度は異動の対象になってくる。次の異動先は多摩地区辺りの所轄かもしれない、と岩倉は予想していた。それなら、警視庁本部からは距離的に十分離れているから、「あの連中」の影響力は及びにくい。そうなると実里との距離が開いてしまうのだが――今考えてもしょうがないし、実里に相談しても答えは出ないだろう。

壁の時計を見る。ニューヨークへのフライト時間はほぼ十三時間、実里が彼の地を踏むのは、日本時間で今夜遅くになる。到着してすぐに連絡がくるだろうか……スマートフォンが鳴った。まさか、実里？　何かの手違いで、どこかに緊急着陸したとか？

違った。電話してきたのは、娘の千夏《ちなつ》だった。

「ご飯奢《おご》って」

「何だよ、いきなり」そう言いながら、岩倉は顔が綻《ほころ》ぶのを感じた。

「今日、ママ、いないのよ」

「出張か？」

「明日から盛岡で学会だって。今日から前乗りしてるの」

「で、飯も作ってもらえなかったわけか」

「それぐらい自分で何とかしなさいって。ひどくない？」

「十七にもなるんだから、食事の用意ぐらいはできた方がいいけど……まあ、食べようか。何がいい？」

「そっちへ行くから、羽根つき餃子、食べさせて」

一瞬迷う。娘が住む家――別居前に岩倉が住んでいた家から蒲田までは、電車で一時間ぐらいだろうか。夜遅くなってから、高校生の娘を一人で帰すのは気が進まなかった。まあ、いいか。千夏は、高校生にしてはしっかりしている――生意気なぐらいだから、トラブルに巻きこまれる可能性は低いだろう。それにこれは、久しぶりに娘と二人きりの食事なのだ。

岩倉はビールを飲み干して、テーブルを離れた。高校生の娘とデートか……服は何を着ていくべきだろう？

千夏は羽根つき餃子をたっぷり食べ、午後八時過ぎに京急蒲田駅から電車に乗った。「家まで送ろうか」と言ったのだが、答えは予想通り「一人で平気」。単にたかられただけだったが、高校生の娘から食事を奢ってくれと言われるのは、父親としては幸運だろう。

満足な一夜だったが、少し気になった。千夏が急に進路の話を始めたのだ。これまで、そういう話を真面目にしたことがないので戸惑ったが、千夏はそろそろ将来のことを考え始めているらしい。

2

一人になると、また時間を持て余してしまう。日曜の夜……普段は実里と一緒にいることが多いので、彼女がいないとやることもない。京急蒲田駅から自宅まで、のんびり歩いて帰ることにした。五月の風は心地よい——今年は春が長い感じで、まだ暑さもそれほどではなく、散歩が快適な日が続いている。

途中、南大田署の前を通りかかり、ふと立ち止まる。ここでの勤務も二年以上……同じ職場に二年いるのは珍しくないが、この署には少し長くい過ぎた、という感覚もある。岩倉は、やたらと「事件に好かれる」刑事だ。行く先々で事件が起き、仕事に忙殺される——南大田署でも同じで、難しい事件に追われた。忙しいのは悪いことではないが、警察官が忙しいということは、それだけ街の治安が悪化している証拠でもある。本当に岩倉が事件を呼ぶ刑事だとしたら、治安を守るためにも、一つの街にいるのは二年ぐらいでいいのではないだろうか。

異動を考えるようになった原因の一つが、この春に刑事課長が交代したことだ。これまでの刑事課長・安原《やすはら》は、本部捜査一課の管理官に栄転。代わりに赴任してきたのは、岩倉より年次が一年上の柏木《かしわぎ》という男だった。安原は岩倉より一年下――後輩で上司という、警察ではよくある捻《ねじ》れた関係だった。安原が穏やかで先輩を立てる男だったせいで、それほど厄介なことはなかったが、今度の課長・柏木はやたらと張り切るタイプで、かなり鬱陶《うっとう》しい。内偵捜査を担当する知能犯係にまで発破をかけるのが暑苦しかった。内偵捜査など、急《せ》かされて上手くいくものではないのだから……昔は、こういうタイプの上司は珍しくなかった。やたらと声が大きく、部下を威圧し、「とにかく犯人を挙げろ」と急き立てる――今や絶滅危惧種と言っていいだろう。

あまり気の合わない柏木の下で仕事をしていると、いずれトラブルに巻きこまれる予感がする。岩倉のこういう勘はよく当たるのだ。逃げるが勝ち、という言葉が頭に浮かぶ。

「ま、流れ者の人生も悪くないよな」

一人つぶやき、岩倉は歩き出した。署から自宅までは、歩いて二十分ほど。普段の通勤には自転車を使うのだが、今日は千夏と会うので歩いて出て来たのだった。京急蒲田駅からだと合計で三十分近く歩くことになるのだが、軽くビールを呑んだ後の酔い冷ましにはちょうどいい。

また人生が変わる時期が来たのかもしれない。変わらずにいて欲しい実里との関係もどうなるか……彼女の気持ちが変わらずとも、環境が変化すればどうなるか分からない。ニューヨークはあまりにも遠く、今このタイミングで連絡が取れないのが急に不安になってきた。しかし彼女はまだ機上の人であり、連絡の取りようもない。今は機内でWiFiも使えるのだが、彼女の方で接続していなければどうしようもない。

お前、五十二歳なんだぞ。若者みたいな不安に惑わされてどうするんだ？

自分に言い聞かせたが、気持ちを自在にコントロールできるほど老成しているわけではない。

岩倉は目を開けて横を向き、サイドテーブルの時計を見た。午前二時。こんな時間にかかってくる電話は、ろくなものではない。

寝てから二時間ほどしか経っていなかった。飛行機が少し遅れ、実里がニューヨークから電話してきたのは午後十一時過ぎ。長電話はできず、会話はそそくさと終わってしまったが、取り敢えず無事に着いたのでほっとした。その後ベッドに潜りこみ、あれこれ考えながら眠りについたばかり——。

嫌な予感がしたのは、電話をかけてきたのが川嶋《かわしま》だったせいもある。南大田署刑事課に勤務しながら、本部の「エージェント」として、岩倉に関する情報を収集していた男。脅しつけて、その工作はやめさせた——はずだ——が、警察官の規範からはかなり外れていて、扱いにくいし、仕事もサボりがちだ。とはいえ、所轄勤務となると、普通にローテーション勤務もこなさねばならないわけで、今日はたまたま泊まりで署にいたのだろう。

「現場は梅屋敷か」

「そうです。間違いなく殺しですね」

「どんな感じだ？」

「通り魔じゃないですかねえ」川嶋が呑気な口調で言った。「路上で襲われて殺された——悲鳴を聞いた近所の人が確認して一一〇番通報してきたんですが、近所迷惑な話ですよね」

「そんなことはどうでもいいんだよ。とにかくすぐに現場に行く」

この男は相変わらず、どこかずれている。辟易しながら、岩倉は出動の準備を整えた。署の近くに住んでいる岩倉は、何かあったら必ず電話を入れるようにと、刑事課員たちに頼みこんでいる。普通、夜中に事件が発生した場合は、当直の署員、それに一日中パトカーで街を警戒している機動捜査隊員が初動捜査に当たるのだが、岩倉は初動捜査に乗り遅れたくなかった。夜中に呼び出されることも厭《いと》わない——今時こういうのが流行《はや》らないのは分かっているが、岩倉は基本的に事件が好きなのだ。生々しい事件の捜査、そして古い事件の再検討。それはほとんど、趣味と言っていい。いずれ、未解決事件の研究をまとめて本にするのが、長年の夢だった。

五月の夜……帰宅する時に小雨が降っていたのを思い出し、念のためにフードつきのウインドブレーカーを羽織り、足元はゴム底の靴で防御する。外へ出ると、やはりまだ小雨が降っていた。傘もいらないほどだが、念のために小さな折り畳み傘をウインドブレーカーのポケットに忍ばせる。目指すはJR蒲田駅方面。そちらへ向かえば、この時間でもタクシーが拾えるはずだ。署へ行けばパトカーに同乗させてもらえるが、それだと時間の無駄になる。できるだけ早くタクシーを摑まえた方が、早く現着できるのだ。

幸い、マンションを出てすぐに、流しのタクシーが通りかかった。ここから京急の梅屋敷駅付近までは、車だと五分もかからないだろう。

この二年と少しで、岩倉は管内をくまなく歩き回っていた。梅屋敷は、区内最大の繁華街であるJR蒲田駅周辺に比べれば地味な街だが、駅の西側には「梅屋敷通り」という趣のある商店街が広がっている。気取らない感じが岩倉の好みだった。もっともこの時間だと、人通りもほとんどないはずだが。そもそも梅屋敷通りには、遅くまで営業している飲食店はほぼない。どちらかというと「昼間の店」が多い、生活に密着した商店街だ。

タクシーが走り出すと、岩倉はすぐにスマートフォンを取り出して地図を確認した。現場の住所は、駅の近くだ。梅屋敷通りは駅方向から西へ向かって一方通行で、駅前まで車で行くにはかなり遠回りしなければならない。梅屋敷通り自体はそれほど長い商店街ではないから、多摩堤通りから東邦医大通りに出て、駅から遠い方の商店街の端で降ろしてもらうのがいいだろう。

運転手にその旨指示して、胸に顎を埋める。瞬きせずに前方を凝視し、時折フロントガラスを拭うワイパーの動きに視線を集中させた。さすがに眠気は消えない……この時間に動き始めると一日が長くなり、午後半ばにはガソリン切れになってしまうのは分かっていたが、仕方がない。

タクシーを降りて、足早に梅屋敷通りを歩き出す。地図を見ずとも現場は分かるはず……予想通り、前方でパトカーの赤ランプが周囲に毒々しい光を振りまいていた。霧のような雨が降っているせいもあり、今日の現場は特に禍々《まがまが》しい雰囲気が濃い。

現場は既に封鎖され、鑑識が活動中だった。邪魔しないように気をつけながら、岩倉はまず現場全体の様子を頭に叩きこんだ。現場は路上――周りには一戸建ての家や小さなマンションなどが建ち並んでいる。そう言えば……梅屋敷通りの北側は、住所としては北大田署の管轄になるのだ。都心部では警察署の管轄は複雑に入り組んでおり、商店街の途中で所轄が変わったりするので、ややこしいことこの上ない。こういうのを話のネタにする刑事は、昔からいた。「あと五メートルずれていたら仕事をしないで済んだ」――岩倉はいつも、そういうジョークを飛ばす刑事を陰でせせら笑っていた。刑事の能力は、どれだけ事件を手がけたかで決まる。捜査をしなくても給料がもらえなくなるわけではないが、そういう問題ではないのだ。小さなことでも経験を積み重ねていかないと、いざ大事件が起きた時に、何もできない。

「ガンさん」

声をかけられ、振り返る。以前南大田署にいて、今は機動捜査隊に所属している伊東《いとう》彩香《あやか》だった。岩倉は思わず苦笑いしてしまった。

「また君か」

「よく会いますねえ」彩香も釣られたように苦笑した。

「こういうところでは会いたくないけどな……今日も当番か」

「ええ」

去年、別の事件でも深夜の現場で彩香と一緒になった。あれは嫌な事件だった……暗い記憶が蘇る。

「状況は？」

「まだよく分かりません。私たちも、来たばかりなんですよ」

「遺体は確認したか？」

「私は見ていません。現着した時には、もう署に搬送されてました。現場、見ます？」

「ああ」

彩香が先に立って歩き出す。歩きながら、左腕にはめた腕章を何度も引っ張り上げた。腕章が上手く止まらないのかもしれない。黒いジーンズに、「ＭＰＤ」のロゴが背中に入った濃紺のブルゾン。雨傘代わりのつもりか、後ろに「機捜」と入ったキャップを被っている。現場での動きやすさを優先した、色気も何もない服装だが、それがすっかり板についていた。機動捜査隊に行って一年以上、すっかり刑事らしくなった、と岩倉は誇らしくなった。南大田署に異動してきて最初にコンビを組んだ当初はまだ頼りなく、おどおどしていたのに。

若い刑事を短時間で育てようとしたら、機動捜査隊に叩きこむに限る。広い範囲を担当し、否応なく事件に向き合う機会が多いので、普通の所轄の刑事に比べて多くの経験を積めるのだ。

「ここです」

「おいおい」岩倉は思わず小さく声を上げた。よりによって現場の横は墓場……犯人には何らかの意図があったのだろうか、と訝《いぶか》った。

「墓は関係ないと思いますよ」岩倉の思いを読んだのか、彩香がぼそりと言った。

「……だろうな」

遺体があった場所には、通例により「1」の数字が入った小さな三角コーンが置いてある。アスファルトは雨に濡れており、血痕などは見当たらない。三角コーンの位置からすると、遺体は墓場と道路を隔てるブロック塀のすぐ脇に倒れていたようだ。

「遺体の状況は？」

「ひどく殴打されていたそうです」彩香が自分の頭を指差した。「たぶん、後ろから後頭部を一撃されて、倒れた後も何度か殴られたんじゃないでしょうか」

「凶器は？」

「現場からは見つかっていないと聞いています」

「この時間だと……聞き込みは難しいな」岩倉は周囲をぐるりと見まわした。規制線はかなり広範囲に現場を封鎖しているが、その向こうに野次馬の姿が見える。ただし、この野次馬たちが犯行の瞬間を見ていたとは思えない。騒ぎになって、驚いて飛び出して来たのだろう。

遺体があった場所のすぐ向かいは、マッサージ店だった。この時間だと当然閉まっている――出入り口のガラス戸を確認すると、営業は午後七時までだった。事件発生当時には店も閉まっていたわけだし、店員は目撃者にはなり得ない。

「通報は？」

「一一〇番です。午前一時二十分」

岩倉は左腕を突き出して腕時計を確認した。午前二時十五分。ほぼ一時間前か。

「通報者は？」

「このマンションの二階の住人と聞いています」彩香が墓場に隣接するマンションを見上げて言った。

「誰か、話を聴いたかな？」

「まだだと思いますよ」

「よし、一番乗りで行こうか」

岩倉は外階段に向かった。三階建てなので、エレベーターはない。

「ガンさん、きつくないですか？」彩香が突然訊ねた。

「何が？」

「署の近くに住んでると、何かあったらすぐに呼び出されるじゃないですか」

「そのために署の近くに住んでるんじゃないか」

一瞬、彩香が黙りこんだ。すぐに苦笑しながら、「ガンさん、ワーカホリックですよね」と指摘する。

「まだ一生懸命仕事ができるぐらい若い、と言ってくれよ」

「若いと言って欲しい人は、若くないことを意識しているって言いますけど」

「君ね、刑事として経験を積んで中堅になっていくのはいいことだけど、そんなところまで中堅っぽくならなくていいよ」

「失礼しました」

ちらりと彩香の顔を見ると、うつむいて笑いを嚙み殺していた。まったく、すっかり警察慣れ――すれてしまったな、と岩倉も苦笑した。まあ、これが成長ということだろう。

「二〇一号室です」

階段を上がりきったところで彩香が言った。墓場に面していない方は外廊下になっている。二〇一号室のドアの前に立つと、玄関脇の小窓から灯りが漏れているのが分かった。一一〇番通報してからすぐに周りが騒がしくなり、寝ているどころではなくなったのだろう。岩倉は一歩引いて、インタフォンを鳴らすよう、彩香に無言で促した。ここは、機捜で一年以上経験を積んだ彼女の腕を見せてもらおう。

インタフォンを鳴らすとすぐに、若い男の声で返事があった。

「警察です。一一〇番通報の件で確認に来ました」彩香が早口で呼びかける。

ドアが開く。顔を出したのは学生か、まだ若いサラリーマンだった。寝巻き代わりだろうか、グレーの霜降りトレーナーの上下という格好で、目は赤い。

「機動捜査隊の伊東です」

「南大田署の岩倉です」岩倉は彩香に次いで名乗り、バッジを示した。男の視線が二つのバッジの間を往復し、その後すぐにうなずいた。彩香が最初の質問を発する前に、岩倉は玄関脇のネームプレートで彼の名字を「磯山《いそやま》」と確認した。

彩香が口を開きかけた瞬間、開いたドアの隙間から赤ん坊の泣き声が響き始める。磯山は慌ててサンダルを突っかけて外に出て、ドアを閉めた。

「赤ちゃん、いるんですか？」彩香が訊ねる。

「大騒ぎになったんで、寝てくれないんですよ」磯山が拳で目を擦る。「外が騒がしいと、やっぱり駄目ですね」

「ご迷惑をおかけしますが、非常時なので」

彩香が言い訳するように言って、磯山にうなずきかける。磯山もそれは承知しているようで、真顔でうなずき返した。

「一一〇番していただいたのは、午前一時二十分でしたね」彩香がちらりと手帳に視線を落とした。

「はい、たぶん、それぐらい……」

「通報の内容は、『悲鳴を聞いた』『人が倒れている』というものでした。間違いないですか？

「間違いないです」磯山がまたうなずく。廊下の照明が暗いせいもあるが、顔面は蒼白だった。

「最初に悲鳴を聞いたんですね？」彩香が念押しした。

「はい。寝てたんですけど、『わー』ってかなり大きな声——悲鳴が聞こえて、一気に目が覚めました」

「悲鳴は一度？」彩香が人差し指を立てる。

「一度です」

「確認は？」

「声が聞こえたのでベランダに出てみました。そうしたら……」

「人が倒れていた？」

彩香に促されるまま、磯山が発見当時の状況を説明した。しかし、話が行ったり来たり……しっかり観察していなかったのか、まだ動転していて上手く話せないのか。いずれにせよ、岩倉は彼の話を聞いただけでは、遺体の様子をはっきりイメージすることができなかった。

「外へは出ましたか？」

「いや、さすがにそれは……」磯山の顔が青褪《あおざ》める。

「出なかったんですね？」彩香が念押しして確認する。

「いえ、あの、救急車が来た時には外へ出ました」

「それで、救急隊員に説明したんですね？」

「はい。その後で警察の人も来たので、同じことを説明して……あ、写真があります」

「写真？」

磯山が、後ろ手に持っていたスマートフォンの画面をタップした。それで岩倉もようやく、現場の状況をはっきりとイメージすることができた。

ベランダから撮影された写真で、墓場のブロック塀の横で、男がうつ伏せに倒れている。照明などが十分でないので、詳しい様子は分からなかったが、頭の周辺が黒くなっている——アスファルトが雨で濡れているのとは違い、明らかに血溜まりになっていた。かなりの出血量……頭部への一撃が致命傷になったことは容易に想像できる。

「あの、念のためで……別に興味本位じゃないですよ」言い訳するように磯山が言った。

「分かってます」彩香が真顔でうなずく。

「消していいですかね？」

「念のため、私のスマホに転送してもらえますか？　その後で、削除してもらって構いません」

「分かりました」磯山がほっと息を漏らす。

「この時は、生きていた様子ですか？」彩香が突っこんだ。

「分かりません……いや、全然動かなかったけど」磯山の声が震える。

「その後、近くで見たんですよね？　その時はどんな様子でしたか？」

「いや、そんなにちゃんと見たわけじゃないので……」磯山が顔を逸らす。「死体なんて、そんなにまじまじと見られませんよ」

死体だということは分かったわけだ。岩倉は一人うなずき、改めて磯山のスマートフォンの画面を見詰めた。両手を前に投げ出す格好で前のめりに倒れている。黒っぽいシャツに色褪せたジーンズという格好で、トレーナーかサマーセーターが腰のところにかかっている。巻いていたのが、倒れた拍子に解《ほど》けたのだろう。足元はスニーカーのようだ。顔はまったく見えない。そのトレーナーに半分隠れた格好で、黒い紐が見える。体に斜めがけしたボディバッグか何かだろう。ということは、強盗ではない……強盗なら、まず被害者の持ち物を狙う。

「顔は見てないんですね？」岩倉は念押しした。

「見てないですよ」勘弁して下さい、と言いたげに磯山が首を思い切り横に振る。

「背中を見ただけですね？」

「ええ」

「その感じで、年齢は何歳ぐらいですか？」

岩倉は、比較的若い人間ではないかと見ていた。ジーンズは細身だし、全体に若い雰囲気が感じられる。オッサンになると、細いパンツは敬遠するものだ。

「いや、どうかな。若い人――少なくとも、服は若い人のものに見えたけど」

「ベランダから外を見た時、他に誰かいませんでしたか？　現場から逃げる人とか」

「いや……」

「他に誰かいた気配はありませんか？　足音が聞こえたとか？」

「結構雨が降っていたので」磯山が言い訳した。「ここ、雨の音がうるさいんですよ」

「じゃあ、音も姿も……被害者の人以外に何も見ていないんですね？」

「すみません」本当に申し訳なさそうに磯山が頭を下げる。「正直、ビビってました。ベランダに出たのも、悲鳴が聞こえてから結構時間が経ってからだったんです」

「そういうのは仕方がないですよ」彩香が慰めるように言った。「誰だって、こんなことがあったら動揺します」

彩香はその後も磯山から話を聞き続けたが、情報はもう出てこなかった。人間は、意外に状況を見ていないものである。特にショックを受けた時には、冷静に観察などできないものだ。

閉まったドアの向こうから、また赤ん坊の泣き声が聞こえてきた。今日のことがトラウマになるはずはないが、夫婦にとっては嫌な記憶になってしまうだろう。

「赤ちゃん、大変ですね」彩香が同情したように言って手帳を閉じた。

「様子がおかしいと、赤ん坊なりに分かるんでしょうね。寝てくれないと、明日、困るんだけどなあ……」

「すみません、確認し忘れましたが、お仕事は？」彩香がまた手帳を広げる。

「会社員です」

「どちらにお勤めですか？」

「四宝《よんぽう》薬品です」

中堅の製薬会社で、確か大森に工場がある。彩香は磯山の携帯電話の番号、さらに職場の直通電話の番号を聞き出した。

「あの……会社の方に連絡がくるんですか？」磯山が恐る恐る訊ねる。

「緊急で連絡が必要になる時があります。今後も話を聴くことがあると思いますので……ご迷惑でしょうが、重大な事件なので、ご協力お願いします」

「はあ」嫌そうな顔で言って、磯山が一礼した。「だけどこれ以上は、何も分かりませんよ」

実際には、今後磯山に話を聴くことなどないだろう。もしも犯人の姿を見かけていれば、面通しのために警察に呼ぶ必要があるが、この状況では、彼からこれ以上情報を引き出すことはできそうにない。

磯山の家を辞去し、現場に戻る。雨は少し強くなっていて、彩香がキャップを深く被り直した。岩倉も、ウインドブレーカーのフードを頭から被った。傘はまだ必要ない。

「磯山さんは、特に隠し事はしてないみたいですね」彩香が結論を出した。

「ああ……疑ってたのか？」

「そういうわけじゃないですけど、唯一の目撃者ですからね」

「このマンションの住人には、これから全員事情聴取だな」岩倉は三階建てのマンションを見上げた。真夜中だが、緊急時なので致し方ない。「それは機捜の方で、しっかりやってもらうしかない」

「ガンさんはこれからどうするんですか？」

「もちろん、俺もやるよ。こういうのは大人数で一気にやらないと」

とはいっても、現場の戦力はまだまだ頼りない。そもそも、まだ所轄の人間を一人も見かけていないのだ——現場を封鎖している制服警官は別だが。

「やあやあ、どうもです」

呑気な声……振り返らずとも、川嶋だと分かった。こいつと話をすると頭が痛くなるのだが、仕方がない。

振り向くと、ネクタイなしの背広姿で川嶋が立っていた。大きな透明傘をさして、ぼうっとした表情を浮かべている。まるで夜中の散歩にでも出てきたような雰囲気だった。

「どうですか？　もう、現場の仕事は終わりましたか？」

「まさか。これからだ」

「じゃあ、聞き込みといきますか。目撃者は、このマンションの人ですか？」川嶋が、磯山のマンションを指差した。

「目撃者にはもう話を聴いた。あとは他の住人からの聞き込み……ダブらないように割り振ってやろう」

「分かりました」

機動捜査隊、そして到着した所轄の刑事たちが一斉に聞き込みを始めた。被害者の悲鳴を聞いた人間は何人か見つかったものの、実際に犯行現場、あるいは遺体を見た人はいない――怖がって、あるいは関わりになるのを恐れて外を見ない心理は、理解できないでもない。

結局、現場前のマンションでの聞き込みでは、成果ゼロだった。その後は周辺での聞き込みを続行……叩き起こして話を聴かねばならないので、効率が悪い。しかも有効な目撃証言は一件もなかった。

「これは、あれだ」彩香と合流した岩倉は結論を出した。「君が言っていたように、一撃で相手を倒したんだろうな。被害者が気絶したか、一撃で死んでしまったか……だから悲鳴は、一回しか聞こえなかった」

「それに、犯人は一瞬現場にいただけで、すぐに逃げた」彩香が話を引き取る。

「やっぱり、通り魔だな」岩倉は断言した。「相手を殺す意図があったかどうかは分からない。ただ、歩いている人にそっと近づいて、背後から一撃」

「そんな感じですね」彩香がうなずく。「これ、面倒な事件になりそうですよ」

「そうだな……あとは防犯カメラのチェックか」

とはいえ、ここは住宅街……繁華街だったら、今は十メートルごとに追跡可能なぐらい多くの防犯カメラが設置されているが、住宅街の場合、そうはいかない。「監視社会だ」と批判を浴びながら、防犯カメラは犯罪の早期解決、抑止に役立っているのだが……そもそもこの場所では、防犯カメラに頼れそうにない。

普段は、防犯カメラなど必要もないような、静かで穏やかな住宅街なのだろう。そういう場所が、突然凶行現場になる――世の中には一定の割合で狂気が潜んでおり、それがどこでいつ、どんな形で噴出するかは誰にも分からない。

3

午前六時過ぎ、岩倉たちは署に戻った。課長の柏木も出勤している。出遅れているのに堂々とした態度――こういう男なのだと分かってはいるが、何となく釈然としない。

岩倉の顔を見ると、大袈裟に両手を叩き合わせた。

「よし、これは間違いなく特捜になる。うちでしっかり犯人を挙げよう」

そう言われても……岩倉はうつむいて苦笑するしかなかった。柏木は、成績を上げるためにはとにかく部下の尻を叩くことが一番だと信じて疑っていない。今時、こういうのは流行らないのだが、柏木の年齢になると——岩倉と一歳しか違わないのだが——今さらやり方を変えるのは難しいだろう。

柏木は背広を脱いで——ネクタイはそもそも締めていない——ワイシャツの袖をまくり上げ、気合い十分の様子だった。ワイシャツ一枚なので、がっしりした上半身の様子がよく分かる。こんな時間なのにきっちりヒゲを剃り、まだ豊かな髪も丁寧に撫《な》でつけていた。しっかり身繕いしてから、始発電車で出てきたのだろう。

「それでガンさん、どうなんだ？」

「今のところは、通り魔の可能性が高いですね」

「厄介だな」

「ええ……それと、身元はどうなんですか？」

「それはすぐに分かるだろう」柏木が、刑事課の部屋の中央に向けて顎をしゃくった。打ち合わせ用の広いテーブルに、黒いボディバッグが載っているのが見えた。

「被害者のものですね？」岩倉が言った。

「ああ」

「チェックは終えたんですか？」

「一通り確認した」

岩倉はテーブルに近づいた。バッグの周りには、中に入っていたものが整然と並べられ、若い刑事、友野《ともの》が入念に調べてメモを取っている。

「身元につながりそうなものは？」岩倉は友野に訊ねた。

「免許証があります――財布の中です」

岩倉は尻ポケットに突っこんでおいたラテックス製の手袋をはめ、二つ折りの財布を取り上げた。まず免許証を引き抜き、確認する。島岡剛太《しまおかごうた》、年齢は二十八歳。住所は現場のすぐ近くだった。岩倉は頭の中で、現場付近の地図を正確に思い浮かべた。倒れた島岡の頭は、彼の家の方を向いていた――駅の方から帰宅途中だった、と推測できる。

「このボディバッグが、被害者が持っていたものなんだな？」岩倉は念のために確認した。

「ええ」友野が答える。「人気のブランドですね」

「そうなのか？」

「最近、流行ってるんですよ」

「君たち若い連中の間で、だろう」

岩倉が若い頃には、ウェストポーチが人気だった。ちょうどベルトの位置で締めるウエストポーチは、今考えると結構間抜けなものだが、小物を持ち運ぶにはちょうどよかった。最近よく見るボディバッグは斜めがけするもので、昔流行ったウェストポーチよりもだいたいひと回り大きい。スマートフォンや財布、家の鍵などを入れておくには十分過ぎるほどだ。

財布の中に現金は少ない。千円札が三枚、それに小銭で二百十五円。クレジットカードの類はなく、PASMOが一枚入っているだけだった。

「自宅には誰か向かったか？」

「ええ」

岩倉は財布をテーブルに置いた。その瞬間、どこかで電話が鳴る。柏木は別の電話で話し中……岩倉は近くのデスクで電話を取った。

「はい、刑事課」

「筒井《つつい》です」これも刑事課の若い刑事だった。というより、刑事になりたて。署の上にある独身寮に住んでいるので、事件発生と同時に呼び出されたのだろう。「職住一致」で、出遅れることはまずないだろうが、最近の若い刑事はこういう状況を嫌って、早めに寮を出てしまうことも少なくない。

「岩倉だ」

「被害者の自宅に来ています」

「普通のマンションかアパートだろう？」

「そうですね……二階建てのアパートですね。一人暮らしみたいです。呼び出しても誰も出てきません」

「鍵は？」

「それは持ってきていないので、ドアは開けられません」

「分かった。一応、アパートの住人へ聞き込みをしてみてくれ。後で鍵を持っていくから、部屋の中を調べてみよう」

「分かりました」

部屋の調査は必須だ。島岡の持ち物だけでは、細かい個人データは一切分からない。家族と離れて一人暮らしなら、事件のことを伝えねばならないのだが、まだ連絡先すら分かっていなかった。

岩倉は鍵を取り上げ――キーホルダーには鍵は一つしかついていなかった――電話を終えていた柏木に、これから島岡の自宅へ向かう、と報告した。

「全員が、ガンさんぐらいやる気があったら助かるんだけどな」柏木が皮肉に言う。

「こういうのはもう、主流じゃないでしょう」

岩倉にとって、働くのは生きるのと同義なのだが、今は少し事情が違う。実里が不在の状況で、仕事以外にやることもないのだ。それはそれで情けない話だが。

島岡の自宅を調べて、実家へは連絡が取れた。とはいえ岡山なので、実際に上京して遺体を確認するのは、午後になってしまうだろう。解剖はそれから……本当の死因はまだ分からない。

午前九時、特捜本部が設置されて最初の捜査会議が開かれた。初動捜査のみを担当する機動捜査隊は、既に引き継ぎを終えて引き上げている。彩香がいかにも悔しそうな表情を浮かべていたのが、岩倉には忘れられない。

「機動捜査隊の仕事の醍醐味って、現行犯逮捕じゃないですか。こういうの、中途半端な感じで好きじゃないです」

実際、機動捜査隊がその力を最大限に発揮するのは、繁華街での刃傷沙汰などだ。都内のあちこちを覆面パトカーで流し、常に一一〇番通報をチェックしているから、所轄より早く現場に到着することも珍しくない。そこでいち早く犯人の身柄を確保、所轄に引き渡して颯爽と現場を去る――岩倉は機動捜査隊に所属した経験はないが、昔から西部劇の凄腕のガンマンをイメージしていた。人々の危機に、どこからかふらりと現れ、あっという間に敵を打ち倒して名乗りもせずに去って行く。

彩香が、そういう仕事に誇りと面白さを見出しているのは間違いない。とはいえ、三交代勤務は長く続けられるものではなく、彼女もいずれは異動するだろうが。

本部からは捜査一課長も臨席した。今のところ材料は少ないのだが、通り魔事件として捜査が進むことは間違いない。一番嫌な犯罪――いつ誰が犠牲になるか分からないという意味で、通り魔はテロのようなものなのだ。

引き続き現場の調査、そして被害者の島岡の身辺調査が指示された。岩倉は、島岡の方を担当する。通り魔だったとしたら、被害者のことを詳しく調べても犯人には結びつかないのだが、念のためだ。潰せるものは全て潰しておかねばならない。

今回コンビを組むのは、岩倉も顔見知りの捜査一課の中堅刑事、田澤《たざわ》になった。捜査一課は係単位で動くので、係が違えば一緒に仕事をする機会はないのだが、同じ大部屋にいるので顔見知りにはなる。田澤は気のいい男で、つき合いがいい。岩倉も何度か一緒に酒を呑んだことがあった。

まず、島岡の仕事をはっきりさせなければならない。家の中からは、勤務先に関する情報はまったく出てこなかったし、同じアパートの住人の中で、彼を知っている人物もいなかった。都会ではありがちな、「隣に誰が住んでいるかも分からない」というやつだ。取り敢えず、アパートの大家——別の場所に住んでいる——に会って、島岡に関する情報を聞き出さねばならない。

岩倉が覆面パトカーのハンドルを握った。田澤は高校時代、重量級の柔道の選手で、身長が百八十五センチもあるので、助手席に乗りこむ際には体を折り曲げるようにしなければならず、苦労していた。最近は大柄な警察官も多いから、パトカーも乗り降りしやすいSUVなどにすべきではないか、と岩倉は常々思っている。あれなら普通の4ドアセダンより威圧感があるし、白黒のパトカー塗装が加わったら、犯罪に対する抑止力にもなるのではないだろうか。実際、ニューヨーク市警では、多くのパトカーがフォードのSUVになっていると聞く。

「運転ぐらい、俺がしますけど……」助手席でシートベルトを締めながら、田澤が遠慮がちに言った。

「いやいや、地元の道案内をするのも所轄の仕事だよ」

「ガンさんに運転してもらうなんて、申し訳ないですよ」

「何言ってるんだ。本部の刑事は、もっと堂々と威張っていていいんだぜ。事件現場に送り出される精鋭部隊なんだから……大体お前も、もう立派な中堅じゃないか。家族の大黒柱でもあるんだろう？」

「いやあ、どうですかね」

「子どもさん、もう小学生じゃないか？」

「来年からです」

「いろいろ大変だな」

「俺よりむしろ嫁の方が」田澤が遠慮がちに言った。

「奥さん、確か区役所に勤めてるんだよな」

「ええ。九時五時で仕事はきっちり決まってるから、幼稚園の送り迎えも任せちゃってて……この事件でしばらく大変ですから、また迷惑をかけますよ」

「何もできないにしても、そういうことが当たり前だと思うよりはましだよ」

岩倉自身は、子育てにきちんと向き合ってきたとは言えない。男女雇用機会均等法が施行された数年後に社会に出た世代である岩倉は、男性としてどういう風に家庭と向き合うべきか、ずっと戸惑っていた。岩倉も、今より勤務管理がルーズだった捜査一課で「事件を呼ぶ男」の呼び名通り、やたらと多くの事件に遭遇し、仕事に振り回された。

そのせいか、結婚したのは岩倉が三十三歳の時だった。その後は結局、妻が仕事をセーブしながら何とか千夏を育ててきたのだが、やはりロープの上を渡るような危ういものだったかもしれない。結果的に今、家族はバラバラになり、千夏の高校卒業を待って離婚する、という話が妻との間でついている。

「何か、この事件は嫌な予感がするんですよね」

シートを思い切り後ろに下げながら、田澤が不安を漏らした。覆面パトカーのレガシィはそれほど狭い車ではないのだが、彼の体格では軽自動車のようなものだろう。

「そうか？」

「通り魔、防犯カメラも少ない住宅街……悪条件が揃ってるじゃないですか」

「そうだな」それは岩倉も認めざるを得ない。「だけど、防犯カメラに頼りきりになるのもどうかと思うぜ。俺の若い頃には、防犯カメラなんかなかったんだから」

俺の若い頃、か……五十を過ぎると、こういう台詞《せりふ》がごく自然に出てくるようになる。体力、気力とも普段は年齢を感じない岩倉だが、発言が年寄りじみてきたと意識することはある。

島岡のアパートの大家は、京急蒲田駅の東側、第一京浜から少し奥へ入った静かな住宅街に一戸建ての家を構えていた。それほど新しくはないが、かなり大きな家——元々、この辺の地主だったのだろう。

大家の橋本《はしもと》には、既に電話で連絡が入っていた。不安そうな表情で玄関に姿を見せたのは、六十歳ぐらいの小柄な男……仕立ての良さそうな白いシャツにジーンズという軽装だった。顔は蒼白い——自分の所有するアパートが犯行現場になったわけではないが、店子が殺されたとなったら、平常心ではいられないだろう。

「南大田署の岩倉です」ここは自分で主導権を握るつもりだった。先輩風を吹かすつもりはないが、自分でしっかり質問することで、島岡という人間の人となりをきちんと把握しておきたい。

「電話で連絡を受けましたけど、どういうことなんですか？」橋本が遠慮がちに訊ねる。

「まだ詳しいことは分からないんです。島岡さんのことを調べているんですが、勤務先は分かりますか？」

「ええと」橋本が、手にしていたノートを広げた。「石山《いしやま》製作所ですね」

「石山製作所っていうと、京急の大森海岸駅近くにある、あのでかい工場ですか？」南大田署ではなく、北大田署の管内だが、区内の大きな企業などは頭に入っている。大田区は、町工場や中小企業の多い地域なのだが、中には小さいながらも日本を代表するような企業もある。一方石山製作所は、工作機械メーカーの大手だ。本社は品川で、一番大きな工場が大田区内にあるわけだ。

「そうです」

「今もそこで……」

「いや……」橋本が口を濁す。「辞めた、と聞いています」

「本人がそう言ったんですか？」

「ええ。私、毎日あそこに掃除に行くんですよ」

そういうのは、不動産屋経由で清掃会社が担当するものかと思っていたのだが……島岡が住んでいたのは、二階建ての小さなアパートで、共用スペースもそれほど広くないから、わざわざ業者に頼んで金をかけるよりは、少しでも節約しようという考えなのだろう。

「じゃあ、住人の人ともよく話すんですか？」

「そうですね。小さいアパートですし」

「どういう経緯で、島岡さんが会社を辞めたことが分かったんですか？　向こうから積極的に話すようなことではないですよね？」

家賃の滞納でもあったのだろうか。それなら、大家が事情を聞きに行ってもおかしくはない——いや、そういうのはやはり、物件を管理している不動産屋の仕事だろう。大家も、自ら進んでトラブルに巻きこまれるのは嫌うはずだ。

「たまたま、昼過ぎに掃除に行ったことがあったんですよ。その時、島岡さんがふらりと出て来て……平日なのに、休みの日のような格好だったんです。それで『今日はお休みですか』と聞いたんですが」

「その時に、会社を辞めたと打ち明けたんですか」

「ええ。ちょっとびっくりしました。石山製作所は一流企業ですからね。辞めるっていうのは、どういうことかと思いましたよ」

「それで問い質《ただ》したんですか？」岩倉は突っこんだ。

「まさか」橋本が慌てて否定する。「そういうプライベートな話は、できるだけ避けるようにしてますから。ただ、島岡さんの方が慌てた様子で『家賃は大丈夫です』と言い出しましてね」

「ということは、再就職したんでしょうか？」

「いや、そういう話は聞いてません」橋本が首を横に振った。そこまで気楽に話ができる仲でもないし、それこそプライバシー重視なのだろう。今時の大家の姿勢としては、まったく不自然ではない。

「それが、いつ頃ですか？」

「半年ぐらい前だったかな」

「それ以降、家賃の滞納等は？」

「ありません。銀行引き落としで、一度も問題はありませんでした」

ということは、やはり再就職に成功したのか……だとしたら、どんな仕事だろう。岩倉は犯行時刻に引っかかっていた。日曜深夜――既に日付が月曜日に変わっていた午前一時過ぎ。ウィークデーに仕事をしているサラリーマンは、新しい一週間に向けて家で体を休めている時間だ。あるいは、シフト制の勤務で、翌日は休みになっていたとか。

「その後、話をしたことはありますか？」

「いや、そう言えば一度も見ていませんね」橋本が首を捻《ひね》る。

「それは異例のことですか？」

「どうでしょう……一度も顔を見たことのない店子さんもいますしね」

そんなものだろうか――橋本が嘘をついているとは思えないし、半年間、まったく顔を見ていないのも不自然ではあるまい。橋本があのアパートを掃除しているのは、一日のうち一時間か二時間ほどだろう。その短い時間で住人と顔を合わせる機会は多くないはずだ。

「島岡さんは、どんな人ですか？」

「どんなって……」橋本が戸惑いの表情を浮かべる。「そういうことを説明できるほど、よく知りません。話したことも、二、三回しかないし」

「その時の印象でいいんですが」

「いやあ……普通の、最近の若者という感じですね」

「普通、ねえ」

「普通の人」というのはどこにも存在しないのだが、ろくに話をしたことのない相手の印象をしつこく訊ねても、答えようがないだろう。その後も岩倉は角度を変えて質問を続けたが、島岡が半年前に石山製作所を辞めた、という以上の情報は入手できなかった。

まあ、いい。一つだけでも手がかりができたのだから。しばらく近所の聞き込みをしてみて、成果がなければ、石山製作所を訪ねてみるのもいいだろう。

捜査は、そう簡単には動き出さないものだ。

4

午前中を近所の聞き込みに費やしたものの、島岡という人間の実態はまったく浮かび上がってこなかった。まるで、あのアパートに住んでいなかったよう――別に不思議ではない。一人暮らしの若者は、都会ではしばしば匿名の目立たない存在なのだ。

昼前、岩倉は特捜本部に電話を入れた。応答した柏木に午前中の聞き込みの結果を説明し、午後から石山製作所を訪ねる、と報告した。本当は大した情報がないので、わざわざ連絡を入れる必要もなかった――他の刑事が何か情報を仕入れていないか、確認したかっただけである。何かあれば夜の捜査会議で分かるのだが、情報はできるだけ早く入手しておきたい。

「今のところ、目撃者はいない――声を聞いた人間は何人かいたが、わざわざ外へ出て確認しようなんていう奇特な人間はいないということだ」柏木が皮肉っぽく言った。「それで、警察官が集まって来ると、今度は野次馬になって現場に群がってくるわけだ。迷惑な話だよ」

「ご家族は？」柏木の愚痴を無視して岩倉は訊ねた。

「ご両親が間もなくこっちへ来られる。ガンさんも会いたいか？」

「いや」自分が会っても、何か情報を引き出せるとは思えない。何より、息子を亡くしたばかりの両親から話を聴くのは気が進まなかった。そういうことを上手くこなせる刑事はいくらでもいるが、岩倉はどちらかというと苦手な方である。

「会社の方で何か分かったら、連絡してくれ」

「分かりました。ただ、半年前に辞めているから、あまり期待はできないと思いますよ」

電話を切り、岩倉は腕時計を見た。十一時四十五分。早くもエネルギー切れの予感がする。夜中に叩き起こされ、朝飯も食べずにずっと動いていたから、とにかく何か腹に入れておく必要がある。

「少し早いけど、昼飯にしようか」岩倉は田澤に提案した。

「いいですか？」

田澤が嬉しそうに言った。そう言えばこの男はいつも腹を減らしていたな、と思い出す。これだけ体がでかいと、エネルギー消費も人より激しいのかもしれない。

梅屋敷通りには、食事ができる店がいくらでもあるが、岩倉は一軒の喫茶店を選んだ。昔ながらの——たぶん三つの元号を跨《また》いでいるような古い店で、岩倉は聞き込みの途中で食事をしたり、コーヒーを飲んだりしたことが何度かあって気に入っていた。

店に入るなり、田澤が「へえ」と嬉しそうに声を上げた。

「蒲田辺りって、こういう感じの古い店が多いんですか？」

「長く続いている店は多いよ。喫茶店はそんなにないけど」

梅屋敷通りに面して大きく窓が開いているのに、店内は薄暗い。入ったところがレジ、その前にかつてはピンク電話が載っていたであろう台と新聞の入ったラックがあるのも、昔ながらの喫茶店らしかった。入った瞬間に、長年染みこんだ煙草の臭いがうっすらと鼻につき、妙な懐かしさに襲われる。

二人は、空いていたテーブル席についた。周りを見回すと、客はいかにも何十年も通い続けているらしい高齢者たち、この辺で働いているであろうサラリーマン、若い女性の二人連れと様々だ。まさに地元に根づいた喫茶店である。岩倉が若い頃——東京で暮らし始めた三十年以上前には、どこの駅前にもこんな店が一つや二つはあったものだが、今では貴重な存在だ。

メニューを見て、田澤が「おお」と嬉しそうに声を上げる。体が大きいせいもあり、何かとリアクションの大きな男なのだが、彼が驚き、そして喜んだ理由は岩倉にもすぐに理解できた。初めてこの店でメニューを見た時、岩倉も同じように思わず喜びの声を出してしまったのだ。

とにかくメニューが豊富だ。スパゲティ——あくまでパスタではない——にドリア、ピザ、グラタン、ピラフと、「喫茶店オールスター」とも言える料理が、写真つきでメニューを埋め尽くす様は壮観だった。

「ここ、絶対美味《うま》いでしょう」田澤が嬉しそうに言った。「お勧めは？」

「ナポリタン」

「それにします。大盛り、できますかね」

「店の人に聞いてみろよ」

田澤がさっと手を挙げ――さりげない動きがまた派手で大袈裟――店員を呼んだ。おいおい、俺はまだ決めていないんだがと苦笑しながら、岩倉の心もナポリタンに動いていた。店のメニューでは「昔ながらのナポリタン」。大盛りもできるというので、田澤はアイスコーヒーとのセットにした。岩倉も同じセットで普通サイズ。普通サイズでも、かなり盛りがよかったはずだ。

店の奥にある厨房から、フライパンで麵を炒める軽快な音が聞こえてきた。見る間に田澤の表情が緩んでくる。が、ふと何かを思い出したように顔を引き締めた。

「さっき、特捜に電話してましたよね？」

「ああ」

「何か新しい情報はあったんですか？」

「いや、特にない」

「やはり何か、嫌な予感がしますね」田澤の表情が一気に暗くなる。「こういうのって、初動が大事じゃないですか。初動で上手くいかないと、捜査は長引く――」

「確かに、そういうケースは多いな」残念だが、認めざるを得ない。恨みや金目当ての犯行の場合、被害者の身辺を洗っていくことで、犯人に行きつけるのだが、通り魔は一瞬の犯行であり、被害者と加害者の間には何の接点もないケースがほとんどだ。

「こういうケース、ガンさんのデータベースだとどうなんですか？　解決率、低いでしょう」

「確かに低いな」嫌なことを言いやがって……もっとも昔に比べれば、通り魔事件の解決率も高くなってはいる。やはり、防犯カメラの普及が進んでいるのが大きいのだ。とは言え、この事件の場合はそれにもあまり期待できない。

「類似事件は……」

「今年の初めに、追跡捜査係が古い事件を挙げたよな」

「ありましたね」

通り魔事件の犯人を脅迫していた男が殺され、それをきっかけにして十年前、そして十五年前の通り魔事件が、絡まった糸が解けるように解決したのだ。さすが追跡捜査係と言うべき手際の良さだったが、あんな風に順調に過去の事件が解決することは珍しい。あの事件の捜査には、たぶんに偶然な幸運もあったらしいが……とにかく、この事件が将来追跡捜査係の手に渡らないようにしよう、と岩倉は決めた。できるだけ早く、自分たちの手で解決したい。

田澤は、捜査のことについてはそれ以上何も言わなかった。衆人環視の喫茶店で際どい話をするわけにはいかず、その後は捜査一課の同僚たちの噂話に終始する。何しろ四百人もいる大所帯だけに、噂には事欠かない。

「上里《かみさと》さん、離婚したんですよ」声を潜めて田澤が打ち明けた。

「マジか」岩倉は目を見開いた。上里は自分より二歳年上のベテラン警部補で、「落としの上里」の異名を取っている。硬軟両方の手を使える取り調べの名手で、捜査一課一筋、二十五年以上。係は変わっても、歴代の係長は必ず取り調べ担当として重用していた。私生活では、所轄時代の同僚女性と結婚し、子どもは一男一女──岩倉が捜査一課を出る直前に「下の子も大学を卒業したから、これからは楽だ」と嬉しそうに話していたのを思い出す。

「何でまた離婚なんて」

「上里さんの浮気らしいです」

「マジか」岩倉は思わず繰り返し言ってしまった。上里は謹厳実直、かつ地味な男である。仕事で忙しくなる時はあるが、それ以外では家と職場の往復だけという日々を送っていたはずだ。どこかで女性との関係ができるとは思えない。「どういうことなんだ?」

「詳しい事情は分かりません。さすがに俺からは、聞き辛いですよ。ちょっと耳に挟んだだけです」

「そういうのは、全力を挙げて情報収集しないと駄目だぜ。噂話の真相を追及するのは、刑事の基本だ」

「勉強になります」

田澤がにやりと笑った。おっと、今のはまずかったか……岩倉が妻と別居していることを知っている人は少なくない。実質的に夫婦関係は破綻している……娘の通う高校が家庭環境に関しても厳しく、「両親が離婚すると内部進学で不利になる」という裏が取れない噂が流れているので、離婚を先延ばしにしているだけだ。しかし、実里との関係を知る人はほとんどいないはずだし、岩倉自身、若い女優の恋人がいることを周囲にひけらかしてもいない。離婚が成立していない現状では、単なる「浮気」に過ぎないのだから。

「おお」運ばれてきた山盛りのナポリタンを見て、田澤が嬉しそうに声を上げた。「予想以上だ。こいつは間違いなく美味いですね」

明るいオレンジ色のナポリタンは、人が「ナポリタン」と聞いた時にイメージする姿そのままだ。田澤が、フォークを大きく上下させてナポリタンをすすり始める。食事をしているというより、何か作業をしているような機械的な動きだったが、合間に「美味い」としきりに言葉を挟むので、彼がこの食事を心底楽しんでいるのが分かる。

岩倉は久しぶりに食べたが、こういうのは美味いでも不味《まず》いでもなく、ただ懐かしい味としか言いようがない……玉ねぎにピーマン、マッシュルーム、肉っ気はひき肉だけで、香ばしくかつもっちりした麺の歯ごたえと、控えめな酸味の味わいが、「子どもの頃のご馳走」のイメージそのままだった。途中で粉チーズを加え、さらにタバスコを振りかけて味を変える。腹が膨れなければ、永遠に食べていけそうなぐらい、飽きない味だ。

「いやあ、いいナポリタンでした」

凄まじい勢いで食べ終えた田澤が、満足そうに胃を撫でる。唇が真っ赤になっているのも、昔ながらのナポリタンそのままだ。紙ナプキンを二枚使って乱暴に口を拭き、音を立ててアイスコーヒーをすする。

「こういう感じの喫茶店とかナポリタンとかって、皆好きですよね」

「ああ、うちの娘も大好きだよ」家族の話はまずいかと思いながら、岩倉はつい言ってしまった。

「ですよね？　でも、この手の喫茶店は、チェーン店に追われて絶滅寸前じゃないですか。何でかな？　美味いナポリタンを出せば、絶対流行るのに」

「個人経営だと、何かと大変なんだろう」

「だったら、こういう雰囲気と味のチェーン店を作ればいいですよね。俺、警察を辞めたら、こういう店のチェーン店を作ろうかな」田澤がぼそりと言った。

「資金はあるのか？」田澤も、夫婦共働きとはいえ、家計は楽ではないはずだ。

「例えば、クラウドファンディングで？」

「お前ねえ」岩倉は思わず苦笑した。「覚えた言葉を何でも使うんじゃないよ」

「すみません」

さっと頭を下げてから、田澤が豪快に笑う。腹も膨れて、気分も少しだけ楽になった。さて、午後からまき直し——田澤は、一緒に聞き込みをする相棒として最高かもしれない。刑事の基本は身についているし、必要以上に深刻になることもない。それにこの体格。今のところ機会はないが、反抗的な相手に対してはこの体つきがものを言うだろう。でかい人間は、どんなに優しい顔つきをしていても、相手を威圧することができるのだ。

この捜査では、彼の体格が功を奏する場面はなさそうだったが。

「馘《くび》ですか？」

大森海岸駅から歩いて五分ほどのところにある石山製作所の大森工場を訪ねた岩倉は、最初から驚かされることになった。

目の前にいるのは、大森工場総務課長の花岡《はなおか》という中年の社員だ。工場が大きいだけに、ここの仕事をフォローするために、独自の総務課が必要なのだという。ワイシャツにネクタイ姿、その上に名前の入ったベージュ色の作業着を着こんでいる。短く揃えた髪をきちんと七三に分けた、いかにも律儀そうな中年男だった。

「馘です」驚く岩倉に向かって、花岡が淡々とした口調で繰り返した。

「何か問題があったんですか？」

「勤務態度不良、ということですね」

「遅刻とか無断欠勤とか、そういうことですか？」

「ご存じかと思いますが、工場では時間を守ることが何より大事なんです。そうしないと――一人揃わないと、予定していた作業ができなくなってしまうので」

「そういうことが頻繁にあったんですか？」それぐらいで馘にするものだろうか、と岩倉は訝った。

「頻繁だったんです」

「馘にするほどに？」

「ええ」

花岡は包み隠さず答えているようだが、答えが短過ぎる。余計なことは一言も喋らず、この事情聴取を一刻も早く終わらせようとしているのかもしれない。

「島岡さんは、岡山出身ですよね」

「そうです」

「詳しい経歴を教えてもらえますか？」

「東京で大学を出た後、新卒でうちに入社しています」

「大学は？」

「美浜大理工学部。専門は機械工学ですね」

初めて、岩倉が訊ねた以上の情報を教えてくれたが、今のは話の流れのようなものだろう。彼は必ずしも、警察に対して協力的とは言えない。

「いわゆる技術者じゃないんですか？」

「いや、技術者枠採用ですよ」

「そういう人は、本社や研究所に勤務するものじゃないんですか？」

「工場勤務の人間もいます。ここにも、新製品の研究セクションがありますし……製品を作りながら、次の製品の研究をするということです。精密な工作機器は、注文に応じてワンオフで作ることも多いので、そういう注文に応じるためには、現場に技術者がいた方がいいんですよ」

「島岡さんもそういう仕事をしていたんですね」

「ええ」

「で、勤務態度はよくなかったと」

花岡が居心地悪そうに体を揺らす。岩倉も、どことなく落ち着かない気分だった。総務課は工場の一角にあり、きちんと壁で仕切られているのだが、工場内に響く音がどうしても漏れ伝わってくる。慣れれば何ということもないのだろうが、静かに話ができる環境ではなかった。

「新卒で入って、辞めたのが五ヶ月前——去年ですか」

「ええ、十二月一杯で」

「大晦日に無職になったんですか？」

「正確に言えば、元旦からです。十二月三十一日付で辞めていますから」妙に律儀に花岡が訂正した。

「なかなかきつい体験だったんじゃないですかね」

「会社としては、戦力として計算できない人間を置いておく余裕はないんですよ」花岡が辛辣な一言を吐いた。

「そうですか……それは、御社の服務規程に合った処分だったんですね？」

「当然です」

「彼がこちらに勤めていたのは……五年ぐらいですか？」

「そうですね。五年に三ヶ月ほど欠けるぐらいです」

「勤務態度は、最初から悪かったんですか？」

「そんなこともないですよ」

花岡がタブレット端末を操作した。眉間にはずっと皺《しわ》が寄ったまま……彼の怒りはよく理解できる。勤務態度不良で会社を追い出した人間が、半年もしないうちに殺される──会社にはもう関係ないと言っても、社名が取り沙汰される恐れはある。評判を大事にする企業としては、絶対に避けたい事態だろう。

「例えば入社してから二年は無遅刻無欠勤……三年目になって初めて、遅刻や無断欠勤が出てきました。四年目からはひどいですね。それで五年目に──そういうことです」

「無断欠勤や遅刻以外に、何か問題はあったんですか？」

「仕事のミスが目立つようになりましたね。叱責した上司とトラブルになったこともあります」

「殴り合いとか」

「まあ……そういうことです」花岡の表情がさらに歪んだ。

「馘になる前に、何らかの処分はあったんですか？」

「二回、譴責《けんせき》処分を受けてますね。遅刻や無断欠勤についてではなく、仕事でのミスに関してですが」

仕事に慣れてくるうちに手を抜くことを覚え、遊びでの夜更かしが多くなり、会社へ行かなくなる。そうするとさらに仕事に集中できなくなり、ミスを犯して上司と衝突する——会社員の典型的な転落だ、と岩倉は納得した。

花岡への事情聴取で、島岡の会社員時代の様子はある程度分かった。とはいえ、あくまで「ある程度」に過ぎない。花岡は多くの社員を管理する立場ではあるが、社員個人の動向までは摑んでいないだろう。この後捜査が長引いたら、島岡の過去をさらに探る必要が出てくる。

「もう一つ、お願いしたいことがあります」

「何ですか」花岡が露骨に警戒の表情を浮かべた。

「島岡さんと親しかった人を紹介してもらいたいんです」

「それは……後でリストを出しますが、こちらからもお願いがあります」

会社の名前を出さないで欲しい、ということだろう——岩倉の予感は当たった。

「島岡は確かにうちの社員でしたけど、辞めて半年近く経ちます。今は一切会社とは関係ありません。うちの名前が出ないように、ご配慮いただきたいんですが」

「私の口から御社の名前が出ることはありませんよ。それは約束します」

「そうですか」花岡が安堵《あんど》の吐息を漏らした。「一つ、よろしくお願いします。会社というのは信用商売ですから」

「よく分かってますよ」

会社を辞して覆面パトカーに戻ると、田澤が「上手く逃げましたね」と言った。

「何が」岩倉はとぼけた。

「ガンさんが、記者連中に石山製作所の名前を出すことはないでしょう」

「ないよ。そもそも連中とは接触がない」

「広報や一課の幹部も喋らない、とは言わなかったですよね」

「ああ、言い忘れたな」

「ガンさん、結構悪いからなあ」

「人聞きの悪いこと、言うなよ」岩倉は釘を刺したが、田澤には完全に見抜かれているようだ。「俺は言わない。それは間違いないんだから」

「一応、嘘をついたことにはなりませんしね」

特捜事件での「公式な」取材対応は、基本的に本部の広報課、捜査一課長、それに所轄の副署長が担当する。公式の記者会見や所轄での取材などがこれに当たる。とはいえ、事件記者連中はそれだけで満足するわけではなく、捜査一課の幹部クラス、さらには平刑事にまで取材を敢行することがある。いわゆる「夜討ち朝駆け」で自宅にまで押しかけてくるのも珍しくない。中には、記者と気の合う関係になって積極的に情報を流す刑事もいるのだが、岩倉は慎重に、記者とは個人的な関係を作らないように気をつけてきた。機密漏洩を恐れるというより、そういうのが面倒臭いだけだが。「言葉の綾っていうやつだから」と言って、岩倉は覆面パトカーのエンジンを始動させた。面倒なことを避けつつ、こちらは必要な情報を入手する――三十年も警察官をやっていれば、そういうテクニックは自然に身につくものだ。

5

花岡からはすぐにリストが届き、今晩中にも会えそうな人間がいると分かった。夕方署に戻ると、ちょうどニュースの時間だった。捜査会議が始まるまで間があったので、岩倉はテレビの前に陣取り、低い音量で流れるニュースに耳を傾けた。まさに自分たちが担当している事件のニュース……少しボリュームを上げて確認したが、当然、岩倉の知らない情報は一つもない。

その直後、また別の殺人事件のニュースが流れた。ずっと外回りをしていた岩倉には初耳――現場は目黒区、目黒中央署管内だった。

「あらら、今日は一課長は大忙しですね」田澤が横に来て、テーブルに尻を引っかけるように腰かけて足を伸ばした。

「お前、この事件、知ってたか？」

「初耳です。昼間の認知じゃないですかね」

被害者は、藤原美沙《ふじわらみさ》、三十二歳。職業、会社員――ただし一般には、若手の経済評論家として名前が通っていた。東大卒、シンクタンク勤務という経験を生かし、硬派のテレビ番組でよく解説の仕事を引き受けている。顔をよく見るようになったのは、二年ほど前だろうか？　最初は、テレビ東京の経済番組への出演が多く、経済問題の解説が仕事の中心だったのだが、最近はもう少し柔らかいニュースバラエティなどにも出演して、自分の専門外の問題についてもコメントするようになっていた。金曜から出社しておらず、週が明けた今日も無断欠勤していたので、会社の同僚が家を訪ねて行ったらしい。そこで、自室で殺されていた美沙を発見したのだった。

はっきり言えば、南大田署の事件よりも「美味しい」。被害者が知名度のある人間だから、マスコミの注意もそちらに集まるだろう。無視されているうちに、こちらは早々と捜査を進めればいい。

「また難しそうな事件ですね」田澤が感想を漏らした。

「いや、これは何とかなるんじゃないかな。現場がマンションの一室だし――」

画面が現場の様子に切り替わったので、岩倉は口をつぐんだ。建物の全景が映ったわけではないが、出入り口の様子を見た限り、かなりの高級マンションだと分かる。当然、オートロックだろうし、セキュリティはかなり強固なはずだ。誰にも見られずにそういう場所へ侵入して、犯行に及ぶのは難しい。

「知り合いの可能性が高いな」

「痴情のもつれですか」

「一緒に部屋にいて喧嘩になって、ついかっとなって殺してしまった。そのまま部屋を後にして——という感じじゃないかな」

　このニュースの最後に「ドアは施錠されていませんでした」という一節が流れた。痴情のもつれというより、鍵をもらうほどの間柄ではない人間が何とか部屋に入りこんで被害者を殺し、施錠もせずに慌てて逃げ出した、ということか。この事件は間違いなく早期に解決する。こういう高級マンションなら、防犯カメラもしっかりしているはずだ。住人以外の人の出入りは簡単にチェックできる。

「そう言えば去年、中野のマンションで一人暮らしの女性が殺された事件があったの、覚えてないか」

「ああ——ありましたね」田澤が曖昧に言った。「うちの担当じゃなかったから、ニュースで見たことしか分かりませんけど」

「マジかよ」岩倉は目を見開いた。「被害者がいわゆる地下アイドルで、芸能マスコミもかなり大袈裟に騒いだんだぜ」

「ああ、あの事件ですか」田澤が不思議そうに首を傾《かし》げる。「ガンさん、ああいう下世話な事件でも覚えてるんですか」

「そりゃそうさ。事件にあるのは個性で、軽重じゃないんだから……とにかくあの事件は、今回の事件と共通点がある。現場はオートロックなどがあるセキュリティのしっかりしたマンションで、自宅のドアは施錠されていなかった。結局、出入り口の防犯カメラの映像解析から犯人が割り出せたんだが、被害者と密かに交際し始めたばかりの会社員だった。元々は、その地下アイドルグループを応援しているファンだったんだが、個人的につながったということなんだろうな。アイドルとファンの間では交際はご法度で、そのことでもずいぶん話題になったんだよ」

「さすがの記憶力ですねえ……」田澤が半ば呆れたように言った。

「まあ、周辺の話はともかくとして」岩倉は咳払いした。「現場の状況が似ている。おそらく、そんなに時間がかからずに解決するだろう」

「楽に手柄になっていいですよね」

「何だよ、一日歩いただけで、もう音をあげたのか？　本部の刑事さんは、そんなに根性がないのかね」

「いやいや、先のことを考えて、ちょっと不安になってるだけですよ……弁当でも食おうかな」

田澤がその場を離れた。特捜本部のある会議室の後ろの方には、夕飯用の弁当やお茶のペットボトルが大量に置かれている。特捜本部では見慣れた光景……自分も食べておくか、と考えたものの、気が進まない。特捜本部ができた時の「補給担当」は所轄の警務課なのだが、南大田署の警務課は弁当の調達が下手だ。管内に不味い弁当屋しかないのか、あるいは不味い弁当屋とおかしな具合につながっているのか。これまで南大田署の特捜本部で食べた弁当は、どれも中身が貧弱な上に脂っこいものばかりだった。岩倉は食べ物にはあまり文句を言わない方だが、最近は脂っこいものを食べると体が——主に胃が悲鳴を上げる。

まあ、今夜は捜査会議がそんなに長びくこともあるまい。夕飯は先送りにしようと決めて、岩倉はテレビのチャンネルを替えた。南大田署の事件も目黒中央署の事件も、ニュースになっていない。こちらの事件は、自分たちが捜査するものだからニュースで見ても仕方がないのだが、目黒中央署の事件が気になる。あらゆる事件に興味を持ってしまうのが、岩倉の性癖だった。

「ガンさん、どうだい」

柏木がふらりと近寄って来た。岩倉ほどではないが、早朝から動き始めて、かなり体力を消耗しているはずなのに、そうは見えない。こういう精力絶倫のオヤジは、どうにも苦手である。すっかり枯れていてもおかしくない年齢なのに。

「まだ何とも言えませんね」岩倉は肩をすくめた。「通り魔の線で間違いないんでしょう?」

「だろうな」

「念のため、もう少し被害者の周辺を調べてみるつもりです。通り魔ではなく個人的な怨恨の線も、否定できませんからね」

「会社を馘になった男か……トラブルメーカーかもしれないな」

「周辺にどれだけトラブルを引き起こしてきたかは分かりませんが」

「ガンさんみたいなものか」柏木が声を上げて笑う。

「いや、俺は……」今の冗談は心外だ。確かに岩倉は、捜査陣全体の動きが同じ方向を向いてしまった時に限って、ちょっとした「穴」を見つける。それで捜査の動きが止まったり、完全に逆方向に向かってしまったこともあるのだが、結果的にそれは全て「当たり」だった。待ったをかけずに突っ走っていたら、全然違う人間を逮捕していたかもしれない。

「ま、今回は通り魔で間違いない。その線でよろしく頼むぜ」

柏木が岩倉の肩を一つ叩き、去って行った。やはり馬が合わない……人間同士だから仕方がないのだが、この男とつき合っていかねばならないと考えるだけでうんざりする。岩倉は枯れてしまったわけではないが、暑苦しい人間は昔から苦手なのだ。

初日の捜査会議は、いつもと同じだった——混乱し、情報が錯綜し、収拾がつかなくなる。まあ、捜査の始まりというのはだいたいこういうものだ。岩倉も何度となく経験したもので、慣れている。

取り敢えず、明日以降の動きが指示され、午後六時半に捜査会議は終了した。これから飯にしよう。一度家に帰ってシャワーを浴びてから再出動……署を出た途端に、スマートフォンが振動した。このタイミングで仕事の連絡ではあるまい――見ると、千夏からのＬＩＮＥのメッセージだった。慌てて確認すると、夕方から何度も着信があったことが分かった。完全に無視してしまっていたから、後でヘソを曲げられるな……まあ、仕事だから仕方がなかった、と弁明するしかない。

最新のメッセージは、単に写真を一枚送ってきただけだった。緩いカットソーにキャップを被った自撮り写真。これが何だと……首を傾げているうちに、次のメッセージが届いた。

Ｔｏｌｙの新しいカットソー。どう？

ああ……昨日蒲田で食事をした時に小遣いを渡したのだが――夫婦の間での取り決めとは別の小遣いだ――それで早速買ったのかもしれない。高校生らしく、千夏はファッションにも興味津々なのだ。妻に内緒で小遣いを渡すと、だいたい服に使ってしまうらしい。

こういう時は、どう返信すべきだろう？　返信が遅いとヘソを曲げるし、実に困る。

ＯＫ。似合ってる。

それだけ返して、スマートフォンをスーツの胸ポケットに入れた瞬間、また振動した。千夏もしつこい……というか、最近の若い連中にとって、LINEは会って会話するのと同じようなものなのだろう。まるで呼吸するようにメッセージをやりとりする。

メッセージではなく電話だった。ニューヨーク着から一日経って、実里が電話してきたのではないかと思ったが、千夏だった。娘からの電話は嬉しいものだが、今夜はまともに返事をしている気持ちの余裕がない。

「どうした」

「あのね、パパ、ああいうつまらないメッセージは駄目だから」

「駄目って……ちゃんと褒めたじゃないか」

「返しが下手だよね、パパ」

「こういうのに上手いも下手もあるのか?」

「話上手な人と下手な人がいるでしょう? 同じことよ」

「分かった、分かった」岩倉は早くも白旗を上げかけた。「ご忠告、どうも。次からは気をつけるよ。それで返信が遅くなるかもしれないけど」

「そんなに早い返信なんか、期待してないわよ。今日も仕事、忙しかったんでしょう?」

「まあな」

「パパのところ、大変じゃない」

　こういう話が出ると、少し複雑な気持ちになる。親の仕事にまったく興味を持たない子どももいて、そこから親子の断絶が始まってしまったりするのだが、逆に興味を持たれ過ぎるのもどういうものか……昔から千夏は、よく事件の話を聞きたがった。岩倉としては、捜査の重大な秘密を話すわけにもいかず、いつも苦労していたのだが。

「それより、昨日の話なんだけど」

「進路のことか？」

　二人で羽根つき餃子を食べながら、千夏が軽い調子で話したのだった。内部進学をやめ、城東大――母親が教授を務めている大学へ受験で進みたい。ただし狙いは、母親がいる生産工学部ではなく法学部。初耳だったので、少し戸惑った。

「パパはどう思う？　昨日、ちゃんと言わなかったじゃない」

「急に言われたって、判断できないさ。そもそも判断するのは、俺じゃなくてお前なんだから」

　目の前の信号が青になったので、岩倉は環八通りを渡った。ここから自宅までは、歩いて二十分ほど。体はくたくただったが、タクシーを拾う気にもなれない。まあ、千夏と話しているうちに着いてしまうだろう。

「しかし、何も苦労して受験勉強しなくてもいいじゃないか。エスカレーター式で上に行けるのに」

「受験勉強なんか、大したことはないわよ。十八歳人口は減ってるんだし」

「だけど、それで大学が広き門になってるわけじゃないぞ。いい大学には、受験生がたくさん押しかけるんだから」

「そうだけど、受験勉強なんて、たった半年ぐらいのものじゃない」

「このまま内部進学でも、別に問題ないと思うんだけどなあ」

せっかくの苦労が、という気持ちもあった。中学から高校、大学へとエスカレーター式で進学できるように、中学受験で頑張ったのに。本人もずっとその気でいて、そのために岩倉も妻との離婚を先延ばしにしている……今、いろいろと中途半端な状態を我慢しているのは、全て千夏のためなのだ。親の苦労も知らないで——いや、それは分かっているか。妻が、もう事情を話しているはずだし、千夏は高校生にしては妙に大人びているから、感情的になることもなく受け止めるはずだ。

「大学なんてたくさんあるんだから、慎重に選ばないと。自分に合ったところへ行かないと、後が大変じゃない」

「それで選んだのが、城東大の法学部か」

悪くない——いや、私大の法学部としては国内トップクラスと言っていい。数年後に待つ就職でも苦労はしないだろう。千夏は、そこまで読んでいるのだろうか。

「いいでしょう？」

「で、法学部に入って、将来はどうするつもりなんだ？」

「法律関係の仕事、かな?」千夏の声が揺らいだ。

「何だ、まだ具体的には決めてないのか」

「だって、就職なんて、まだまだ先じゃない」

「パパの仕事を見て、法律関係の仕事に憧れたわけじゃないのか?」

「そうかもしれないけど、そういうの認めるの、恥ずかしいじゃない」

「ややこしいこと、言うなよ」

「ごめんね。でも、また相談に乗ってよ」

「ママに話せばいいじゃないか。何しろ城東大の教授なんだから」ただし所属は法学部ではなく生産工学部だが。

「ママのコネなんて、大学受験には通用しないでしょう。そもそもそういうのに興味がない人だし」

「まあ……そうだろうな」

妻は淡々とした人間で、基本的に自分の研究——大きくくってしまえば脳科学だ——にしか興味がない。千夏のことはちゃんと育ててくれたのだが、母娘の距離は微妙に開いているようだ。いつまでもべったりの関係というのも、あまりよろしくないとは思うが、淡々とし過ぎているのもどうか。

環八通りはほどなく、JRの線路を越える跨線橋になる。これが結構な傾斜で、疲れた体にはきつい。岩倉は一歩一歩を踏みしめるように歩いた。跨線橋の頂点で一休み……眼下を走る線路を眺めた。ちょうど京浜東北線の下り列車が行き過ぎるところ——一週間が始まったばかりの月曜日なのだ、とふいに意識した。

「クラスの方は、大丈夫なのか？」

千夏の高校は、三年になると進路希望別にクラスが分かれる。内部進学を予定していた千夏は、一応国立文系クラスに入っていた。

「文系は文系だから。それに、受験勉強は学校とは関係なく、自分でやるものだし」

「最後に決めるのはお前だからな……どうせ俺が何か言っても、聞かないだろう？」

その辺、千夏は妻と似ている。あれこれアドバイスを求め、話はするのだが、結論は人任せにしない——自分の考えをまとめるために、誰かとの会話を利用しているだけなのだ。

「娘と話すのが鬱陶しい？」千夏が非難するように言った。

「とんでもございませんよ。いつでも歓迎だ」

「でも、しばらくは忙しいんでしょう？」

「まあな——事件のことは話せないけど」

「それは分かってる。じゃあね——あ、お小遣いはいつでも歓迎だから」

しょうがないな……苦笑して、岩倉は通話を終えた。さて、とにかく家路を急ごう。その前に、途中で何か食べていかないと。この先で右折して、東急多摩川線と池上線を越えた先に、何軒か気安い店がある。何回か入ったことのある台湾料理の店にするか……水餃子と麵でいこう。

無事に食事を終え、家に帰ってシャワーを浴びて風呂場から出てきた瞬間に、またスマートフォンが鳴る。千夏か？　あるいはまた別の事件か？　慌ててスマートフォンを取り上げると、実里だった。髪についた水滴でスマートフォンが濡れるのも構わず、耳に押し当てる。

「どうした？」

「おはよう」実里は少し寝ぼけ声だった。

「そっちは何時だ？」

「ええと、朝の六時半、かな？」

「時差ボケじゃないか？」

「結構きついわ。今日も朝四時ぐらいに目が覚めちゃって、それから眠れなくて」

「無理しない方がいい。それに、この電話だって……日本で話してるのとは違うんだから」

「うん、分かってる。取り敢えず朝の挨拶だけ。電話代、大変だし」

「ああ。電話は、いざという時だけにした方がいいよ。メールだってＬＩＮＥだって、連絡は取れるし」

「でも、ガンさんの声を聞きたい時もあるじゃない」実里が、妙に甘えた声を出した。

普段はこんなことはあまりないのだが……環境の変化が、彼女を変えたのかもしれない。

「分かった、分かった」

「何かあったの？」今度は一転して、心配そうな声。

「例によって、事件でね。しばらく忙しくなるかもしれない」

「じゃあ、仕事の邪魔はしないようにするわ」

「一日の動きが決まったら、スケジュールを教えてくれないか？　こっちも、それに合わせて連絡を取るようにするから」

「分かった。じゃあ――」

「ああ――」

　お互いに言葉に詰まる。実里とは一緒に住んでいたわけではなく、それぞれの仕事の都合に合わせて、会える時に会っていただけだ。その距離感が心地好かったが、今は状況が違う。出会って以来、これだけ長く離れて暮らすのは初めてなのだ。何かあっても、すぐに駆けつけることもできない。別に彼女の保護者を気取っているわけではないが、長年犯罪捜査に向き合ってきた岩倉は、人がいかに簡単に事件に巻きこまれるかをよく知っている。ましてや彼女がいるのはニューヨーク。東京に比べれば、はるかに治安が悪い。

「とにかく、電話じゃなくてメールやＬＩＮＥで。それでもちゃんと連絡は取れるんだから」岩倉は繰り返した。

「そうね」実里がようやく同意した。「ねえ、三ヶ月なんてあっという間よね？」

「もちろん。とにかくこの三ヶ月は、自分のことに集中してくれよ。長年の夢なんだから」

「夢は、いつまでも夢の方がいいかもしれないけど――」

「弱気になるなよ。らしくないな」

「分かった。ありがとう」

「じゃあ」

電話を切って、ほっと息を吐く。ふいに、若い頃に置き去りにしたはずの寂しさを感じて、岩倉はソファに座りこんだ。

五十年以上も生きていると、大抵のことは経験済みだ。しかしこの年齢になって、恋人との長い別離を経験することになるとは思わなかった。どうしようもないことだが、それ故に気持ちが上手くコントロールできない。これが仕事に影響を及ぼすとは思わなかったが……。

もう一度バスタオルで髪の滴を拭い、パソコンを立ち上げた。約束の時間まではまだ間がある。こういう時は、少しだけ仕事をして気持ちを落ち着かせるに限る。

仕事というか、趣味だが。

未解決事件を独自に分析した本を出したいというのは、岩倉の長年の夢だ。実際に本になるのは退職後のことだろうが、今から書き溜めておいて悪いことはない。自分の記憶を補正するようすがにもなるのだ。そう考え、しばらく前から事件に関する考察を書き始めている。まず事件の概要を書き、どうして解決しなかったかについて、自分の分析を綴る……これはやはり、一般の人が読む本にはなるまい。むしろ、過去の事件を教訓にするための参考書として、刑事が読むべき教科書になるのではないだろうか。とはいえ、自分たちの失敗を指摘されて「はい、そうでした」と素直に納得して反省する刑事はいない。

今取り組んでいるのは、二十年前に三鷹で発生したバラバラ殺人事件だった。バラバラ殺人というのは、被害者の身元が判明した時点でほぼ解決する、というのが警察的な常識である。遺体をバラバラにするという異常な行為の動機は、ほぼ二つしかない。被害者の身元発覚を異常に恐れるか、殺しただけでは足らないほど憎んでいたか。いずれにせよ、被害者と深い関係にある人間が犯人であるケースがほとんどなのだ。だから、被害者の身元が分かり、その交友関係を解明していけば、高い確率で犯人に行き当たる。

三鷹事件は、その「常識」から外れた事件だった。

被害者の身元はすぐに判明した。近くに住む、一人暮らしの五十八歳の女性。バラバラにされた遺体は公園のゴミ箱などに捨てられていたのだが、全てのパーツが揃い、身元が判明するまでに時間はかからなかった。しかしそれ以降、捜査は難航……元々人づき合いがほとんどなく、隠れるように暮らしていた女性だったので、人間関係を辿ってもすぐに行き止まりになった。女性の自宅アパートから大量の血痕が見つかったことから、殺人、並びに死体損壊の現場はそこだと推定されたのだが……。

教訓。

捜査に「一〇〇パーセント確実」はない。九〇パーセントはそれまでの経験や常識で解決できるものだが、残り一〇パーセント——常識に合わない事件が必ず存在する。今回の件はどうだろう。状況的には通り魔だし、岩倉もそう判断していたが、一抹の疑問がある。

それが、島岡の素行不良問題だ。会社を辞めたことと、今回犠牲になったことの間に関係があるという証拠はないのだが、妙に気になる。田舎から出て来て、東京の大学を卒業し、技術者として一流の企業に職を得た——そんな人間が短い間に転落するには、何かはっきりした理由があるに違いない。元々怠慢な人間が、たまたま大学受験から就職活動の間だけ頑張ったのかもしれないが……岩倉の勘は、「どこか不自然な部分がある」と告げていた。

明日以降も、島岡の周辺捜査を進めることになっている。気になったことを直接調べられるのは、ありがたい限りだ。興味と仕事が一致している——一番やる気の出る状況である。

ふとパソコンの画面を見ると、ワープロソフトの上でカーソルが点滅していた。結局一行も書いていない。やはり、捜査の最中にこういうことはできないものだ……。

「行くか」

一人つぶやき、岩倉はパソコンをシャットダウンした。「行くか」というつぶやきが、やけに虚しく脳裏に響く。

部屋を出ようとした瞬間、スマートフォンが鳴った。まったく、こんな時に邪魔しないでくれよ——溜息をついたが、無視はできない。画面を見ると、意外な相手だった。大友鉄《おおともてつ》。捜査一課の後輩で、岩倉と実里を引き合わせた張本人である。いや、彼も二人をくっつけようという意図があって会わせたわけではないのだが。

「どうですか？　また事件ですね」

「また、とか言うなよ」岩倉はつい苦笑してしまった。

「いやいや……ガンさんほど事件づきしている刑事はいないでしょう」

「お前、暇なのか？」

暇なのだと分かっていて、岩倉は敢えて訊ねた。大友は妻を交通事故で亡くしてからずっと、男手一つで一人息子を育ててきた。将来的には捜査一課のエースと目されてきた逸材だったのだが、子育てのために、勤務時間がきっちり決まっている刑事総務課に異動して十年……息子が全寮制の高校に入ったのを機に、捜査一課に復帰したのだった。今は一人暮らしなので、事件がない時に長い夜の時間を持て余しているのは容易に想像できる。

「暇ですね。それで、まあ……陣中見舞いみたいなものです」

「だったら酒でも持ってきてくれる方がありがたいんだけど」

「それはまたの機会にします。事件の方、どうですか？」

「まだ動き始めたばかりだから何とも言えない。通り魔の線が強いけどな……それより、目黒中央署の方はどうだ？」

「そっちが気になりますか？」

「まあな」岩倉はキッチンに行って、ミネラルウォーターのペットボトルを開けた。

「正直、向こうの方が面白そうだ」

「目黒の方は、顔見知りの犯行でしょうね。それも、ほどほど濃い関係の相手――ボーイフレンド以上、恋人未満とか」

岩倉は思わず低い声で笑ってしまった。大友が不審そうに「どうしたんですか」と訊ねた。

「いや、俺もお前と同じ読みだった。家に上げるぐらいには親しいけど、鍵を渡してはいなかった関係――つき合い始めたばかりとかな。違うか？」

「そうですね」大友が同意した。「他の事件に興味を持つのもガンさんらしいですけど、あまり首を突っこまない方がいいですよ」

「どうして？」

「煙たがられるからに決まってるじゃないですか……それはともかく、久しぶりの一人暮らしはどうですか」

「まあ……別に、今までも一緒に暮らしていたわけじゃないからな」

大友は学生時代に劇団に入っていて、警察官になった後も、当時の仲間、それに後輩たちと交流がある。その縁で彼に誘われ、実里の芝居を観に行ったのが、二人の出会いだった。舞台で観た彼女と、楽屋で会った彼女との落差――それは、これまでの人生で一度も経験したことのない衝撃だった。

もっとも、自分が衝撃を受けるのは理解できる――未経験の落差と美しさに対する衝撃だ――が、実里が自分に惹かれた理由が未だに分からない。寝物語に聞いてみたこともあるのだが、彼女は毎回、曖昧に笑って誤魔化すのだった。

「どう思う？　今回のオーディション、上手くいくと思うか？」

「向こうの演劇の事情はよく分からないんですけど、日本で舞台に立つよりも、壁ははるかに高いでしょうね。コネとかが通用しない世界ですから」

「でも、日本人でもブロードウェイの舞台に立った役者はいる」

「それは、予め企画をしっかり立てて、下準備をしているからですよ。いきなりオーディションに飛びこんで合格するのは……難易度マックスでしょうね。彼女は英語には不自由しないかもしれないけど、それだけじゃどうしようもない。日常会話に使える英語と、舞台で使う英語はまた違いますし」

「日本での経験は通用しないわけか」

「高校球児が、いきなり大リーグのマウンドに立つようなものですよ……ガンさんは、どうなって欲しいんですか？」

「応援はしてるよ」岩倉は真面目に答えた。「俺らみたいに、治安のために地面を這うような仕事も大事だけど、人に夢を与える仕事にも大きな意味がある。それに、夢を追いかける権利は誰にでもあるんだから……彼女はまだ若いんだし、せっかくこういうチャンスが巡ってきたんだからな」

「ガンさん、大人ですねえ」

「オッさんと言いたいのか？」

「いやいや」大友が笑った。「落ち着いている、という意味で」

まったく落ち着いていない。実里からこの話を聞いた瞬間から、岩倉の気持ちはざわついたままだった。純粋に応援したい気持ち――それに反して「行かないで欲しい」というもう一つの本音。この二つの気持ちがせめぎ合い、表面上は笑顔で彼女を送り出したのだ。

「まあ、こういう時に年齢差は感じるね……そんなことより、目黒中央署の件、何か面白い話でも聞いたら俺にも教えてくれよ」

「いいですよ。今は待機中ですから――ガンさんの寂しさを紛らすお手伝い、しましょう」

「お前は一言多いんだよ」

言って、岩倉は電話を切った。顔には笑みが張りついたまま――大友のような苦労人が近くにいると、何かと助けられることが多い。いずれ、あいつにも恩返ししないといけないな、と思った。妻を亡くして以来独り身を貫くあいつに、誰か新しい女性を紹介するとか。

もっともあいつにとって、それは余計なお世話かもしれない。刑事になってからも、芸能事務所から声をかけられたことがあるというほどのイケメンなのだ。しかも穏やかで優しい性格。大抵の女性は、大友が声をかけるだけで参ってしまうはずだ。子育ての重圧がなくなったことで、彼自身、積極的に動く気になっているかもしれない。

そう、余計なお世話だ。女性関係に強いわけではない自分が、何もせずともモテる大友に女性を紹介するなど、思い上がった行動ではないか。

第二章　ワル

1

「ギャンブルですよ」

目の前の相手が、眉間に皺を寄せた深刻な表情で打ち明けた。

「ギャンブル？」

聞き返して、岩倉は田澤と視線を交わした。「無断欠勤以外に会社で問題はなかったのか」という岩倉の最初の質問に対する答えがこれだった。

石山製作所大井グラウンド――ナイター照明が芝を明るく照らし出す中での立ったままの事情聴取は、少し奇妙な感じがした。目の前の相手は、サッカーの練習を終えたばかりなので汗だくで、呼吸も整っていない。それにしても、会社のクラブ活動で、夜九時半までの練習は激し過ぎないだろうか。

「パチスロとか……そういうところに入り浸っていたみたいですよ」

「パチスロで、会社を無断欠勤するほど生活態度が乱れますかね。平日に会社をサボってまで通っていたら問題かもしれないけど」岩倉は首を傾げた。

「まあ……パチスロだけじゃなかったみたいですけどね」

相手──今村《いまむら》が、タオルで顔の汗を拭った。島岡とは同期入社で本社の営業部勤務、石山製作所サッカー部で活躍中という情報は事前に聞いていた。昼間ではなく、ナイター練習の合間に会いたいと言われてここへ来たのだが、それは事情聴取を短く切り上げるための方便なのかもしれない。どことなくずるがしこそうな感じの男だった。

「他のギャンブルも？」

「はっきりした話じゃないですけどね」今村が曖昧に答える。

「はっきりしていなくてもいいですよ。情報なら何でも歓迎です」

「カジノ──裏カジノとか」

「ああ、なるほど」

新宿や池袋辺りに、そういう店はいくらでもある。岩倉は詳しくないが、組織犯罪対策部の連中に聞けば、店のリストをすぐに出してくれるだろう。島岡行きつけの店を割り出すのも難しくはあるまい。

「行きつけの店があったんですか」

「そこまでは知らないです。新宿辺りの店だと思うけど」

「その情報はどこで聞いたんですか？」

「本人ですよ」今村がまた顔の汗をタオルで拭った。「酔っ払った時、『昨日も十万損した』ってぼやいてて……裏カジノのポーカーで大損したそうです」

「そういうことは頻繁にあったのかな」

「直接話を聞いたのはその時だけですけど、あいつならいかにもありそうだなって……パチスロでだいぶ負けているのは、仲間内では結構有名な話でしたからね。とうとう裏カジノにまで手を出したのか、って感じでした」

「会社を馘になったのも、その辺に原因があるんですか？」

「まあ、いくら損しても、会社に迷惑をかけなければ馘にはならないんでしょうけどね……」今村が言葉を濁した。

「実際に迷惑をかけた？」

「電話とか、あったみたいですよ」

「電話というと？」

「あれですよ――取り立ての電話」

岩倉は無言でうなずいた。ギャンブルで負け続けて借金がかさんだのか……この辺については、面倒ではあるが裏を取ることはできるだろう。

「消費者金融とか？」

「それは分からないですけどね」

消費者金融から金を借りていれば、当然記録が残る。島岡の部屋はざっと調べただけなので、徹底的に家探しすれば、何らかの証拠が見つかるかもしれない。

しかし……金はいつでも犯罪の原因になるが、消費者金融で借りた金を返せなくても殺されることはない。昔は——消費者金融ではなく「サラ金」と呼ばれていた時代には、あまりにも厳しく返済を迫られて自殺する人も後を絶たなかったようだが、今は時代が違う。

「その辺の事情に詳しい人はいますか？」

「やっぱり、工場の方の人でしょうね」

「所属は——工場にある技術開発部分室、でしたね」

「ええ」

「本社の技術開発部が、純粋に新製品や新しい技術の研究をするのに対して、現場でトラブルが起きた時に即時対応するために待機している——そういう組織ですよね」岩倉は念押しした。

「そうです。あいつは『パッチを当てる仕事』なんて言ってましたけどね。ソフトの不具合を修正するみたいな感じで」

「分室には、何人ぐらい人がいるんですか？」

「ええと……」今村が首を傾げる。「十人とか、それぐらいじゃないかな」

「分室勤務というのは、御社の中ではどういうポジションなんですか？」

技術開発部なら、ある意味社内の花形だろう。工作機械は昔から、日本のロボット技術の最先端である。「AI」などという言葉が登場するずっと前から、日本製の精密工作機器は、人間以上の正確さで工場の主力になっていたはずだ。今はコンピューター制御が昔以上に発達している故、技術者の仕事は増えているのではないか。

「微妙な感じですね」

「どんな風に？」

「技術開発部は、それなりに予算を持って、それこそ文字通り、新技術の開発に取り組めます。でも工場にある分室の方は、あくまで現場のヘルプ役というか」

本社に比べれば一段落ちる感じなのだろうか？　岩倉は、島岡が何らかの理由で腐っていたのではないかと想像していた。仕事が上手く行かなければ、他のことに救いを求める。それが酒やギャンブルというのは、よくある話だ。そして酒やギャンブルに溺れれば、仕事は最優先事項ではなくなる。

「島岡さんは、仕事にやる気を見せていたんですかね」

「どうかなあ」今村が右手で顔をこすった。まだ汗は止まらず、ナイター照明の光を受けてキラキラと輝いている。

「そもそもどんな人だったんですか？」

「入社は一緒だけど、俺は一緒に仕事をしたことはないんで……ずっと営業でしたから、あまりよく知らないんですよ。たまに同期の呑み会で顔を合わせるぐらいで」

「たまにしか会わないと、むしろ変化に気づきませんか？　顔つきが変わったとか、生活態度が荒れてきたとか」

「それは確かにありました。まず、酒の呑み方がね……入社した頃は、ちょっと呑んだだけですぐに真っ赤になって潰れてたんですよ。それが今は、ハイボールをぐいぐい——それでも全然酔わないで、二次会ではウィスキーのストレートに切り替えるぐらいですから」

「ずいぶん鍛えられたわけだ」

「鍛えられたというか、酒に慣れたというか。でも、あまりいい呑み方じゃなかったですね」どこか馬鹿にしたように今村が言った。

「ちょっとすみませんけどね」

田澤が口を挟んだ。大男が突然話し始めたせいか、今村が一瞬身を固くして一歩引く。田澤は体格に見合った大声の持ち主で、しかも地声は相当低い。

「あまり悲しくないようですが、島岡さんとは仲が悪かったんですか？」

「別にそういうわけじゃないですけど……」今村の言い訳が宙に消える。すぐに意を決したように顔を上げ、田澤の顔を正面から見た。「同期と言っても、そんなに頻繁に顔を合わせるわけじゃないですから。正直、どういう奴かよく知らないんですよ。そういうこと、あるでしょう？」

「そうですか。だったら、他に社内で仲がよかった人を教えて下さい」

「あの……あの事件って、通り魔じゃないんですか？」

「今のところ、あらゆる可能性を否定していません」

田澤の台詞の意味が、今村に理解できるだろうか。警察が「あらゆる可能性を否定していない」というのは、「何も分かっていない」と同義なのだ。すなわち、まだ有力な手がかりがない。

「普段接していたのは工場の人たちですから、そっちの方じゃないですかね」今村が何人かの名前を挙げてくれた。

「工場の総務課長は、無断欠勤や遅刻が積み重なったから処分した、と言ってました」

岩倉は指摘した。

「表向きはね」今村が微妙な表情を見せた。

「表向き……つまり、本当は別の理由があると？」岩倉は突っこんだ。

「いや、そういうわけじゃなくて」慌てて今村が首を横に振る。「ギャンブルで借金がかさみました、なんて正直に言う奴はいないでしょう？　それが馘になる理由になるかどうかも分からないし。ただ、将来的には間違いなく、駄目社員のレッテルを貼られるでしょうね。そういう人間は早めに追い出した方がいい——無断欠勤や遅刻は、馘にする一番簡単な理由ですからね。そういうことだったんじゃないかな」

総務課長への事情聴取が甘かったか……彼にすれば、積極的に話したいことではなかったのかもしれない。後で機会を作って、もう一度突っこんでみよう、と岩倉は頭の中にメモした。

覆面パトカーに乗りこんだ瞬間、田澤が溜息をもらした。

「どうした」運転席でシートベルトを締めながら、岩倉は訊ねた。

「何か、分かりやすい転落の歴史ですよね」

「まあな。ただこれが、事件と直接関係あるかどうかは分からないぞ」

「そもそも島岡は、どうしてギャンブルにはまったんでしょうね」

「本人に確認できない以上、想像するしかないな……学生時代は金がなかったのに、自分で稼ぐようになると、急に金遣いが荒くなる人もいる」

「酒についてはどうですか？　あまりよくない呑み方になったみたいですけど」

「借金と絡んでいるのかもしれないな」

「酒とギャンブル……破滅の第一歩ですよね。この二つには金がかかります。そのために変なところから金を借りてトラブルになって、それが殺される原因になったことも考えられますよ」

「確かにそうだな」うなずき、岩倉はエンジンをスタートさせた。「ところで俺たちの捜査、傍流だと思ってるだろう？」

「バレました？　全員が通り魔って言ってるのに、被害者の身辺捜査というのもね……」

「こっちが本流になるかもしれないぞ」

「チャンス到来、ですかね」

笑みを浮かべたまま、岩倉は車を出した。何というか……刑事は基本的に、歯車であるべきだ。きちんと捜査方針を判断する幹部がいて、その指示に従って動く。勝手に聞き込みを始めたり、怪しいと思う人間を一人で監視し始めたりしたら、そこだけ動きがずれてしまう。刑事は、自分が歯車だということを最初に教えこまれる。歯車は欠けてもいけないし、逆方向に回ってもいけない。指示された通りに、どんなにつまらない仕事でもこなす——そして多くの場合、捜査幹部は「読み」を外さないものだ。刑事が一人で動き回って、独自に犯人にたどりつくことなど、まずない。

とはいえどんな刑事も、自分が真っ先に犯人を割り出して、自らの手で手錠をかけたいと願っている。つまり、捜査の本流にいたいと思うのだ。

今回の事件では、通り魔と見て現場周辺の目撃者探しなどをしている刑事の方が「主流」だと言っていいだろう。しかしもしかしたら、あくまで「周辺捜査」をしている自分たちに主役の座が回ってくるかもしれない——田澤が興奮するのも理解できる。

「この件、ちょっと伏せておこうか」岩倉は提案した。

「え？」

「もう少し情報を集めて、しっかりしたものになってから、捜査会議で披露しよう」

「そんなことしていいんですか？」

「主役の座を射止めるためには、演出も大事なんだよ」岩倉はニヤリと笑った。「中途半端な情報じゃなくて、がっちり確定した情報で特捜本部を動かす——そういう快感は、なかなか捨てがたいものだぜ」

「ガンさん、そういう風にしたことがあるんですか？」

「何度か、な」

「やっぱりガンさん、結構なワルですよね」

「ワル？　失礼な。こういうのは、ベテランの味と言って欲しいね」岩倉はまたニヤリと笑った。

翌朝、岩倉と田澤は、再び石山製作所大森工場を訪ねた。今回は総務課長の花岡を飛ばして、受付で直接、会うべき相手を呼び出してもらう。技術開発部分室長の長尾《ながお》——島岡の直属の上司だ。

長尾は、見た目からして扱いにくそうな男だった。がっしりした顎が、頑固そうな印象を与える。しかも不機嫌な表情を隠そうともしない。花岡が着ていたのと同じ作業着に、汚れが目立つベージュのズボン。足元は、現場作業員が履くような、つま先がぽっこりと膨らんだ頑丈そうな作業靴だった。

受付の横にある応接スペースで椅子に座るなり、長尾は「忙しいんだがね」といきなり文句を言った。年齢は岩倉と同じぐらい……よく日焼けしていて、顔には皺が目立つ。豊かな髪はぼさぼさで、所々に白髪が混じっている。

「お忙しいところ、すみません」岩倉は下手に出た。こういうタイプ——長年現場で働いて、自分の仕事に誇りを持っている人間に対しては、とにかく丁寧に接するに限る。腕に覚え——プライドがある人間は、ぞんざいに扱われるのを何より嫌うのだ。「島岡さんのことなんですが——」

「あの馬鹿野郎が」

長尾がいきなり怒りを爆発させた。耳が真っ赤になっている——演技ではなく本物の怒りだとすぐに分かった。

「馬鹿、ですか」岩倉は慎重に訊ねた。

「せっかく目をかけてやってたのに、自爆しやがった」

「目をかけるほど優秀だったんですか？」

「若手の中では、な。勘がいいというか」

「こちらには、特に優秀な人材が寄越されるんですか？」

長尾が鼻を鳴らした。組んだ腕をすぐに解き、大きな両手を丸テーブルに置く。

「本社じゃなくて分室だから、中途半端な人間が送られてくるとでも思うか？」

「別に、そういう風には思っていませんよ」岩倉は穏やかな声で否定した。やはりやりにくい相手だ……。

「ここは現場だ。無菌状態の研究室の中で、呑気に研究をしているわけじゃない。事故もあるし、失敗すれば巨額の損失が出ることもある。そういう厳しい現場を経験しないと、精密機械開発の本質は分からないのさ」

「ということは、若手の修行の場所として適している、ということですね」

長尾がふいにニヤリと笑い、「よく分かってるじゃないか」と言った。

「警察官の仕事も同じですから」

「最初に厳しい職場に置いて勉強させる、か」

「死体を見るのが早ければ早いほど、刑事としては大成する、と言われていますよ」

「嫌なこと言うね、あんたも」長尾が鼻に皺を寄せる。

「失礼しました」岩倉はさっと頭を下げた。「とにかく、若いうちに難しい職場を経験した方がいいですよね」と言って話を引き戻す。

「それは、どんな仕事でも同じだろうな」

「島岡さんは若手の中でもできる方だった、ということなんですね」

「勘がよくて、打てば響く感じ……こういうのは、経験とは関係ないんだ。あいつは、現場の仕事が向いてたんだと思う」

「勤務態度はどうだったんですか？」

「最初はよかったよ、最初は。無遅刻無欠勤で、真面目に仕事をしていた」

この辺は、花岡の話と一致している。うなずき、岩倉は話を一歩先へ進めた。

「三年目ぐらいから遅刻や無断欠勤が多くなって、問題になったんですね」

「そもそも決められた時間に職場にいないようじゃ、仕事にならねえからな」

「ギャンブルや酒の問題が背景にあったんじゃないですか」

　長尾が一瞬、口を開きかけた。しかしすぐに、唇を固く引き結んでしまう。岩倉の目を見たまま、作業着の胸ポケットを上から触った。小さく膨らんでいる――大きさから、スマートフォンではなく煙草だと分かった。

「ここは禁煙ですよね」岩倉は確認した。

「当たり前だ。精密機械を扱う工場では、煙草の灰が落ちただけで故障につながるんだから」

「喫煙場所はないんですか」

「それは、あるけど――」

「そちらでどうですか？　煙草が欲しい時間帯じゃないですか」

「あんた、変に気がきくね」

　岩倉は何も言わずにうなずいた。それを見た長尾が、うなずき返して立ち上がる。田澤が「いいんですか？」と小声で訊ねた。

「お前もそろそろ、煙草が欲しいんじゃないのか」田澤も喫煙者である。

「別に俺はいいですけど……嫁にもそろそろやめろって言われてますし」

「まあ、いいから、いいから」

　長尾は二人を喫煙所に案内した。受付から少し行ったところにある小部屋――岩倉も話をするために喫煙所に行くことはあるが、どこも似たような感じである。壁は黄ばみ、空気清浄機がフル回転しているのに、煙草の臭いが染みこんでしまっている。大抵が狭いスペースで、どこの会社でも官公庁でも「喫煙者のためにわざわざ貴重なスペースを削って作ってやった」という設置者の意図が感じられる。岩倉はだいぶ前に煙草をやめたが、今でも吸っていたら、結構後ろめたい思いを抱いたのではないだろうか。大袈裟に言えば、今は煙草を吸っているだけで犯罪者扱いだ。

喫煙所に入ると、長尾は三人がけの小さなベンチに腰かけ、すぐに煙草に火を点《つ》けた。空気清浄機のファンが、大きな音を立てて回り始める。他に喫煙者はいないのに、部屋の中はすぐに真っ白になった。続いて田澤が吸い始めると、岩倉は目が痛くなってきた。

「お、あんたも普通の煙草かい？」長尾が嬉しそうに言った。

「加熱式の方が安いんですけどね……試したけど、味が好きになれませんでした」

「俺もだ。煙草は普通のやつが一番だね」

「まったくです」

狙い通り、少しだけその場の空気が解れた。岩倉は質問を再開した。

「島岡さんが、ギャンブルや酒にはまっていたという話を聞いています」

「あいつの酒は、よくなかったな」

「最初は呑めなかったそうですが」今村の話を思い出しながら訊ねる。

「ああ」長尾がうなずく。「慣れたんだろうな。ところがあいつの場合、とにかくタチが悪い酒でね……酔うとすぐに周りの人間に絡むし、最後は勝手に潰れちまう。分室には酒好きが多くて、よく呑みに行くんだけど、いつの間にか、あいつには声がかからなくなったぐらいだ」

「誘われなくなるというのは、相当悪い酒ですね」

「ああ。酒呑みの中にも、礼儀はあるからな。奴は完全に礼儀を失していた」

「しかし、何でそんなに荒れる酒になったんでしょうね。元々は呑めなかったのに」

「さあねえ」長尾が盛んに煙草をふかした。「何か、気にくわないことでもあったんじゃないか」

「ギャンブルにはまって、借金漬けだったとか」

長尾がぎろりと岩倉を睨《にら》んだ。「適当なことは言わんで欲しいね」と釘を刺してから、まだ長い煙草を灰皿に押しつける。すぐに新しい煙草を取り出してくわえた。

「会社にまで、取り立ての電話がかかってきたそうじゃないですか」

長尾が、火を点けて口元に持って行こうとしたライターを途中で止めた。小さな炎越しに岩倉の顔を凝視する。煙草を口から引き抜くとライターの火を消し、一つ溜息をついて「警察は怖いね」とこぼした。

「何がですか？」

「社内の事情まですっかり調べてあるんだ」

「それが仕事ですので」

「一年ぐらい前かな……分室の電話が鳴って、俺が取ったんだ。それが、『島岡とかいう奴はそこにいるか』という礼儀知らずの電話でね。いきなり、『金を返せ』だよ」

「相手はどんな人間でしたか？」

「男。中年かな？　声の調子を聞いた限りではそんな感じだった。ただ、それ以上のことは分からないな。島岡に電話を回したら、蒼い顔で少し話して、すぐに切っちまった。その後しばらく部屋を出ていたから、廊下で、携帯で話してたんじゃないかね」

「そういう電話は一度きりですか？」

「いや」長尾がまた煙草をくわえ、素早く火を点けた。せわしなくふかして、灰皿の縁に煙草を叩きつける。「何度もあった。俺が取ったのは一回だけだったが、同じような電話を受けたスタッフが何人もいたよ。しばらく、分室で話題になっていた」

「向こうも、かなり切羽詰まって金を回収しようとしたんでしょうか」

「そんな感じだったな」

「消費者金融ですか？」田澤が質問を挟む。

「いや、俺は違うと思うね。何と言うか、最近の消費者金融は、もう少し丁寧にやるんじゃないか？　一時散々叩かれたし、昔みたいな強引な取り立てはもうできないだろう。会社に電話もかけてこないんじゃないかな？　そもそも携帯にかければ済む話だし」

「消費者金融でないとすると、どんな相手ですかね」田澤がさらに訊ねる。

「個人的に金を貸した人間じゃないかな。しかも筋が悪い人間」

「暴力団とか？」

田澤の質問に、長尾は答えなかった。しかし渋い表情を見た限り、彼も同じように感じていることはすぐ分かった。

「もう一度伺います」岩倉は質問を引き継いだ。「ギャンブルの件は、本当にご存じないんですか」

「はっきりしたことは、な」長尾が、先ほどからは一歩引いた答えを発した。

「曖昧でもいいんです。そういう話を聞いたことはありませんか？」

「一度、奴が『奢る』と言って、スタッフを引き連れて行ったことがあるよ。『いつも呑み会では迷惑をかけているから、お詫びに』とか言ってな。俺は行かなかったが、五人でフグを食べて、その後キャバクラに行って金をばら撒いたそうだ」

「いくら使ったんでしょうね」

「軽く十万超えだったはずだよ。一緒に行った連中が、次の日に心配してたぐらいだからな。普段は金がないと文句ばかり言ってるのに、急に金回りがよくなるのは変だ、と。そりゃそうだよな」

「ギャンブルで儲けたんでしょうね」岩倉は言葉を添えた。

「そんなところじゃないかな」

「闇カジノへ行っていた、という情報もあります」岩倉はつけ加えた。

「まったく冗談じゃねえや」長尾が吐き捨てる。「俺は、ギャンブルは死ぬほど嫌いなんだよ。ガキの頃、親父がパチンコにはまって、一時期大変だったんだ。その記憶が今でも鮮明なんでね」

「だったらむしろ、忠告しようとは思わなかったんですか」

「最近は、同僚が何をやってても口を突っこまないのが礼儀ってもんさ。あんたらのところ——警察もそんな具合じゃないか？」

「確かにそんな感じですね」岩倉はうなずいた。もっとも警察の場合、部下が危ないことに手を出していると分かれば、必ず指導が入る。警察官の不祥事は、一般の会社員の場合に比べてはるかに意味が重いから、問題が大きくなる前に全てを把握しておかねばならないのだ。

「とにかく……正直言って、奴が馘になった時にはほっとしたよ」長尾が打ち明ける。

「あのままだと、いずれは大きなトラブルを起こして、会社にも迷惑をかけていただろうな」

「ギャンブルや酒の件は、馘に直接関係ないと思いますが」

「そういうことを調べなくて済んだんだから、会社としてはむしろよかったんじゃないか？　無断欠勤で馘にするのは、一番楽で安全な方法なんだよ。本人に事情聴取する必要もなく、勤務記録で証明されるんだから。揉めずに辞めさせるには、それが一番だよな？」

2

女性が相手だと、事情聴取のやり方も変わってくる。男性ならば、多少強く押しても問題になることはないが、女性の場合はそれをはっきり「圧力」と感じてトラブルになってしまうことも少なくない。本当は、女性に事情聴取するときは女性刑事が担当する方がいいのだが、警察は今でも男社会であり、女性刑事は圧倒的に少ない。南大田署刑事課にも、今、女性刑事は一人もいなかった。

この状況は、岩倉には如何《いかん》ともしがたい。今いるスタッフだけで何とかするしかないのだ。

石山製作所の女性社員、袴田恵《はかまだめぐみ》に事情聴取する際、岩倉は気を遣って会社を避けた。電話をかけて約束を取りつけ、仕事終わりにJR大森駅に近い商店街「ミルパ」で落ち合うことにする。待ち合わせ場所としては、商店街の中にあるチェーンのカフェを選んだ。

「何か、えらくポップな商店街ですね」「ミルパ」を歩きながら、田澤が半ば呆れたように言った。

「確かにな」アーケードの天井部分はガラス張りなのだ。しかし田澤が「ポップ」と感じた源泉は、ガラス張りの天井の両脇部分にあるとすぐに分かった。メロン色というべきか、淡い黄色と緑の組み合わせになっていて、妙に明るい。「蒲田とはずいぶん雰囲気が違う」

「俺は蒲田の方が好きですけどね。あっちの方が気安いし」

「実際、呑むのも食べるのも、向こうの方が安いと思うぜ」

ビルの一階にある店に入った瞬間、岩倉は「まずいな」とつぶやいた。同じことを感じたようで、田澤もすぐに「そうですね」と同意する。

理由は明白、店が明る過ぎるのだ。広い道路に面したところが大きなガラス窓になっているせいで、店内は照明がいらないほど明るく、しかも外からは丸見えである。外から覗かれないのは喫煙席だけか……しかしその懸念を、直後にやって来た恵が解決してくれた。

「喫煙席でもいいですか？」岩倉を見つけるなり、恵が遠慮がちに言った。

「もちろん。二対一で可決ですね」岩倉はうなずいた。

「え？」

「彼も吸うので」岩倉は田澤に向かって親指を倒して見せた。

「いいんですか？」

「そっちの方が静かだし、話をするにはいいでしょう」

喫煙席の割に、それほど煙たくはなかった。排煙機能がよほどしっかりしているのだろう。今は客が少ないせいかもしれないが……一度席につき、田澤が三人分のコーヒーを調達しに行った。

「仕事終わりでお疲れのところ、すみませんね」岩倉は軽い調子で切り出した。

「いえ」

「残業とかはないんですか？」

「今はそういうのにうるさいですし……特に総務は、率先して勤務時間を守らないといけないんです」

「確かにそうですね。他の社員の見本にもならないと」

「見本なんて言えませんけどね」苦笑しながら、恵がバッグから煙草を取り出す。加熱式の煙草だった。こちらの方が普通の煙草より安いせいもあってか、最近は少数派とは言えなくなりつつある。

「工場は、喫煙にはうるさいんじゃないですか？」

「もちろんです。あれだけ広い敷地内に、喫煙所が二ヶ所しかないんですよ」

その一つが、今朝長尾から話を聴いた場所か……岩倉は素早くうなずいた。

「じゃあ、結構混み合うでしょう」

「そうですね。最近は『被害者同盟』なんて言ってますけど」

岩倉は思わず笑ってしまった。彼女の真剣な表情が、かえって笑いを誘う。

「私はもうやめましたけど、最近は少しうるさ過ぎますよね」

「しょうがないですけどね。ご時世ってことでしょう。でもそのうち、勤務時間内は全面禁煙になるかもしれません。実際、総務の中ではそういう意見も出ているんです。そもそも精密機械を扱う工場で、煙草というのはいかがなものか——正論ですから、反論できません」

「確かに」岩倉はうなずき、恵の様子をざっと観察した。

地味な印象の女性だった。年齢、三十歳。グレーのパンツスーツ姿で、分厚い眼鏡をかけ、髪は後ろで一本に縛っている。

「会社では、ずっと総務なんですか？」

「ええ。でも、結構異動が多くて……うち、各地にある工場の中でも、大きいところには独自に総務課を置いているんですよ」

「聞いています」岩倉はうなずいた。

「本社、府中工場の総務課、もう一度本社の総務に戻って、今は大森工場——」恵が指を一本ずつ折っていった。「二年に一回のペースで異動してますね。都合よく使われてる感じです」

「優秀だから、あちこちから引きがあるんじゃないですか」

「総務には、そういうことはありませんよ」

恵が肩をすくめ、煙草をくわえた。加熱式なのでほとんど煙は出ないが、喫煙席はいつの間にか埋まり、ほぼ全員が普通の煙草を吸っているので、やはり中は霞み始めていた。高性能な吸煙装置にも、限界があるのだろう。

「お待たせしました」田澤がトレーを持って戻って来た。コーヒーだけかと思いきや、小さな皿には二つのパン——いかにもカロリーの高そうなペストリーだった。

「お前、これは？」

「この時間になると腹が減ってしょうがないんですよ」田澤が薄く笑った。「軽く食べておかないと……あの、一つどうですか？」ごく自然な調子で恵に勧める。

「え、でも……」

「買ってから気がついたんですけど、二つとも結構なカロリーなんですよ。一つ、引き受けてもらえませんか？」

「じゃあ、いただきます……この時間って、お腹が空きますよね」

「そうですね。自分は外回りなんで、やっぱりエネルギーを使うんですよ」

「私は一日座ってるだけですけど」

「頭脳労働だって、カロリーを消費するでしょう」

場の雰囲気が一気に和む。図体がでかいだけの肉体派だと思っていたのに、田澤は意外に気が利く。

二人は、嬉しそうにペストリーをぱくつき始めた。ジャムやクリームがたっぷり載っていて、確かにカロリーが高そう……自分の年齢では、絶対に避けなければいけない食べ物だ。岩倉はブラックのままコーヒーを飲んだ。

二人がペストリーを食べ終えるのを待って、岩倉は本題に入った。

「今日は、亡くなった島岡さんのことについて伺おうと思って、来ていただきました」

「はい」急に真顔になって、恵が両手を叩き合わせ、皿の上にパン屑を落とした。

「島岡さんは馘になった——会社でもいろいろ問題があったと聞いています」

「……隠してもしょうがないですよね。もう調べているんでしょう？」

「ある程度は」岩倉はうなずいた。「ギャンブル、借金、酒——そういうトラブルを抱えていたと聞いています」

「そう……ですね」

「総務でも、当然そういう問題は摑んでいたんですよね？」

恵が無言でうなずく。渋い表情——やはり、大きな声で話したくない話題なのは明らかだった。

「結局、馘になった理由はそういうことですか？」岩倉は念押しした。

「書類上は、無断欠勤や遅刻が、会社で定めている限度を超えた、ということです」

「追い出すにはいい理由だったんでしょうね」

「そういうことです」恵があっさり認めた。

「会社としては、大きなトラブルが起きる前に、ちょうどいい理由で追い出せた、ということなんですね？」少し意地が悪い言い方だと思いながら、岩倉はさらに押した。

「酒にギャンブル、借金……」恵がまた指を折った。「それは外の話だから、会社には関係ないとも言えるんですけどね」

「まだ何かあるんですか？　社内でも？」

「まあ、いろいろ」恵がふっと目を逸らし、また加熱式煙草をくわえた。顔を背けたまま、ほとんど見えない煙を吐き出す。

「例えば女性関係とか？」岩倉は当てずっぽうで言った。

「いやあ……」恵が目を伏せる。

「女性問題でもトラブルを起こしていたんですか？」当たったようだと判断し、岩倉は重ねて訊ねた。

「すみません、はっきりしたことは言えないんです」

「はっきりしない……噂として聞いている、ということですか」

「総務には、いろいろ噂が入ってきます。公式なもの、非公式なもの……社内の情報を積極的に収集するようにも指示されます」

社内スパイということか。嫌われ者ポジションだが、リスクヘッジという意味ではそういう仕事をする人間も必要だろう。

「あなたも、積極的に情報収集していたんですか？」

「私は、そういうわけでは……噂話で、いつの間にか入ってくることもありますよね」

「女性関係で？」

念押しすると恵が無言でうなずき、煙草を一吸いすると、ホルダーを片づけた。

「どんな女性関係ですか？」

「大したことはないです」

「大したことかどうかは、こちらで判断したいんです」岩倉は迫った。「分かっていることだけでも教えて下さい」

「社内でつき合っている娘《こ》がいて、島岡さんが浮気して大揉めになったとか」

「どのレベルの『揉める』ですか？」

「うーん……自殺未遂」

「大事《おおごと》じゃないですか」岩倉は目を見開いた。ただいい加減な男だとだけ思っていたのだが、それ以下――人間のクズだったのだろうか。この女性の存在が、岩倉の頭に根づいた。男女関係のトラブルは、いつでも事件の引き金になる。島岡の場合、金と女性という二つの問題を抱えていたわけで、事件に巻きこまれる可能性は人より高かったと言っていいだろう。

「あの、そんな大変なことじゃないんですよ」恵が慌てて否定した。「手首を切った――でも、病院へは自分で行ったぐらいですから。全治三日」

「三日って……そんな軽傷はありませんよ」

「そんな風に聞いただけで、本当かどうかは知りません。総務としても、特に手は出しませんでしたし」

「その女性の名前は？」

「……それ、言わないと駄目ですか」恵が上目遣いに岩倉を見る。

「もしかしたら――万が一ですけど、今回の事件に関係しているかもしれません」

「まさか」恵が目を見開いた。「そんなはずは……」

「どうしてそんなはずがないと思うんですか？」

「彼女、結婚したんですよ」

「え？」一瞬事情を呑みこめず、岩倉は目を細めて恵の顔を凝視した。

「だから、結婚したんです」焦《じ》れたような口調で恵が繰り返した。「もちろん、相手は島岡さんじゃないですけど」

「誰ですか？」

「会社の人ではないです……大学の同級生という話ですけど、それ以上のことは、私は知りません」

「結婚したのはいつですか？」

「三ヶ月前です。それで、退社しました」

「寿退社、というやつですか」我ながら古い言い方だと思いながら、岩倉は訊ねた。

「寿退社というか、子どもができたので……はい、そうですね。そういうタイミングで辞めた、ということでしょう」

「その女性の自殺未遂は、いつだったんですか？」

「もう一年前です」

「それがきっかけで別れた、ということですか」

「よく分かりませんけど、そうであっても不思議ではないですよね」

一年前に、つき合っていた島岡とトラブルになって自殺未遂騒動を起こし、それがきっかけになって別れて、すぐに古馴染みの男とくっついた——安直な想像だが、筋は通る。それが今回の事件に結びつく……いや、それはないか。その女性は、島岡と別れて、別の男と結婚したのだ。手ひどい失恋からうまく立ち直り、人生の新しいフェーズに入ったと言っていいだろう。わざわざトラブルを引き起こす理由が見つからない。

いや、島岡はゲスな男だ。もしかしたらその女性に対して未練を持ち、相手が結婚しているかどうかに関係なく、またちょっかいを出した結果、事件が起きた——あり得ない話ではない。

「その女性の名前と連絡先、教えて下さい」

「それは……勘弁して下さい。まさか、彼女を疑っているんですか？」

「それは、話を聴いてみないと分かりません。だから、とにかく会いたいんです」

「彼女、妊娠中なんですよ。そんな話をしたら、体によくないでしょう」恵が抵抗した。

「人が一人、殺されているんですよ。どんな手を使っても、犯人を逮捕しなければなりません」

「彼女が犯人だと言うんですか？」

「そうは言っていません」

「だけど……」

「お願いします」岩倉は頭を下げ、結局、問題の女性の名前を聞き出すことに成功した。妊娠中ということで、事情聴取には最大限気を遣わねばならないが、避けることはできない。

その時ふと、岩倉の頭に彩香の顔が浮かんだ。日々経験を積みつつある彼女なら、上手くやってくれるのではないか……機捜の刑事の手を借りるのは筋違いなのだが、こういう非常時には何でもアリだ。

使える物は何でも使う——それが刑事の基本だ。

所属の違う刑事の助けを借りるとなると、さすがに勝手には動けない。その日の夜、岩倉は柏木に相談した。

「機捜の女の子のヘルプをもらう？　そいつは異例だぞ」柏木の反応は鈍かった。「しかし今、特捜には女性刑事が一人もいないんですよ」

「署の交通課に何人かいるじゃないか。どうせガンさんが主導してやるんだろう？　女の子はあくまでサポート——その場の雰囲気を和ませるためにいればいいんじゃないのか」

「いや、主体的に事情聴取してもらいたいんです。機捜で経験を積んでいる彼女なら、上手くやれますよ。昔この署にいて——」

「ガンさんの弟子ってことか」柏木がかすかに馬鹿にするように言った。「しかし、ちょいとひいき目が過ぎるんじゃないか」

「いやいや、客観的な評価です」

「まあ……どうしてもって言うなら、ガンさんの方で機捜に頼んでくれよ。それぐらいの顔は利くだろう？　ベテランなんだから」

「……分かりました」

どうも邪魔者扱いされているようだ。柏木という男の性格からいって、何となくこんな風になりそうな予感はしていたが。

「それより、通り魔の線はどうなんですか？」岩倉は訊ねた。

「上手くないな」柏木が、脂ぎった顔を両手で擦った。「住宅街というのは、通り魔事件の捜査には最悪の場所だ」

「時間も悪かったですよね。あんな時間に外に出ている人はいませんからね」岩倉はうなずいた。

「もしかしたら、ガンさんの線の方が有力かもしれない。島岡に対する個人的な恨み、か」

「こっちに少し、人を割いてもらえませんか？」本当は、情報がある程度まとまってから、一気に放出して他の刑事たちを驚かせるつもりだった。しかし今のところ、何となく流れが自分の方に向いている気がする。こういう時は、個人の手柄などは無視して、一気に人手をかけて突っ走るべきだ。

「いや、まだ初動段階だから、通り魔の線でも手は抜けない。そっちはガンさんたちだけで頑張ってもらうしかないな」

「そうですか……じゃあ、とにかく機捜にはヘルプを頼みますよ」

「ああ、ガンさんの自己責任でな」

しょうがない……岩倉は立ち上がり、必死で手帳に書きこみをしている田澤のところへ向かった。今夜の捜査会議で、これまでの成果を発表しなければならないので、情報をまとめているのだ。

「ちょっといいか」

「いいえ――はい」田澤が顔を上げた。表情まで必死――刑事にはそれぞれ得意分野がある。取り調べの専門家、尾行の達人、格闘能力に優れた者――一方で、苦手分野があるのも普通だ。田澤の場合、情報をまとめて報告するのは得意ではないのだろう。それは刑事の基本でもあるのだが。

岩倉は、彩香の手を借りることを提案した。田澤は微妙に嫌そうな表情を浮かべた。

「俺だと、上手くいかないですかね」

「いや、お前にも一緒にいてもらうよ」

「いやいや……自分でも分かってますよ。人をビビらせてしまうことがあるのは」

「体がでかいんだから、しょうがないさ」岩倉は彼の肩を叩いた。「とにかく、女性には女性が当たった方がいい。俺だって未だに、女の人に話を聴く時には緊張するからな」

「ガンさんでも、ですか？」田澤が眉を吊り上げる。

「俺を何だと思ってるんだ？　女性の相手が得意なら、今頃は別の人生を送ってるさ」

3

三交代制で勤務する彩香とは、何とか連絡が取れた。問題の女性——村本有里華《むらもとゆりか》ともアポが取れたが、岩倉は電話で話しただけで早くも不安になった。声が弱々しいというか、不安定な感じがする。自殺未遂の経験が、彼女の気持ちを弱くしてしまったのだろうか。

翌日の午後、岩倉たちはＪＲ武蔵境駅に集合した。有里華は結婚して会社を辞めた後、夫婦二人でこの街に住んでいるという。

少し遅れて待ち合わせ場所に現れた彩香は、ほとんど白に近いベージュのジャケットに紺色のスカートという格好だった。普段、機捜で勤務している時には、動きやすいようにズボンを穿いているはずだが……岩倉は思わず「スカートなんて珍しいな」と言ってしまった。

「私服の刑事っぽい格好を期待してました？」彩香が悪戯《いたずら》っぽく笑った。

「まあな」

「上下紺のパンツスーツとか、意外によくないみたいですよ。女性刑事の平均的な格好ですけど、それだと相手を緊張させてしまうこともあります」

「それで今日はスカートか……」

「先輩たちから話を聞いて勉強してますから。女性刑事だって、いろいろ考えてるんです」

「勉強熱心なのはいいことだ。そろそろ機捜を卒業して、本部の捜査一課に行ってもいい頃合いだな」

「それを決めるのは、私じゃないですけどね」

「希望は出しておけよ。捜査一課は常に優秀な人材を求めているし、一度はあそこで仕事しておいた方がいい」

「優秀かどうかは……」彩香が肩をすくめ、この話は打ち切りになった。

田澤が先導して、三人は街を歩き出した。田澤はどうも意気が上がらない様子――やはり「外された」感覚なのだろうか。昨日、恵に対しては上手くやったのだから、今回も任せておいてもよかったのだが、今日会う有里華はもっとデリケートな相手である。やはり女性のヘルプが必要なのだが、それを納得していないのかもしれない。

有里華の家は、連雀《れんじゃく》通り沿い、バスの営業所の近くにあるマンションの一室だった。自宅で会うのをＯＫしたということは、警察を全面的に拒絶しているわけではないと、岩倉は自分を安心させようとしたが、微妙に不安だった。

「私が先に立ちますか？」ホールに入った瞬間、彩香が言った。

「そうだな……」岩倉は、インタフォンをちらりと見て言った。カメラのレンズ――向こうにはこちらの顔が見えてしまうわけで、自分や田澤が最初に顔見せするよりも、トップバッターが彩香の方がはるかにいいだろう。年齢の割に童顔だから、相手に警戒心を与えないはずだ。「じゃあ、頼む。今日は全面的に任せるよ」

彩香が少しだけ身を屈め、インタフォンのボタンを押した。すぐに反応がある――有里華の声は、やはり少しだけ暗かった。

「お約束していた警視庁の者です」

「はい……今、開けます」

オートロックが解除され、扉が開いた。彩香がさっさと中に入る。岩倉は田澤と顔を見合わせ、彼女の後に続いた。

いかにも新婚夫婦の部屋らしく、室内はこぢんまりしていた。リビングルームは八畳ほど。ソファとローテーブルだけで、かなりのスペースを占領している。これは少し話しにくい……岩倉は、ダイニングルームに目を向けた。丸いダイニングテーブルに椅子が二つ。そちらで、彩香に全面的に任せるのがいいだろう。自分と田澤はソファで待機している方がいい。特に、田澤のように体の大きな人間が立っていると、それだけで相手は圧迫感で黙ってしまう。

岩倉の意図を察したのか、彩香はダイニングテーブルにつくよう、有里華を促した。

有里華が一瞬岩倉たちに不安げな視線を向けたので、岩倉は「我々はこちらに座ります」と先んじて言った。

「あの、お茶でも……」有里華はまだ椅子に座ろうとしない。

「お茶は結構です。お気遣いなく」彩香がすかさず言った。「とにかく、お座り下さい」

「そうですか……」

彩香と有里華が向かい合って座った。本当なら、夫と一緒に毎日の食事を摂る場所である。そこに刑事が座り、これから尋問が始まろうとしている――緊張しないわけがない。

「ここで話したことは、一切表には出ません。ご主人にも分からないようにします」彩香がまずそう言った。

「主人は……知っています」

「そうなんですか？」

「自分で話しました。前から知っています」

「結婚する前からですか？」

「ええ。いろいろ分かっていて、結婚してくれたんです」

有里華は両手を組み合わせ、しきりに動かしていた。ほっそりとした小柄な体型ゆえ、腹の膨らみが目立つ。神経質そうな表情なのが心配だった。気持ちが揺らぐと、妊婦の体にはよくないはずだ……やはりここは、彩香に任せておこう。

「今の暮らしをお邪魔するつもりはまったくないですから」

「はい」

「島岡さんが殺されたことは、ご存じでしたよね？」

「はい、ニュースで……」

「どう思いました？」

「驚きましたけど……もう関係ない人ですから」

「割り切れたんですか？」

「割り切らないとやっていけません。あんな人――」有里華が、急に吐き捨てるような乱暴な口調になった。

「そうですよ」彩香が同調した。「あの、こんなこと言うと悪いですけど、どうしようもない男だったんでしょう？」

「ああ、あの……はい、そうです」有里華が認めた。

「あなたが自殺しようとした、と聞きました」彩香が遠慮せず切りこんだ。「原因は当然、島岡さんですよね？」

「そうです」

「何があったんですか？」

「浮気です」

「浮気」繰り返し言って、彩香がうなずく。「そんなにしょうもない男だったんですか？」

「はい」有里華がうなずく――少しだけ深く。

「ええと……でも、まあ、写真を見た限りではイケメンですよね」

「それだけでした」

「他にいいところなし、ですか？」

「ギャンブルの問題がありました。それもパチスロとか麻雀とかじゃなくて、裏カジノです」

「そういう店があるんですね」彩香が念押しする。

「新宿にある店に、よく行っていると言ってました。基本的にブラックジャックで、賭け金が高くて……勝てばボーナス分ぐらい入ることもあるそうです」

「そんなに？」彩香が目を細める。

「だから『裏』なんだろうなって思いました」

　今のところ、会話は上手く転がっている。彩香の事情聴取のテクニックはなかなかのものだ――女性だからという理由で連れてきたのだが、この臨機応変のやり方は性別には関係ない。今も、島岡を「悪者」にすることで、上手く有里華の本音を引き出し始めている。

「あの、私、変でしょうか」有里華が急に不安そうな表情を浮かべる。

「別に変ではないですけど、どういうことですか？」彩香が訊ねる。

「全然悲しくないっていうか、むしろザマアミロって思ってます」

「ああ……」彩香が緩い笑みを浮かべる。「当然じゃないですか？　あなたを、自殺を考えるまで追いこんだ相手ですからね」

「はい。でも、死ぬつもりはなかったですけど」

「傷も残ってないですよね」

彩香が指摘して、有里華の手首をちらりと見た。有里華は七分袖のカットソーを着ていて、手首は丸見えになっている——隠す気もないようだったし、彩香が指摘する通り、そもそも傷は見当たらない。

「かすり傷でしたから。脅してやろうと思っただけなんです」

「それで全治三日だったんですね」

「絆創膏を貼っておいても治ったぐらいです。でも、病院に行って、何とか少しでも脅かしてやろうと思って」

「ところが？」彩香が先を促した。

「会いに来ませんでした。メールも電話もありませんでした」

「無視、ですか」呆れたような表情を浮かべ、彩香が首を横に振った。

「その前に浮気してることが分かって、大喧嘩したんです。それでカッとなって、思い知らせてやろうとしたんですけど、全然効果がなかったですね。痛いだけ損でした」

「結局、それで別れたんですね」

「はい。何か……どうしようもない人っているじゃないですか。人が何を言っても、自分の思う通りにしか解釈しない人間」

「いますね」彩香がうなずき同調した。

「島岡さんって、そういうタイプだったんです。人のことなんか、何も気にしない――自分のことしか考えてないんです。そういう人だから、浮気するんでしょうね。自分の欲望だけに従って生きてるんです」

「だから、殺されたと分かってもそんなにショックではなかった――そういうことですね？」

「ええ」有里華がうなずく。「とにかく、もうどうでもいいというか。ずっと忘れたいと思ってましたから、半分記憶からなくなっていた――無意識のうちに消していたのかもしれません。こんなに何とも思わないなんて、自分でも少し意外でしたけど」

「自分で自分の記憶を補正することもあると思います。嫌な男のことは、さっさと忘れたいですよね。そうしないと、そういう男とつき合っていた自分も駄目な人間に思えてきます」彩香が薄く笑った。「私も、同じような経験があります。就職してすぐの頃でしたけど……どうしようもない駄目男でした」

有里華がゆっくりと顔を上げた。顔が引き攣《つ》っている。彩香に合わせて笑おうとして失敗したようだった。無意識なのか、腹に手を添える。

「被害者は、私だけじゃなかったみたいですね」

「そうなんですか？」彩香が丸テーブルの上に身を乗り出す。

「詳しいことは知りませんけど、会社の中でも外でも何人か……とにかく、落ち着かない人だったんです」

「女性なら誰でもいい、みたいな？」

「私は、普通につき合っていると思ったんです。一年ぐらい……普通にデートして、普通に食事を作って一緒に食べて」

「彼が浮気していることは、どうして分かったんですか？」

「勘です」有里華が言った。「急によそよそしい感じになって、おかしいなと思ったんです。それでスマートフォンを盗み見したら、別の女性とＬＩＮＥでつながっていたんです。結構露骨なやり取りでした」

「それで、問い詰めたんですね？」

「はい」有里華がうなずく。「そうしたら、あっさり認めました。それで大喧嘩して、さっさと別れようっていう話になって。私の方から切り出したんです」

「その時は、特にトラブルはなかったんですか？」

「向こうはもう、私に興味がありませんでしたから」自嘲気味に有里華が言った。「それに、手首を切るような女、重いと思ったんじゃないですか？」

有里華が、右手で左手首を覆った。傷跡は残っていない――彼女も本気で死ぬつもりはなかったので、傷はごく浅いものだっただろうが、実際には心に強い痛みが残ったのかもしれない。

「ご主人と出会ったのは？」

「その後です。大学の同級生ですけど……その後、島岡さんは会社を馘になって、私もそろそろ新しい人生を始めてもいいかなって思って、退職したんです」

「赤ちゃん、順調ですか？」

「ええ」ようやく有里華の顔に明るい表情が浮かんだ。「何とか」

「お体、大事にして下さいね」彩香も穏やかな笑みを浮かべた。しかし一瞬後には、急に表情を引き締める。「それで——浮気相手の名前はご存じですか？」

「いえ」有里華が視線を逸らす。

「LINEでのやり取り、見たんでしょう？　相手が誰か、分かりませんでしたか？」

「名前までは分かりませんでした」

「そうですか……」

彩香が、助けを求めるように岩倉を見た。岩倉は首を横に振った。今のところ、質問に漏れはない。一歩進んだとも言えるが、それほど大きな一歩ではなかった。

「島岡さんの女性関係は、本当にそんなに乱れていたんですか？　社内でも、あなたの他に……」

「そういうこともあったと思います。確かめたことはないですけど」

「相手は誰か、分かりますか？　話を聴いてみたいんですが」

「私は、噂しか知りません」

「被害者同盟のようなものができてなかったんですか？」

有里華がかすかに笑った。少しだけ緊張が解れたように見える。女性同士というのは、こういうものだろうか？　男を「共通の敵」とみなして悪口を言い合う？　岩倉は二人に気づかれないよう、かすかに首を横に振った。

「そういうのは……ないです」

「噂でも構いません。誰か、他に話を聴けそうな人を教えてもらえれば」

結局、有里華は数人の女性社員の名前を教えてくれた。そんなにたくさんいるのか……と岩倉は呆れた。手当たり次第とは言わないが、島岡が節操なく同僚の女性社員に手を出していたのは間違いなさそうだ。これでは、トラブルにならないわけがない。たとえ会社を辞めた後でも、同じようなことを繰り返していたら、事件に巻きこまれても不思議ではないだろう。

「あの……」有里華が遠慮がちに切り出した。

「何ですか？」彩香が手帳を閉じながら訊ねる。

「まさか、私を疑っているわけじゃないですよね？」

「そういうことはないですけど、一応確認しましょうか？」彩香がまた手帳を広げた。

「日曜日の深夜――月曜日の未明に、どちらにいらっしゃいました？」

「週末は実家の方に……大津です」

「新幹線ですか？」

「ええ。月曜日に帰って来ました」

「はい、結構です」彩香がまた手帳を閉じた。

「いいんですか？」有里華が探るように言った。

「はい。そもそも妊娠中のあなたがあんなことをするとは思えません。必要なら、いくらでも裏が取れます。ご自宅にいたとなると、アリバイを確認するのは難しいんですが、どこかへ出かけていたら、記録が残りますから」

「そうですか……でも、私は……」

「ご迷惑をおかけしました。気持ちが安定していないといけない時期なのに、すみませんでした」彩香が頭を下げ、首を捻って、岩倉の方に視線を向けた。

ここでこれ以上聴けることはない。岩倉は彩香に向かってうなずき返し、膝を一つ叩いた。事情聴取終了、の合図。取り敢えず、次に話を聴くべき相手の名前が何人か出てきた。これで一歩、前へ進めるはずだ。


「さっきの話、本当か？」マンションを出てすぐ、岩倉は彩香に訊ねた。

「さっきの話って、何ですか？」

「ほら、就職してすぐ、男がっていう話」

「ああ」彩香が大きな笑みを浮かべる。「嘘です」

「おいおい、嘘はよくないぞ」岩倉は忠告した。「バレると面倒なことになる」

「嘘も方便って言うじゃないですか」彩香の笑みは崩れなかった。「あれぐらいの嘘は許されると思います。それよりどうでした、私の事情聴取？　普段は現場でばたばた話を聴くだけですから、あんな風にじっくり話をする機会は滅多にないんです」

「十分合格だよ。腕を上げたな」岩倉は自分の右の二の腕を叩いた。「とにかく、ありがとう。これで突破口は開けたと思う。後はこっちで何とかしてみる」

「この先も手伝いたいところですけど……」

「これ以上迷惑はかけられないさ。君は、機捜にとっても貴重な戦力だから」

「何かあったら呼んで下さい。時間の都合がつけば、また手伝います」

「助かるよ」

「しかし、やっぱり女性に対しては女性なんですかねえ」田澤が愚痴っぽく言った。

「俺なんか、女性に話を聴くと、だいたい上手くいかないですよ。最初に怖がられるから」

「前も言ったけど、女性の相手は俺だって苦手さ」岩倉は慰めた。「男はだいたい、駄目なんじゃないか？　まったく平気なのは、大友ぐらいだよ」

「ああ、大友さんですか」彩香が何故か嬉しそうに言った。

「奴の場合、どんな相手でも、目の前に座ると勝手に喋り出すからね。あれは一種の特殊能力だ」

「それはですね――女性の場合、相手が疑似恋愛に陥るからじゃないですか」

「疑似恋愛？」

「大友さん、イケメンだから。そんな人が正面に座ったら、何でも話しちゃいますよ。俺も整形でもしようかな」田澤がごつい顎を撫でた。「それでイメージが変わったら、事情聴取ももっと上手くできるんじゃないですかね」

「お前にはお前の得意分野があるじゃないか。無理に変える必要はないよ」

「大友さんは顔、ガンさんは抜群の記憶力……俺には何がありますかね」

「お前の体力は、大事な戦力だぜ」

「この捜査では、今のところ体力は関係ないですけどねえ」

しかし、捜査に体力は絶対に必要だ。いつ終わるか分からないジョギングを続けているようなものだから……ある時、突然ホイッスルが鳴って、全員が一斉に同じ方向を向いて全力で走り出さねばならなくなる。気を抜いていると、そういう時にアキレス腱を痛めたりするものだ。

署に戻ると、留守番をしていた若い刑事がメモを差し出した。「花岡」の名前と会社の電話番号がある。

「電話があったの、いつ頃だった？」メモを受け取りながら岩倉は訊ねた。

「一時間ほど前ですね」

「何か言ってたか？」

「いえ、岩倉さんに電話をもらいたい、とだけ」

「分かった。ありがとう」

岩倉は空いているテーブルにつき、スマートフォンに電話番号を打ちこんだ。この一時間ずっと、岩倉からの連絡を待ち望んでいたように、花岡がすぐに電話に出る。

「ああ、岩倉さん。わざわざお電話いただきまして、すみません」

「いえ……何かありましたか？」新しい情報提供だろうか、と岩倉は期待した。

「確認ですが、うちの社員に事情聴取してますよね？」

「ええ」

「そういう場合は、私に話を通していただきたいんですが……」

そういうことか、と岩倉は納得した。花岡にすれば、自分が知らない間に社員が話を聴かれたら頭にくるだろう。警察の動向も知っておかないと不安になるはずだし……こちらが勝手に捜査を進めて、花岡が知らない間に社員が逮捕されたら大事だ——そう考えていても不思議ではない。

「申し訳ないですが、事情聴取の対象は多岐に渡っています。人数も多い。一々花岡さんにお伺いを立てていたら、こちらの仕事が滞りますよ」

「そうはいっても、こちらとしても状況を把握しておきたいんです」

「申し訳ないですが」岩倉は繰り返した。「警察の捜査状況を、全てお伝えすることはできません。色々不都合も生じますので」

「うちの社員が疑われているんですか？」

「いえ――ただし、最初にあなたが全て話してくれなかったので、捜査のスタートアップは失敗したと言っていいでしょう」

「失敗――」花岡が、一瞬声を張り上げた後で口籠った。「私は別に……」

「あなたが嘘をついたとは言いません。島岡さんを馘にした理由は、無断欠勤や遅刻が重なったこと――それは嘘ではないでしょう。書類上は真実と言っていいと思います。ただしその背景には、もっといろいろな事情があった。そういうことを全て話してくれれば、他の社員の方たちに事情聴取する必要はなかったかもしれない」

「隠していたわけでは――」

「島岡さんの飲酒問題、ギャンブル、借金、様々な女性問題――彼が会社を辞めていても、そういうトラブルは事件につながるきっかけになり得ます。こういう情報は、いち早く知りたかったですね」

「質問されなければ……答えようがないですよ」花岡がもごもごと言い訳した。

「積極的にご協力いただいていると思ったんですが」

「もちろん、協力はしますが、島岡は半年近く前にうちを辞めた人間ですよ。会社に責任があるように言われましても……」

「会社に責任があるとは言ってません。事件の原因が、彼の会社員時代にあるかもしれない、というだけの話です」

「うちの社員がこんなことをしたと？」

「そういう意味ではありません」

花岡は臆病なだけなのだ、と分かっていた。だからといって、捜査の手を緩めるわけにはいかない。この事件の遠因が、島岡の会社員時代にあるような予感がしてならないのだ。

「とにかく今後も、御社の社員から話を聴くことはあると思います。それを、事前に周知していただく必要はありませんので」

「どういう意味ですか？」

「余計な準備をして欲しくない、ということです——それでは、これで失礼します」

「岩倉さん——」

岩倉は一方的に通話を終えて電話を切った。まあ……こういう人がいるのは理解できる。事件の解決などどうでもよく、取り敢えず自分と会社の安全を守ることが第一。別におかしなことではない。逆の立場なら、岩倉も同じようにしたかもしれない。だが、ここで引くわけにはいかないのだ。

「ガンさん、何か問題でも？」

柏木が近づいて来た。何故か、嬉しそうな表情を浮かべている。

「いや、大したことじゃないです」岩倉は簡単に事情を説明した。

「いや、結構面倒なことじゃないか。相手に迷惑をかけたら、今後の捜査がやりにくくなる。それに、会社から正式に抗議がきたら、真面目に応対しなければならなくなる。そういう状況は困るな」

「ご理解いただけましたよ」こちらで勝手に電話を切ってしまったのだが。

「ガンさん、あまり無理しないでくれよ」柏木が溜息をついた。「そういう風に暴走するのは、ガンさんらしくない」

「暴走しているつもりはないですけどね」

「ほう」柏木が顎を上げ、岩倉を見下ろすような姿勢を取った。「どうも、俺が見ているのと、ガンさんが自分で感じているのは違うみたいだな」

「そうですか？　俺は警視庁で一番慎重な男って言われてるんですよ」

「そうかもしれないが、そういうのは時と場合によるんじゃないかな」

「今は、そういう時と場合じゃないと思いますよ」

岩倉は立ち上がり、一礼した。自分が柏木に煙たがられているのは分かっているが、このところの彼の態度の悪さは限度を超えている。もしかしたら、岩倉に対して何らかの攻撃を加えようとしているのかもしれない。

向こうはそのつもりかもしれないが、別に構わない。罠を見抜き、ぎりぎりでかわすのは、岩倉の一番の得意技なのだ。そういう危険を察するセンサーが備わっている。

4

翌日も、岩倉と田澤は島岡の女性関係の調査を進めることにした——朝一番で田澤に会った瞬間、岩倉は異変に気づいた。顎に、絆創膏が二枚も貼られている。

「それ、どうした？」

「せめて少しでも清潔感を、と思いましてね」顔をしかめながら、田澤が顎を撫でる。

「今朝、ちょっと深剃りし過ぎたんです」

「自分で整形手術しようとしたのかと思ったぜ」

「勘弁して下さいよ」田澤が苦笑した。

「お前も、意外と可愛いところがあるんだな」

「それ、女性に対してはプラスに働きますかね？」

「さあな。試してみろよ」岩倉は思わず笑ってしまった。この男は……単純というか、思い込みが激しいというか、意外に扱いにくい。特捜本部の仕事で一時的に組んでいるだけだから何とか我慢できるが、同じ職場でずっと一緒だったら、かなり悩まされるだろう。まさに天然、計算も悪意もないだけに、余計にタチが悪い。

「よし、とにかく行こう。ただし、慎重に……昨日、工場の総務課長から抗議の電話がかかってきたんだ」

「花岡さんですか？　何ですって？」

「勝手に事情聴取をするなってさ。一々総務課長の許可を取ってる暇なんかないのに」

「まったくです……でも、花岡さんは刺激しない方がいいですね」

「これから話を聴く人には、会社に余計なことを言わないように念押ししよう」

昨夜のうちに、何人かの社員にアポを取っておいた。なかなか難航したのだが――既に花岡が「余計なことは話さないように」と根回しをしたのかもしれない――とにかく会って話せば何とかなる。

岩倉たちは、所轄から覆面パトカーで大森工場に向かった。最初に会う予定の相手は、管理課勤務の大谷美希《おおたにみき》という女性である。

「ガンさん、いい加減、俺が運転しますよ」助手席に座った田澤が、申し訳なさそうに言った。実際、二人で組むようになってから、運転は岩倉の仕事になってしまっている。

「いいんだよ、これが所轄の仕事なんだから」

「何だか申し訳ないです……ところで、総務課と管理課は、何が違うんですかね」田澤が疑問を発した。

「総務課は、社員の勤務や福利厚生の担当、管理課は工場全体の稼働について計画を立てて管理する――そんなところじゃないか？」

「何だ、知ってるわけじゃないんですね」

「言葉のニュアンスで、そんな感じがしただけだ」

大森工場への道もすっかり覚えてしまった。まだ朝のラッシュが残っている時間なので、少し渋滞にはまって時間がかかったものの、約束の十時には楽に間に合った。

「総務課長が抵抗しているという話を聴くと、会社ではやり辛いですね」シートベルトを外しながら田澤が言った。

「堂々としてればいいんだよ。こっちは公務でやってるんだから、何の問題もない。向こうが神経質になるのは、向こうの事情だから」

「ガンさんは、もう少し穏やかな人権派かと思ってましたよ」田澤が溜息をつく。

「相手の要求を全部受け止めてペコペコしているような奴は、人権派じゃなくて弱気なだけだ。それに、一刻も早く犯人を捕まえた方が、会社のためにもなるんじゃないか？」

「犯人が会社の人じゃなければ、でしょう？」田澤が釘を刺す。「同僚である可能性も、ゼロとは言えませんよね」

「ああ。今のところはまだ、何でもありだな」

「俺、何だか嫌な予感がしますよ」

「また言ってるな。お前の勘は当たるのか？」

「いや、さっぱりですけどね」

田澤が肩をすくめたので、岩倉はつい笑ってしまった。「勘」は鍛えて身につくものではない。刑事の中にも、やたらと勘の鋭い人間がいる——岩倉もそういう一人だ——

一方、事実を積み重ねていくことでしか真実に近づけない刑事もいる。どちらがいい悪いではなく、単にタイプの違いだ。この場合、自分と田澤が組んでいるのは悪いことではないと思う。勘頼りの刑事が二人揃ったら、捜査はどこへ向かうか分からない。

受付で、管理課の大谷美希を呼び出してもらった。数分後、ホールに出てきたのは、身長百五十センチにも満たないような眼鏡をかけた小柄な女性で、顔色が悪い。呼び出されて、明らかに迷惑かつ不安そうだった。

「お呼びたてしてすみません」岩倉は頭を下げた。

「いえ……」

「島岡さんの事件に関して情報収集しています。少しお時間をいただきます」

「私に話せることがあるかどうか、分かりませんけど……」美希が心配そうに周囲を見渡す。

「こういうところだと話しにくいかもしれませんが、外へ出るのも大変ですから」

大森工場の周辺には手軽にお茶を飲めるような場所もない。ここは、社員や取引先の人間も通りかかるので、美希もやりにくいだろうが、仕方がない。実際、岩倉もやりづらい……ホールはそれほど広くなく、人がひっきりなしに行き来しているので、どうしても他人の目と耳が気になる。

「勤務中ですから、時間はあまりないですよね」

「ええ」美希は左手を持ち上げて腕時計を見た。

「手短に済ませます。島岡さんに関する悪い噂をいくつか、聞いています」

「ああ……はい」美希は目を合わせようとせずに予防線を張った。「でも、噂でしょう？　本当はどうなのか、私には分かりません」

「あなたは——今、二十八歳ですよね」岩倉は確認した。「島岡さんと同い年だ。同期ですか？」

「いえ、私は短大からこの会社に入ったので、二年先でした」

「先輩ですか」

「先輩なんていうほどのものじゃありません」美希はどこか自嘲気味だった。

「二年長い分、会社のこともよく知っているんじゃないですか」岩倉は探りを入れた。

「そんなこともないですけど……」

「村本有里華さん」

美希がぴくりと身を震わせた。少し慌てた様子で眼鏡をかけ直すと、初めて岩倉の顔を正面から見た。

「村本さんからは、もう話を聴いています」

「あ……そうなんですか」美希がかすかにほっとしたような声で言った。

「ですから、村本さんと島岡さんが以前つき合っていたこと、村本さんが自殺未遂を図ったことは分かっています。村本さん本人も、島岡さんに対する嫌がらせだったと認めました」

「私……有里華さんとは仲が良かったんです。有里華さんが一つ上で」

岩倉は無言でうなずいた。この辺の情報は、有里華本人から聴いたものと一致している。

「ほとんど毎日、一緒にお昼を食べていました。だから、島岡さんとのことも知っていました」

「揉めていたことも？」

何も言わず、美希がうなずく。しばらく自分の指先をいじっていたが、やがて顔を上げて、「あれは島岡さんが悪いんです」と言い切った。

「確かに、女性問題ではいろいろあったようですね」

「いろいろというか、たくさん、でしょうか」

「社内でも、ですね？」

「何なんでしょうね、ああいう人って」美希の声が、急に怒気を帯びる。「後先のこととか、何も考えていないんでしょうか」

「女性問題以外にも、いろいろ悪い噂があったと思うけど」

「たぶん、本当だと思います。有里華さん、島岡さんに裏カジノへ連れていかれたことがあるって言ってました」

これは初耳――有里華は明かしてくれなかった。裏カジノへ行ったことがバレると、自分も責任を問われるとでも思ったのだろうか。

「村本さんもギャンブルをやったんですか？」

「違います。有里華さん、そういうことにはまったく縁のない人ですから。パチンコも麻雀も……基本的に、賭け事には興味がないんです」

「そういう人が、どうして島岡さんのようにギャンブル好きの人間とつき合うようになったんでしょうね。真逆じゃないですか」

「真逆だから惹《ひ》かれることもある……みたいな感じだったと思います。つき合い始めた頃、私は忠告したんですよ？　絶対に有里華さんとは合わないから、やめた方がいいって。でも有里華さん、男性にあまり免疫がなかったから。それに、ちょっと悪い人に惹かれるっていうのは、あると思います」

　岩倉はうなずいた。自分が若い頃にも、そういう傾向はあった……高校生の頃など、ちょっと不良っぽい奴に限って、可愛い彼女がいたものだ。

「でもあなたの予想通り、長くは続かなかった」

「はい」美希がはっきりした声で答える。

「実際には、どれぐらいつき合っていたんですか？」

「一年は持たなかったですね」美希の口調が次第に強くなってくる。「私は、半年で駄目になると予想してたんですけど」

「忠告も、何度もしたんですよね？」岩倉は念押しした。

「しましたけど、ああいう時は人の言うことなんか聞きませんから」呆れたように美希が言った。

「自殺未遂のことなんですが……島岡さんの浮気が原因だと聞いています」

「ええ」

「島岡さんの浮気相手、知ってますか？」

「それは……有里華さん、何か言ってなかったですか？」

「分からない、と。ＬＩＮＥのメッセージを見たけど、相手が誰かまでは分からなかったと言ってましたよ」

「ああ、そうですか……」美希がふっと目を逸らす。

何か知っているな、と確信して、岩倉はさらに突っこんだ。

「あなた、相手について何か聞いていませんか？」

「誰なのかは知りません」

「具体的ではなくても、手がかりだけでも」

「有里華さんは何も言わなかったんですよね？」美希が念押しした。

「ええ」岩倉はうなずいた。躊躇《ためら》っているのは、友人に対する義理の問題だろうか。

「ここで話したことは、表には出ません。いや、捜査に利用することはあるし、村本さんに話すかもしれませんが、あなたの名前が出ることは絶対にありません」

「私が喋ったって分かったら……」

「絶対に名前は出しません」岩倉は繰り返し強調した。「どんな手がかりでも欲しいんです。分かっているなら教えてください」

「でも……」

「お願いします」岩倉は頭を下げた。さっと顔を上げると、田澤を指差す。「こいつなんか、あなたに会うのに失礼にならないように、今朝は気合いを入れ過ぎて、髭剃りで怪我したぐらいなんですよ」

「そうなんです」田澤が真剣な表情でうなずく。「顔が怖く見えるとしたら、今も痛いからです」

「何ですか、それ」美希の表情がわずかに緩んだ。

「いや、真面目です」極めて真面目な顔で田澤が言った。「いつも怖いと言われるんですよ。昨日も、一緒だった女性刑事の方が、上手く話を引き出していました。コンプレックスなんです」

「そんな……」

「できたら、ちょっと教えてもらって、こいつのコンプレックスを解消してくれるとありがたいんですが」岩倉は口添えした。

「はい、あの……外の人です」

「会社の人ではないんですね」岩倉は念押しした。

「そう聞いてます」

「でも、誰かは分からないんですか」

「有里華さんは当然、知っていたと思います。でも、今更言いたくないんじゃないですか？　結婚して幸せなんだし、子どもも産まれるんだから……嫌な過去には触れられたくないはずですよね」

本当にそうだろうか？　話した限り、有里華は過去を完全に過去のものとして、清算してしまったように思えた。しかし、親友の女性にはまったく別のことを話していたのだろうか。

「本当にそうですか？」

「うーん……分かりませんけど」

「何かヒントのようなものはないですか？　はっきり言わなくても、匂わせるようなこととか」

「あ、そう言えば……」美希が顎に手を当てた。「あんな人と浮気されたら、絶対に勝てないって言ってました」

「あんな人？」

「何か、すごい人みたいな感じです。有名人とか……」

「有名人っていうのは、芸能人とか、そういうことですか？」

「それは分かりません」美希が首を傾げる。「本当に、具体的な名前は聞いていないんです」

島岡は勤務態度にも私生活にも問題を抱えていたサラリーマンである。そんな人間が、芸能人と知り合うような機会があるのだろうか。もしかしたら、闇カジノの常連同士だったとか？　この辺の謎を解き明かすには、組織犯罪対策部の知恵を借りる必要があるかもしれない。

話が広がりつつあるのか？

あるいは。

覆面パトカーに戻ると、田澤が盛んに首を傾げた。

「どうした？　お前、同情を買って上手く話を引き出したじゃないか」

「それはいいんですけど、俺たち、間違った方へ行ってませんかね」

「そうか？」

「島岡が誰とつき合っていたか……それを割り出すことに意味がありますか？」

「それは、調べてみないと分からないさ。でも、仮に女性問題があったら、そこから事件につながる可能性はあるんじゃないか？」

「そうですけど、ちょっと弱い気がするな」田澤はまだ納得していない様子だった。

「何だか、無駄足を踏んでいる気がしてしょうがないんですよ」

「そう言うなって。そもそも捜査の九割は無駄なんだから。へばるにはまだ早いぜ？

それに、通り魔の方の捜査も停滞している。俺は、こっちの方が――島岡の個人的な問題の方が、事件に関係ある予感がするね」

「岩倉さんも、最初は通り魔説だったじゃないですか」

「時間が経てば——状況が分かってくれば、考えも変わるさ」岩倉は覆面パトカーのエンジンをかけた。「さ、次だ。今の聞き込みが上手くいったから、今日の昼飯は奢ってやるよ」

「別に、俺が教えたわけじゃないですよ」

次の面会相手、本社に勤務する浅野《あさの》という男は、会っていきなり「自分は何も関係ない」と弁解から始めた。こういう場合、だいたい後ろめたいことがある——岩倉は経験から知っていた。

「浅野さん……まだ何も言ってませんよ」

「島岡のギャンブルの話じゃないんですか？」

「それをお聞きしようとしてたんです。あなた、一時——島岡さんが入社した頃、大森工場にいましたよね。先輩として」

「ええ」

浅野が居心地悪そうに体を揺らした。石山製作所本社近くの喫茶店。昼前ということで、店内はまだガラガラだった。間もなく——あと一時間もすると、この店でランチを摂る人や、食後にコーヒーを楽しむ人で賑わうだろう。

「麻雀ですよ」浅野が打ち明ける。

「麻雀？」

「奴に教えたのは麻雀だけです」

「それはつまり、趣味として、ということですか？」

「うちの会社、昔から麻雀をやる人間が多くてですね」浅野がハンカチを取り出して額を拭った。特に汗が出ているようには見えなかったが……体を斜めに倒してハンカチをポケットに入れると、アイスコーヒーにミルクとガムシロップをたっぷり加えた。

「今時、麻雀も流行らないと思いますけどね」岩倉はつい反論した。岩倉自身、若い頃から麻雀には縁がなかった。自分の年代だと、雀荘に出入りしている人間は結構多かったのだが。

「そうですよね」浅野が、がくがくと大袈裟にうなずいた。「うちの会社の文化と言いますか、伝統と言いますか……開発部では特に、脈々とそういう流れがあるんです」

「それで、島岡さんにも教えた、と」

「通過儀礼みたいなものですよ」浅野が言い訳するように言った。「新人が来ると、最初は必ず教えるんです。それで興味を持ってはまる人間もいるけど、はまらない時は……」

「特に無理強いはしない、と」岩倉は彼の言葉を受けた。

「もちろんそうです」

「新人はカモになりそうですけどね」

「そこまで悪いことはしないですよ」浅野が苦笑する。「あいつは、麻雀にははまりませんでした」

「代わりに、他のギャンブルにはまったんですね？　裏カジノとか」

「俺は何も教えてませんよ」浅野が早口で言い訳した。「ただ、あいつがギャンブル好きなのは、すぐに分かりましたけど」

「昔から——学生の頃からやっていたとか？」

「それは分かりませんけど、麻雀を教えた時に……上手い下手はともかく、賭け事になるとムキになる人間っているでしょう？　何度負けても、勝つまでは絶対にやめない奴。最後は徹夜になって、こっちが疲れ切って音を上げて、負けちゃうんですよね」

「ああ」岩倉は苦笑した。「体力勝負みたいな感じですかね」

「奴は、麻雀は上手くない——上手くならないって自分で分かったんでしょうね。その後は絶対に参加しようとしなかったけど、一度だけ一緒にやった感じでも、こいつはマジでギャンブル好きなんだなって分かりましたよ。実際その後、裏カジノなんかへ通うようになったわけですし」

「それは間違いないんですか？」

「本人から聞きました。勝ったり負けたり……全体では、だいぶ損していたみたいですけどね」

「会社の人にも金を借りたりして……そういうことをすると、人間関係が悪化しますよね」

「ああ……俺も貸したんですけどね」浅野が渋い表情を浮かべた。

「いくらですか？」

「十万」

「返ってきたんですか？」

「もちろん、返してもらいましたよ。ただ、周りにも結構被害者はいましたね」

「だったら、辞めた──馘になった時は、ほっとした人もいたんじゃないですか」

「いや、金を返してもらい損なった奴もいましたから、辞めても評判は最悪ですよ」

「後から回収しようという動きはなかったんですか？」この話は、岩倉の頭に引っかかった。

「いやあ……」浅野がまたハンカチを取り出して額を拭いた。「正直、ああいう人間とは関わり合いになりたくないじゃないですか。会社を辞めたらもう迷惑をかけられることはないから、それでいい──おかしいですかね？」

「でも、貸した金が返ってこないのは、損害になりますよね」

「数万円の金を取り戻すために、怖い思いや嫌な思いをするのは……少なくとも、俺は勘弁して欲しいですね」

「嫌な思いをしてでも、金を取り戻したいと思った人はいなかったんですか？」

「それは、ええと……」浅野がまたハンカチを額に持っていった。今度は本当に汗が滲《にじ》んでいる。「あの、まさか、うちの会社の人間が島岡を殺したと思っているんですか？」

「そうだとも違うとも言えません」

「たかが数万円の金で？　島岡は、金を借りたと言っても、少額ずつですよ？」

「百円が原因になって人が殺されたこともあります」

「まさか」浅野の顔に薄い笑みが浮かんだ。

「五年ほど前なんですけど……少年事件でした」

「子どもの事件？」浅野が嫌そうに顔を歪める。

「子どもと言っても、犯人は十八歳の高校三年生と、十九歳の無職の男です。二人が、高校一年生の男子をカツアゲしたんですよ」

「ああ……」

「高校生は財布を差し出して、犯人の二人はそれを奪って逃げたんですけど、被害者の高校生が何を思ったのか、気を取り直して追いかけ始めたんです。すぐに捕まえて揉み合いになって、結果的には十九歳の無職少年が、高校生を殺してしまった」

「殺したって……」浅野の顔が青褪める。

「偶発的な事故みたいなものですけどね。揉み合いになって突き飛ばしたら、高校生が駐車場の縁石に頭をぶつけて意識不明になり、三日後に死亡したんです。殺人ではなく傷害致死――起訴事実も、強盗と傷害致死になりました。とはいえ、殺したことに変わりはない。殺そうという意図があったかどうかの違いだけだと思います」

「それで、百円っていうのは……」

「奪われた財布の中には、百円しか入っていなかったんですよ。正直、財布の方が高いぐらいだった。でも、その高校生は、自分とさほど年齢の変わらない人間に財布を奪われたことで、プライドを傷つけられたんでしょうね。それに、財布はガールフレンドからのプレゼントだった。どうしても取り返したかったんでしょうけど、結果的に、追いかけたことが仇になった」

「はあ……」浅野は釈然としない様子だった。

「百円が原因でも殺人事件が起きるというのは、そういうことです。金額は関係ないんですよ」

「しかし、島岡の場合は……」

「会社を辞めてからも、ずっと取り立てをしていた人はいなかったんですか？」

「いたかもしれませんけど、私は知りません」

岩倉は田澤と視線を交わした。田澤がかすかにうなずく。先ほど美希と会っていた時とは打って変わって、厳しい、迫力のある表情を浮かべている。顎の一枚の絆創膏も、暴力の気配を感じさせるものだった。

「そういう人がいるなら、名前を教えて下さい」田澤が低い声で訊ねる。

「だから、私は知りません」

「それは分かっています。ちょっと調べてもらうことはできませんか？」田澤が迫った。

「スパイですか？」浅野が目を見開く。「会社の人間に対してそんなこと……」

「これは殺人事件の捜査なんです」岩倉は真顔で告げた。「極めて大事なことなんですよ？　是非、警察に協力して下さい」

「そんな、同僚を調べるような真似はできませんよ」浅野が拒んだ。

「浅野さん、ここじゃなくて警察署に来てもらって話をしてもいいんですよ」田澤がぐっと身を乗り出した。「我々も、こういう場所だと落ち着きませんからね。警察のホームグラウンドで話をしませんか？」

「いや、私は、そんな……」

「早速行きましょうか」田澤が伝票を摑んで立ち上がった。「時間は節約しないと……あなたも、午後には会社に戻りたいでしょう？」

「分かりました、分かりましたよ！」自棄《やけ》になったように浅野が言った。「調べればいいんでしょう？」

「警察の名前は出さないで」岩倉は追加で指示した。「警察を手伝っていると言ったら、今後、あなたの立場が悪くなるかもしれない」

「それが分かっているなら、勘弁して下さいよ」浅野が泣き言を言った。

「警察の手助けをしているとは言わずに、上手く立ち回って下さい」

「うちの会社の人間が、金を取り戻すために島岡を殺したと言うんですか？　違いますよね？　女でしょう？」浅野が突然言い出した。

「女性問題……そういう話も聞いていますけど、それが原因だという証拠でもあるんですか？」

「あいつ、手当たり次第に女に手を出して、金のこと以外でもトラブル続きだったんですよ。そして、そういうことを隠そうともしないから……何なんですかね。こと女に関しては、上昇志向が強い男だったんですよ」

「上昇志向？」

「究極は、芸能人とかとつき合うことですよ。芸能人というか、有名人と」

「そういうチャンスがあるものですかねえ」この話は、美希が言っていたことと重なる。

「有名人とか……」。彼女は確かにそう言っていた。

「もしかしたら奴は、そのためにギャンブルに手を出していたのかもしれないな」浅野が顎に手を当てながら、つぶやいた。

「裏カジノに入り浸るような芸能人とつながろうとしたとか？」

「それもあるけど、金があれば――芸能人行きつけの、会員制の店みたいなところを狙ってたんじゃないかな。そういうところに行くには金もかかる。要するに、金さえあれば何とかなるとでも思っていたのかもしれません」

あまりにも浅はかな考えだ。しかし美希は、島岡が実際に有名人とつき合っていたと言っていた。

「そういう話もあったと聞いていますよ」

「まあ……芸能人と言っていいかどうかはぎりぎりのところですけど、俺も聞いたことはあります」

「誰ですか？」

「藤原美沙って知ってます？」

「ちょっと待って下さい」岩倉は思わず声を張り上げた。「殺された藤原さんですか？」

「ええ」

「藤原さんが、島岡さんとつき合っていたんですか？」ピンときて岩倉は訊ねた。この情報は初耳——にわかには信じられない。

「今はどうか、知りませんよ。でも、島岡が会社を辞める前……一年ぐらい前かな？ 奴が藤原美沙とやったって吹聴してるのを、俺も聞きました」

下品な言い方だが、島岡ならさもありなんと思えた。要するに、基本的にはゲスな男なのだ。

「交際していたんですかね」

「どうかな……たまたまということもあるかもしれないし。男と女のことだから、何が起きるか、分からないでしょう？」

5

「この件、どうします？」

南大田署へ戻る途中、二人は先日立ち寄った喫茶店をまた訪れることにした。事情聴取を続ける予定だったのだが、それは変更――こちらの事件ではなく、目黒中央署の事件に関する大きな手がかりが出てきたので、先送りだ。署へ戻る前に、昼飯を食べて少し考えを整理したかった。

「島岡が藤原美沙を殺したとして、時間的には……無理はないですかね」助手席で田澤が指を折った。

「藤原美沙が殺されたのは、先週金曜の夜から土曜の朝にかけてだ。島岡が襲われたのは日曜の深夜というか月曜の未明だから、島岡が藤原美沙を殺すのは不可能ではない」

「だったら島岡を殺したのは誰なのか……二つの事件はつながってるんですかね」

「何とも言えないな」極めて大きな情報なのだが、岩倉は一気に前へは進めなかった。いつもこうだ――手がかりが大きければ大きいほど、冷静になって一歩下がってしまう。これは性分だから仕方ないのだが、損していると思うことも少なくない。周りが沸騰して、「一気に事件解決だ」と盛り上がっている時に、水を差してしまうこともよくあるのだ。それでどれだけ嫌われたことか。

「とにかく、少し頭を冷やそうか」岩倉はメニューを取り上げた。

「ここの飯を食べると、頭が冷えるんじゃなくて興奮しますけどね」

「喫茶店メニューで興奮してどうするんだよ」

苦笑しながら、岩倉は今日もナポリタンにしようと決めた。あの味はやはり妙に懐かしく、後を引く。結局二人ともナポリタンにした。田澤は今日も大盛り。料理を頼んだだけで、田澤の表情は緩んだ。

「この店、あとはカレーがあれば完璧ですよね」

「カレーはないんだな……」岩倉はメニューを確認した。

「ナポリタンが美味い喫茶店は、絶対カレーも美味いんですけどね。まあ、これだけ美味いナポリタンを食べさせてくれるなら、文句は何もないです」

ナポリタンは変わらず美味かったが、前回ほどには味に集中できない。どうしても藤原美沙のことが気になってしまう。

「お前、藤原美沙について何か知ってるか？」食べ終えたところで岩倉は訊ねた。

「それだったら、雑誌を読んだ方が早いですよ」

「そうなのか？」

「あれですよ、いわゆる美人過ぎる何とかってやつで」苦笑しながら田澤が言った。

「顔がよく思い出せないんだよな」岩倉は首を捻った。

「記憶力のガンさんなのに？」田澤が目を見開いた。

「事件のこと以外はさっぱりなんだよ」

要するに、人間の記憶力には限度があるのではないだろうか。何かに特化して記憶力を発揮することはできても、他のことはろくに覚えていない——そういうことはいかにもありそうだ。脳科学者の妻が興味を持ちそうな話でもある。

「この人ですよ」

田澤がスマートフォンを操作し、藤原美沙の画像を検索してくれた。それを見ると、確かに「美人過ぎる」という形容詞も大袈裟ではないと分かる。宣伝用の写真なのだろうが、すっきりした顔立ちの、昭和の美人という感じだった。岩倉は自分のスマートフォンで藤原美沙の情報を検索した。雑誌のウェブ版で、この事件の情報は既に派手派手しく——多少スキャンダラスな匂いをまとって紹介されている。

経歴は華やかだ。東大卒業後にアメリカに留学し、ハーバード大で二年間学んだ後に、アメリカのシンクタンクに就職。そこで三年のキャリアを積んで帰国し、日本のシンクタンクに入り直した。テレビに出演するようになったのは二年ほど前で、知り合いのテレビプロデューサーに頼まれたのがきっかけだったという。「美人過ぎる」というルックスに加え、ややこしい経済の話を分かりやすく解説する冷静な口調も、視聴者に受けているようだった。

独身。これまで、スキャンダルの類はまったくなし。勤務するシンクタンクの人間のコメントは、「極めて優秀で、難しい話を一般の人にも分かるように解説できる頭の回転の速さがあった」。会社の宣伝にもなるということで、彼女のテレビ出演は全面的にOKだったらしい。去年、テレビ出演に関しては芸能事務所と契約を結んだようで、本格的なタレント転身説もあったようだ。ただ本人は、経済誌のインタビューなどで「軸足は変わらずシンクタンクの仕事」「いずれまたアメリカに行って、よりグローバルな経済問題に取り組みたい」などと語っていた。

「で？ 文春オンラインのこの記事はどこまで信用できると思う？」

「特に嘘っぽいところはないですよ」田澤が言った。「短時間で調べられたのはこれぐらいでしょう」

「スキャンダルは本当になかったのかな？ 少なくとも、男はあったわけだけど……」

「島岡ねえ」田澤が首を捻る。「接点がなさそうだけどなあ」

「それこそ偶然かもしれない」岩倉はうなずいた。「たまたま呑み屋になって、意気投合したとか」

「そういう話はよく聞くんですけど、実際にあるんですか？ 俺、一度も経よ」

「そもそも、お前が洒落たバーでナンパしてる様子なんて、想像もできないよ」

田澤が苦笑する。釣られて岩倉も笑ってしまった。まあ、そういう出会いを期待街をうろつく人もいる、ということだろう。大手工作機械メーカーの不良社員と、メィアに露出の多い経済評論家が出会う可能性も、ゼロとは言えない。

「この件、目黒中央署の特捜に伝えるんですよね」

「ああ。向こうはもう、摑んでいるかもしれないが」

「島岡の名前が分かっていたら、逆に目黒中央署からこっちに伝えてくれたんじゃないですか？　別に、隠す理由はないでしょう。こういうのはお互い様なんだから」

「中には意地が悪い奴もいるぜ」

「ガンさんとか？」

「俺が？」岩倉は自分の鼻を指差した。「俺は善意の塊みたいな人間だぜ」

「そう考えてるのはガンさんだけじゃないですか」田澤がまた苦笑する。

そう……自分で考えている自分の姿と、他人が見る姿はまったく違う。実際岩倉も、警察官として三十年近い経験で、様々な「垢」を身にまとってしまっているだろう。れがあまりにも分厚くなると、本当の姿が見えなくなってしまう。

「とにかく、目黒中央署には通告しよう」

「すぐですか？」

「と言うと？」

「やっぱり、もう少し補足捜査してからでもいいんじゃないですかね。今も島岡が藤原美沙とつき合っていたかどうかで、状況が全然違ってくるいですか。もしかしたら一年も前の、一晩限りの関係だったかもしれないし。を知るには……また村本さんに話を聴かないと駄目ですかね」田澤は一歩引いた。

「ああ」

「一度、あんな形で話を聴いた人に、もう一度聴くのはきついですよ。それに、彼女はもう会社を辞めていて、島岡とも連絡を取っていないはずです。今もつき合っていたかどうか、知るはずがないでしょう」

「ただ、当時も藤原美沙を浮気相手として認識していたかどうか——ここはポイントになるぞ」

「だったらまた、武蔵境ですか」田澤が溜息をついた。

「面倒臭がるなよ。彼女は依然として、重要な証人なんだから」

「ガンさん、こういうの、平気なんですか？」

「こういうのって？」岩倉はアイスコーヒーを一口飲んだ。

「デリケートな相手に話を聴く時、俺は今でも緊張するんですよ」

「俺だって同じさ。何度も言ったけど、女性の相手は苦手だしな。でも、刑事を三十年近くやってると、何とかできるようになるんだ。相手を怒らせたり悲しませたりしないで話を聴く能力は、自然に身につく」

「俺みたいに十年ぐらいだと、まだ駄目ですかね」

「その辺を修行したければ、大友に教わるんだな」岩倉はうなずいた。「あいつには、自然に人をたらしこむ力がある。大友に話を聴かれて、嫌な思いをした人は一人もいないはずだ」

「そのノウハウを、大友さん自身が上手く説明できるかどうかは分かりませんよね」

「まあな」岩倉は顔を擦った。「あいつは無意識というか……無意識過剰とでも言うべきかな」

「大友さんが気づいていないだけで、陰で泣いてる女性がたくさんいるかもしれませんよ」

「その方が罪深いな」岩倉は伝票を手に取った。「今日は奢る。村本さんの事情聴取を上手くやれたら、明日の昼の奢りも約束するよ」

「それは辞退してもいいですかね」田澤が寂しそうに笑った。「自信、ないですから」

結局、有里華への事情聴取は岩倉がほぼ一人で行うことになった。田澤は傍に控えて、ひたすらメモ取り。岩倉も、遠慮してしまって話を進められない……妊娠して結婚し、会社を辞めた女性に話を聴く――相手に余分な重圧を与えるのは絶対にご法度だ。

しかし結果的に、有里華は島岡の浮気相手は藤原美沙だとあっさり認めた。しかも「ごめんなさい」と謝罪つきで。

「昨日は……言えなかったんです。言いにくかったんです」

「今、言ってくれただけで助かりますよ」岩倉は精一杯の笑みを浮かべた。大友鉄なら、ここで微笑むだけで、相手から百パーセント信用されるだろう。

「あの……有名な人ですよね？　テレビに出たりして」

「そうですね」

「そんな人が相手だと、気後れするじゃないですか。自分と比べると、どうしても劣等感みたいなものを感じますし……ちょっと信じられなかったですけど」

「相手が有名人だから？」

「だって、そうじゃないですか」かすかに拗《す》ねたように有里華が言った。

「あまり人には言いたくない話ですね」

「そもそも、相手が誰でも言いたくないですけど」有里華が唇を尖らせる。

「分かります。よく話してくれる気になりましたね」

「……すみません」有里華がさっと頭を下げた。「やっぱり、そんなに何でもかんでも話せるわけじゃないです。私にとっては恥ですし」

「それで――実際、今も関係は続いていたんでしょうか」

「それは本当に分かりません」有里華が真面目な表情になった。「もう、私には関係ないですから」

「藤原美沙さんが殺された話は、知っていましたよね」

「ええ」

「その時に、ピンときませんでしたか？」

「……はい」またもうつむくようにして有里華が認めた。「すみません。でも、私の周りでこんなことが起きるはずはないと思っていました。怖いんです。私にも何か、変なことが起きるんじゃないかって。口にするだけで嫌な予感が……」

　有里華が膨らんだ腹に両手を当てた。

「そういうことはないと思います」根拠はないものの、岩倉としてはそう言って安心させるしかなかった。しかし、危険人物——島岡はもう死んでしまっているのだし、彼女がトラブルに巻きこまれるとは考えにくい。その可能性はゼロと言っていいだろう。

「本当ですか？」

「そういうことがないように、警察がいますから」

「はい……そうですか……」

「村本さん、他に何か知っていることがあったら教えて下さい。この際ですから、包み隠さず」

「もう、何もないです」有里華が力なく首を横に振った。

「そうですか。とにかく今日は、ありがとうございました」

「いえ」有里華がまた顔を背ける。

まだ何か隠していることがあるな、と岩倉は判断した。しかしここは、あくまで慎重にいかなくては……彼女は妊娠しており、肉体的にも精神的にも不安定だ。最大限、気を遣わなくてはならない。

しかし今日、彼女は、彩香がいなくても普通に喋った。ということは、自分と田澤のむさ苦しい組み合わせでも、デリケートな事情聴取はやれるわけだ。

そんなことに気づいても、今さらあまり得はないのだが。

「被害者同士が知り合い？」柏木が声を張り上げた。

特捜本部にいる刑事たちの視線が、一斉に岩倉たちに向けられる。岩倉は一つ咳払いをして、背中で手を組み、「休め」の姿勢を取った。素早く深呼吸してから、早口で報告を続ける。

「現在も知り合いかどうかは分かりません。まだ噂の段階——裏も取れていませんが、一時期二人が交際していた可能性は高いと思います」

「一時期というのは？」柏木は腰を浮かしかけていた。「いつ頃だ？」

「一年ほど前ですね」

島岡が、当時社内でどんなことをしていたか、女性関係でどのように揉めていたか、岩倉は詳細に説明した。

「こいつは、当たりの線が強いな」柏木が二度、うなずく。

「いや、ちょっと待って下さい」柏木が前のめりになるに連れ、岩倉は逆に冷静になってきた。「もしも島岡が藤原美沙を殺したとしても、島岡を殺したのが誰かは、まだまったく分からないんですよ」

「そんなに女にだらしない人間だったら、どこかで恨みを買っているはずだ。いずれ、解決するさ——もちろん、通り魔の線もまだ捨てないがな」

うなずいたものの、岩倉の気持ちは「犯人＝通り魔説」から急速に離れつつあった。もしも藤原美沙を殺したのが島岡だと証明されれば、その思いはさらに強くなるだろう。

「分かりました。この情報、どうしますか？」

「ガンさん、これから直接向こうの特捜へ行って話してくれないか？　向こうにとっても、喉から手が出るほど欲しい情報だろう」

「了解です。じゃあ、こっちの捜査会議は飛ばしますね」

「ああ。せいぜいでかい顔で、恩を売ってきてくれ」

「恩とかそういうものじゃないでしょう」岩倉は苦笑した。「同じ警視庁の中の話なんですから」

「いやいや、こういうことは、大きな得点になるぞ」柏木がニヤリと笑った。「公式にはともかく、非公式にはな。ガンさんの手がかりで向こうの事件が解決すれば、南大田署としても鼻が高い」

「……そんなものですかね」

岩倉は曖昧に答えたが、柏木の言葉は事実だ。警察の内部には、公式・非公式に様々な協力体制やせめぎ合いがある。そういう複雑な状況の中で、柏木はまだ「チャンス」を狙っているのかもしれない。南大田署刑事課長、階級は警視。年齢的に警視正──本部の課長や署長まで成り上がれるかどうか、微妙なところである。そもそも警視以上の昇任は、試験で決まるものではない。ポイントは、経験と実績。そのために一番いい方法は、現場の統括責任者として好成績を上げることである。あるいは、正式な形でなくても、周りに恩を売っておく。そういう話は、回り回って人事担当者の耳に入るものだ。まったく、警察官というのはいろいろなことを考えるものだ。

出世欲がなく、ただ事件にかかわっていれば満足な岩倉など、例外的な存在なのかもしれない。

「男がいた？」

目黒中央署の刑事課長・田島《たじま》が慌てて立ち上がった。椅子が後ろに倒れて大きな音を立てる。

「今も交際していたかどうかは分かりません」岩倉は一歩引いた。

「こっちには、そういう情報はまったく入ってなかったぞ」

「男関係はクリアだったわけですね」

「ああ……とにかく、座ってくれ」

促されるまま、岩倉は椅子を引いて腰を下ろした。田島と正面から向き合う格好になる。この男とは直接面識はない……所轄を転々としながら、間もなく定年になる男だ。頭は半分ほど白くなり、体も萎《しぼ》み始めている。しかし眼光だけは未だに鋭く、この事件に懸ける思いがしっかり伝わってくる。

「岩倉、この件は間違いないのか？　間違いなければ、大きな手がかりになる」

「当事者は二人とも亡くなっていますから、確証はありません。正確に裏づけするのも難しいと思います。もちろん、周辺捜査から、ある程度は裏づけできると思いますが」

「分かった。こちらとしては、二人が交際していた事実があったかどうか、すぐに確認する」

「島岡の件については、うちの特捜の方が突っこんで調べています。今後も情報交換できれば、それぞれ役に立つと思いますが……」

「その通りだな」田島がうなずいた。「しかしこれは、いい情報をもらったよ。こんな時じゃなければ、あんたに一杯奢りたいところだ」

「無事に解決したら、よろしくお願いします……それで、今日はこっちの捜査会議を聞かせてもらっていいですか？　捜査がどこまで進んでいるか、自分でも把握しておきたいんですよ」

「ああ、ガンさんの方からも、南大田署の捜査——今の情報について話してやってくれ。うちの刑事たちも気合いが入ると思う」

実際、気合いが入った。捜査会議では、岩倉が冒頭に報告したのだが、その瞬間に「おう！」と声が揃ったぐらいだ。もしかしたらここの特捜本部の連中は、早くも捜査に行き詰まっていたのではないか——そう思えるほどで、気合いが入ったというより「歓喜の声」と言っていいぐらいだった。

捜査会議が終わると、岩倉は弁当を勧められた。何も、別の特捜本部で冷たい弁当を食わなくても……と断った後で後悔する。目黒中央署の警務課がどんな弁当を用意しているか、知っておいてもよかった。

「ガンさん」

「ああ、大岡《おおおか》」声をかけられ、岩倉は相好を崩した。捜査一課時代の後輩刑事。同じ係で、何度も苦労を共にしてきた。

「何だか変な話になってきましたね」

「変な話が、思わぬところでつながったりするんだよ」

大岡が、岩倉の隣に座った。岩倉は椅子を少し動かして、彼と正面から向き合うように姿勢を変えた。

「そう言えば、聞き忘れたことがあった」

「何ですか？」

「こっちの被害者——藤原美沙さんなんだけどな、スマホの解析は済んだか？」

「ええ」

「LINEで、島岡とつながってなかったか？」

「それはないです」大岡が否定した。「それがあれば、とっくに島岡を調べてますよ。LINE、あるいはメールでやり取りがあった人に関しては、全部潰しました」

「で、こんな事件を起こしそうな関係者はいない、と」

「そうですね。逆に、島岡のスマホはどうなんですか？」

「まだ見つかってないんだ」岩倉は首を横に振った。

「なるほど……島岡って、ガンさんの話を聞いた限りでは、クソ野郎みたいじゃないですか」

「ああ」

「女にギャンブル、借金……いかにも事件に巻きこまれそうなタイプですよね」

「相手を事件に巻きこむタイプかどうかは分からないけどな」

「俺は、黒に近いグレーだと思いますけどね。これでいけるんじゃないかな。上手く解決したら、目黒中央署の特捜は、ガンさんに表彰状を出さないといけませんね」

「そういうのはいいよ」岩倉は苦笑した。

「せっかくだから、奢らせて下さいよ」

「お前が奢る？」岩倉は目を見開いた。「後輩に奢られるようになったら、おしまいだぜ」

「いやいや、せっかくいい情報を持ってきてもらったんだし、実はちょっと……小銭が入りましてね」

「これか？」岩倉は右手を回転させるようにした。パチスロか何かで儲けたか……それでは島岡のようなものだ。

「違いますよ」大岡が苦笑した。「でも、奢るって言っても軽いものですよ？　この辺でちょっと気合いの入った飯を食うと、とんでもない金額になりますから」

「洒落た店が多いからな」目黒中央署は山手通り沿い、最寄駅は東急の中目黒駅やＪＲ恵比寿駅で、周辺は若者向けのお洒落な店ばかりだ。「蒲田なら、手早く食えて美味い店がたくさんあるんだけどな」

「羽根つき餃子とかですか？　あれ、美味いですよね」

「蒲田と言えば羽根つき餃子だと思うだろう？　ところが、それだけじゃなくて、とんかつの名店が何軒もあるんだ。滅茶苦茶高いわけじゃないのに、味は上々だぞ」

「いい街ですねえ」大岡の表情が緩む。

「お前がうちの特捜に来れば、安くて美味いものがいくらでも食えたのにな。たまには蒲田に遊びに来いよ。あそこで奢っても、懐は大して痛まないんだ」

「まあ、今日は自分が……」遠慮がちに大岡が言った。

　一体何があったのだろう。訝りながら、岩倉は大岡の後について署を出た。山手通りを渡ってすぐのところにラーメン屋がある。ラーメンか……最近はラーメンも高くなったが、フランス料理のフルコースを食べるのに比べれば、当然はるかに割安である。

「このラーメン屋、美味いんですよ」大岡が自信たっぷりに言った。

「……ラーメンは好きだけどな」

　午後九時を回っていたので、店の忙しさはピークを過ぎていた。ラーメン屋は、昼時、夕飯の時間帯、それに夜遅くなってから酒を呑んだ後の締めで食べる客で賑わう。今はちょうど、客の流れが途切れた時間帯なのだろう。

　実際、ラーメンは美味かった。大岡に勧められるままに野菜味噌ラーメンを食べたのだが、普段の野菜不足が一気に解消されるほどの野菜の量で、スープの濃い味噌味とよく合う。若い頃なら、このラーメンをおかずに白米をたっぷり食べたところだが、今は盛りだくさんの野菜にさえ怯《ひる》んでしまう。気持ちは若いつもりでいても、胃は確実に老化しているということか。

昔は、スープを飲み干さないようにするのに理性が必要だったが、今は体がそれを欲していない。実際、半分ほどスープを飲んだだけで、完全に満腹になってしまった。

「いいラーメン屋だな」岩倉はコップに水を注いで一気に飲み干した。美味かったが、少しだけ塩気が強かったかもしれない。「それで……こっちの士気はどうなんだ？」

「イマイチですね」大岡が打ち明けた。「どうにも手がかりがない……被害者の人間関係は、索漠たるものですよ」

「索漠ねえ」岩倉は首を捻った。

「基本的には、極端な仕事人間だったみたいですね。残業はしない代わりに、毎日朝七時には出社して、夕方までに必ず仕事を終える。仕事の合間や夜にはテレビ出演、最近は本も書いていますから、出版社との打ち合わせも多かったみたいです」

「恋人を作る暇もなし、か」

「少なくとも俺たちが調べた限りでは、恋人の存在はまったく浮かび上がってきませんでした。今時、彼氏がいれば、絶対にスマホで連絡を取るじゃないですか？　でも、そういう形跡が一切ない」

「連絡を取らなくても、互いの家に入り浸ることはできるけどな」

「家に男が出入りしていた形跡もないんですよ。それなら歯ブラシとか髭剃り、着替えなんかが置いてあるでしょう？」

「家に来る度に持ってきていたとか」

岩倉は「友人以上恋人以下」という相手を考えていた。頼めば家に入れてもらえるが、鍵は持たされていない――犯行発覚時に家の鍵がかかっていなかった理由を一番簡単に説明できるのが、そういう関係だ。

「まあ、その辺はよく分からないんですけど、とにかくこいつは大きな手がかりですよ。感謝します」

「特捜を代表して御礼申し上げますってことか？」

「図々しいですけど、そういう感じで」

「お気持ちだけ、ありがたくいただくよ。お前に奢ってもらう理由はない」岩倉は尻ポケットから財布を抜いた。

「いや、ここは本当に俺が」大岡が素早く千円札を二枚抜き、カウンターに置いた。

「どうしたんだよ。いつもピーピー言ってたじゃないか」

「ガンさん、ここだけの秘密にしてもらえますか？」

「何だよ、いきなり」

「金が入ったんです」

「さっきもそんなこと、言ってたな。本当にギャンブルじゃないのか？」

「違います。遺産です」

「ご両親、亡くなったのか?」岩倉は目を見開いた。そういう情報なら、とうに入ってきているはず――警察官は、冠婚葬祭を極めて重視するのだ。

「いや、死んだのは叔父なんですけど……東京で、ずっと一人暮らしをしてたんです。俺は大学受験の時からいろいろお世話になってたんですけど、去年から体調を崩してましてね。二ヶ月ほど前に亡くなったんですけど……遺言で、俺にいくらか残してくれていたんです。たぶん、親戚の中で、俺が一番よく顔を合わせていたからだと思いますけど」

「そんなこと、あるんだな」岩倉は目を見開いた。遺産の分配で揉める話はたまに聞くことがあるが。

「俺も最初は冗談かと思ったんですけど、弁護士から突然電話がかかってきて驚きました。あ、でも、大した額じゃないんですよ。叔父も、退職するまでは普通のサラリーマンで、金持ちだったわけじゃないですから」

「だけど、金はあった方がいいよな。家が買えるぐらい、もらったのか?」

「まさか」大岡が苦笑する。「まあ……娘を私立の小学校にやる資金になるぐらいですかね」

「じゃあ、大事に使わないと。確か娘さん、今五歳だろう?」

「ええ……ただ、何だか妙に後ろめたくてですね。あぶく銭って、ろくなことにならないじゃないですか。だから、思い切って使っちゃおうかとも思ってるんですよ」

「馬鹿言うな」岩倉は財布から千円札を一枚抜いた。「金は大事にしておけよ。どこからも文句が出る金じゃないし、子どもには金がかかるぞ」

「そうですけど……」

「とにかく、ここは割り勘でいこう」岩倉は店員に声をかけ、別々に払うことにした。

「何か、申し訳ないですよ」結局大岡は、千円札を一枚、財布に戻した。

「いいんだよ。綺麗な金も汚い金もあるけど、お前が受け取ったのは綺麗な金だろう？」

「そう……だと思いますけど」

「冷静になれよ。金は、家族のために使えばいい」

「そうですね」

店を出て、岩倉は思わず首を捻った。今の話からして、大岡が受け取った額は数百万……一千万円ぐらいかもしれない。それだけの大金を突然手にすると、人間は冷静な判断力を失うものだ。

そして、島岡の周りでは、常に金が動いていた。金は冷静な判断力を狂わせる——島岡の場合、判断力だけではなく、人生まで狂ってしまったのかもしれない。

第三章　証拠

1

翌日、岩倉は普通に南大田署に出勤した。本当は目黒中央署特捜本部との連絡役を務めたい——その方が面白そうだ——と思って柏木に進言したのだが、許されなかった。刑事は、常に自分の思う通りに動けるわけではない。

南大田署の特捜本部は、朝から活気づいた。朝の捜査会議で、柏木がいきなり重大な手がかりを発表したのだ。岩倉もまだ知らない情報だった。

「目黒区で殺害された藤原美沙の自宅で採取されていた指紋を照合したところ、島岡剛太の指紋の一部と合致した」

おお、という感嘆の声が上がる。柏木は、まるで自分が手柄をたてたように満足そうな表情を浮かべて刑事たちの顔を見回しながら、ざわめきが収まるのを待った。

「採取された場所は洗面台の一部と冷蔵庫の扉で、それぞれ三本、四本の指紋が島岡剛太のものだった。これで、島岡剛太が藤原美沙の自宅に出入りしていたことは証明された――島岡が、藤原美沙を殺した可能性が高くなったわけだ」

「ちょっと待って下さい」岩倉は思わず、手を上げながら立ち上がった。いくら何でも結論が早過ぎる。

「ガンさん、どうした」柏木が白けた視線を向けてくる。

「確かに、二人が交際していたという情報はあります。だから、部屋に指紋が残っていてもおかしくはない。ただ、それだけで犯人だと指摘するのは……」

「おいおい、ガンさん、最初にこの件を言い出したのはあんたじゃないか。自分の捜査を否定するのか？」

「そういうわけじゃないですが、指紋の『古さ』を特定するのは困難じゃないですか。指紋がついたのは先週かもしれないし、半年前かもしれない。洗面台はともかく、冷蔵庫の扉などは滅多に掃除しないでしょうから、古いものが残っていてもおかしくはない」

「分かった、分かった」柏木が面倒臭そうに言った。「それでも、二人に関係があったのは間違いない。今後、南大田署の特捜としては、島岡の周辺捜査により多くの人員を投入する」

岩倉はゆっくりと腰を下ろした。島岡の調査に関して人数が増えると、自分が仕切りを任される可能性も高い。正直、それは面倒だった。それに、一気にこの線で話がまとまってしまうのも心配だ。

「島岡班」のメンバーは六人に増強され、捜査一課の警部補、高崎《たかさき》がキャップ役になった。岩倉より十年ほど後輩だが、経験はたっぷり積んでいる。この男の指示に従っていれば、まず問題ないだろう。

捜査会議が終わると、六人はすぐに打ち合わせを始めた。これまでも捜査会議で島岡関係の情報は報告していたのだが、岩倉はこれまで分かっていたことを改めて説明した。

「ということは……島岡の歴史の中で、最近の部分はまだ空白のまま、ということですね」高崎が確認した。

「申し訳ない。まだそこまでは手が回っていないんだ」

「二人だけでやってたんですから、しょうがないですよ」高崎が慰めてくれた。「会社時代の話もまだ埋めきれていないと思いますが、取り敢えず重要なのは、最近の動きを知ることですね」

「会うべき人間のリストは作ってある。まだ話を聴けていない中で、ヒントをくれそうな人物が何人かいるんだ」

「誰ですか？」

「会社時代の友人で、今もつき合いがある奴とか」

「悪い仲間ということですか」高崎が皮肉に言った。

「そいつが悪い仲間かどうかは分からないが……これまでの続きで、俺たちに当たらせてくれないか？　他に当たるべき人間のリストは提供する」

「お願いします」

田澤がメモを読み上げ、全員がそれを書き写した。一緒に回ってみて分かったのだが、田澤はメモ魔で、聞き込みの内容を完全に記録するために、薄い警察用の手帳の他に、分厚いメモ帳をいつも持ち歩いている。ひどいくせ字で、本人以外には解読できそうにないが――報告が苦手なのは、そのせいかもしれない。

高崎が聞き込みの割り振りを指示し、「では、また夕方に」と言って立ち上がった。しかし、岩倉が出かけようとすると呼び止める。

「ガンさん、正直、この線はどう思います？　柏木さんは、一気に島岡犯人説に傾きましたけど」心配そうな小声だった。

「俺の感触では五分五分……まだ何とも言えないな。性急には飛びつかない方がいいぞ」

「ですね」高崎が苦笑した。「もう一枚、裏がありそうな気がします」

「一枚じゃなくて二枚かな」岩倉はVサインを出した。「とにかくこれは、そんなに簡単な事件じゃない。一つだけ言えるのは、交際していた二人がごく近いタイミングで殺された――これが偶然とは思えない、ということだけだ」

「その事情も複雑――確かに、もう二枚は裏がありそうですね」高崎がうなずく。

「ああ。騙《だま》されないように気をつけないとな」

「騙される……」高崎が目を細めた。「つまり、我々を騙す人間がいると？　黒幕ですか？」

「死んだ人間に騙されることもあるんだよ」

岩倉は高崎の肩を軽く叩いてうなずきかけた。死者がしかけた悪戯――意図したアリバイ工作などではなくても、何らかの事情で捜査が攪乱されてしまうことはよくある。今回も、島岡は実は自殺だったとか……島岡が美沙を殺し、その後路上で自分の頭を殴って自殺した。

理論的にはあり得ない話ではない。

「こういう事件、知ってるか？」

「何ですか？」

「三十年ぐらい前に、秋田県で起きた事件なんだが」

「秋田ですか？　いえ……」怪訝《けげん》そうな表情を浮かべ、高崎が首を横に振る。

「真冬に、小川の中で突っ伏して死んでいる男性の遺体が見つかった。被害者は六十五歳。死因は溺死だった。水深は、ずいぶん浅かったんだが」

「深さ十センチの川でも溺死しますよ」

「そうだな。ところがその男性の頭には、後頭部から側頭部にかけて、刃物傷が何ヶ所もあったんだ」

「襲われて、川へ突き落とされたとか？」

「誰でもそう考えるよな。捜査を担当した連中も、当然その線で動いた」岩倉はうなずいた。「現場のすぐ近くの川の中で、凶器と見られる包丁も見つかった。県警は、誰かに襲われたと見て捜査を始めたが、雪が激しかった真冬の事件とあって、目撃者もいない。結局一週間後に、自殺という結論になった」

「自分で自分の頭を切った――包丁で切りつけたんですか？」高崎が目を見開く。「そんなこと、あり得ないでしょう」

「そう思うだろう？　ところが、できないこともないんだ」岩倉は、右手を後頭部へ持っていった。「な？　包丁があれば、後頭部に傷をつけることもできるんだ。側頭部なら、言わずもがなだよな。そして傷跡からは、自分でやったものか、他人にやられたものかは確認しにくい。ただこの被害者の場合、昔から自傷癖があったこと、病気で悩んでいたことなどが分かって、結局遺書も発見されたんだ。なんでも遺書は、妙に分かりにくい場所に隠してあって、発見が遅れたそうだが」

「今回もそうだと？」

「可能性は極めて低いけど、ゼロじゃない。ゼロじゃない以上、排除はできない……頭の片隅に入れておいてくれ」

「不可思議ですね」高崎は、かえって頭が混乱してしまったようだった。

「さっきの話、本当にあり得ると思ってるんですか？」車を出すなり、田澤が訊ねる。

「さっきの話って？」

「島岡の自殺説ですよ。自分で頭を切って死ぬのは可能かもしれませんけど、殴って死ねますかね」

「確かにな」岩倉は指先でハンドルを叩いた。「聞いてて疑問に思ったなら、その時に話に入ってくれればよかったんだよ。議論するのはタダだぜ」

「いや、早く出かけなくちゃいけないと思ったので……議論になったら時間がかかるでしょう」

「そりゃそうだ。こういう話だったら、一日中でも続けられるからな」

「ガンさんらしいですけどね……結局、謎が深まっただけじゃないですか」

「それを言うな」岩倉は右手で顔を擦った。捜査の途中で様々な新材料が出てくるのは、悪いことではない。しかしそれが多過ぎると状況が混乱し、捜査の行く末が見えにくくなる――捜査が迷宮入りしてしまう典型的なパターンだ。

「おっと……」背広のポケットに入れたスマートフォンが振動した。

「本部ですか？」

「いや、私用の方だ」実里か、千夏か。どちらでもおかしくない。ニューヨークでは夜になったばかり。一日を終えた実里が、あれこれメールに書き綴ってきたのかもしれないし、千夏が「ご飯を奢って」あるいは「小遣いをヘルプ」とメッセージを送ってきたのかもしれない。

考えてみれば現在、自分の私生活に登場する女性はこの二人だけだ。

「大丈夫ですか？」

「ああ」

赤信号で車を停めたタイミングで、岩倉はスマートフォンを確認した。千夏か……

「ご飯奢って」の方だった。思わず苦笑してしまう。

「娘だった」

「大丈夫ですか？　急用じゃないんですか？」

「高三になったから、進路のこととかで色々相談もあるんだよ」田澤は、岩倉が妻と娘と別居していることは知らない。悟られないように気をつけないと。

「高三ですか……うちはまだまだ先だなあ」

「いやいや、すぐだぜ。その分、自分も歳を取ったと意識させられるもんだ」年齢を意識させられるのは、千夏のことを考える時だけだ。実里の存在は、自分の気持ちを若く保ってくれている。

「金もかかりますよね」

「そうだ。だから倹約しておくに越したことはない」岩倉は、同年代では経済的に恵まれている方だ。ずっと妻と二人で稼ぎ、それなりの世帯収入があったからだ。一方で、生活が充実していたとは言い難い。ばらばらの家族——それが結果的に、今の別居状態につながっているのは間違いない。

「返信しなくていいんですか？」

「運転中は駄目だよ」青信号——岩倉はスマートフォンをポケットに落としこみ、車を発進させた。今は飯は無理だな……最近は、特捜本部ができても週末は刑事の半分を休みにするなど、滅茶苦茶に働かせることはない。とはいえ、発生直後の週末は、何かと忙しくて潰れてしまうことが多いのだ。

進路について急ぎの相談だろうか？　そうは思えなかった。先日話した限りでは、まだ何となく方向性を定めただけという感じだった。深刻な相談ではなく、何か美味いものでも食べたいだけだろう。どうも千夏は、外回りの時間が長い岩倉は、美味い店をたくさん知っていると思いこんでいるようだ。

「まったく、娘は難しいな」

「そうですか？」

「反抗期がある方が分かりやすいんだが……考えてみれば、そういうのもなかった」

「ない方がいい気がしますけどね」

「特に反抗期がないまま大人になっちまうと、その後が怖い気がしないか？　大人になってから反抗された方が面倒だろう。結婚する時になって揉め出しでもしたら……」

もっとも、そんな日ははるか先だろうと楽天的に思っている。千夏は今年十八歳。最近は晩婚化の傾向が進んでいるから、少なくともまだあと十年は、自分の「娘」でいてくれそうな気がする。

石山製作所の本社近くで車を停めると、岩倉は「ちょっと待ってくれ」と田澤に断って返信メッセージを送った。

ちょっと忙しいから後で。

これでＯＫ。仕事の内容を一々説明することもできないが、これで千夏は納得するだろう。やはり刑事の娘なのだから……そうあって欲しかった。

「ガンさん、マメですよねえ」その様子を見ていた田澤が言った。

「そんなこともないよ。せっかちなだけだ」

「そういうのが――ＬＩＮＥの返信が早いのは、モテる最低限の要素だって言いますよ」

「今更モテてもしょうがない。それに返信が早いのは、それだけ暇な証拠じゃないか」

「まあ、そうですけど」あまり納得していない様子で田澤が言った。

「ま、そういう話は後で……今日はちょっと気合いを入れていこう」

「重要な相手ですからね」

「そうであることを祈るよ」

島岡の友人、高井《たかい》は、石山製作所の営業部に所属している。田澤が電話で連絡を取ると、外回りのついでにならば会ってもいい、とやけに上から目線で了承したという。待ち合わせ場所は、石山製作所本社近くの公園。公園と言っても、ビル街の真ん中にぽつんと空いたコンクリートの広場で、申し訳程度に木が二、三本植えてあるだけだった。中央には細長い池が作られ、その周辺にコンクリート製のベンチがいくつか……ちょうどいい休憩スペースなのだが、真夏に近寄る人はいないだろう。ほとんど日陰がないし、照り返しが強烈なはずだ。

高井との不快な電話を思い出したのか、田澤が憤然とした表情になる。

「確か、島岡と同い年なんですよね？　何であんなに偉そうにしてるのかな」

「そういう奴はいるよ。狭い世界で、とにかく自分を大きく見せようとする奴が」いわゆるマウンティングというやつか。

「そんな感じで、営業マンが務まるんですかねえ。腰が低くないと、相手に話を聞いてもらえないでしょう」

「仕事用には別の顔を持っているのかもしれない。お前だってそうだろう？」

「俺ですか？」田澤が自分の顔を指差した。昨日のカミソリ傷はかなり深かったのか、まだ絆創膏を貼っている。

「お前、家でも強面《こわもて》か？　嫁さんと子どもには頭が上がらないんじゃないか？」

「確かにそうですけど……」田澤が嫌そうに表情を歪ませた。

「あれじゃないか？」岩倉は石山製作所の本社ビルに向かって顎をしゃくった。小柄でほっそりした男が、体を揺らしながらこちらへ向かって来る。ズボンのポケットに片手を突っこみ、ガニ股で歩く……どうにも態度が悪い。

「そうみたいですね」

田澤が体の向きを変え、高井と正面から向き合う格好になった。

高井は、営業マンとしての基本的な礼儀は持ち合わせているようだった。低く頭を下げ、名刺を差し出す。しかし岩倉と目を合わせると、どこかバカにしたような表情を浮かべた。

「座りませんか？」

高井が切り出した。岩倉たちの返事を待たず、コンクリートのベンチにさっさと腰を下ろす。岩倉は隣に座ったが、田澤は立ったままだった。自分の体の大きさを生かして、上から見下ろす格好で圧力をかけようという狙いだろう。しかし今のところ、高井が動揺している気配はまったくない。

「島岡のことですか？　あいつがあの女性――藤原さんを殺したんですか？」

「どうしてそう思います？」話が早過ぎる。何か焦っているようでもあった。

「だってあいつ、その女性と相当揉めていたはずですよ」

「つき合っていたのは知ってるんですね？」

「まあ、ふかしてましたから」高井が唇の端を持ち上げて皮肉に笑った。

「ふかす？」

「ほら、向こうは有名人でしょう？　そういう人とおつき合いできるのが、よほどうれしかったんじゃないかな。あの時の様子とか、事細かに話してましたよ」

「あの時？」

「だから、ベッドで……趣味が悪いですよねえ」

そういうことを平気で話す高井という男も、相当趣味が悪い。岩倉はかすかな苛立ちを抱えこんだまま、話を続けた。

「つき合い始めたのはいつ頃ですか？　島岡さんがまだ石山製作所にいる頃ですよね？　一年前とか、それぐらいじゃないですか？」

「正確にいつかって聞かれると困るけど」

「何でそんな有名人――テレビに出るような人と知り合ったんでしょうね」

「そこは俺には分からないけど――聞いたけど、話さなかったですね。あいつのことだから、呑み屋でナンパしたとか、そういうことだろうけど」

「島岡さん、結構あけすけに話す人だったんでしょう？」

「そうですね」

「でも、出会いについては話さなかった。何かおかしいとは思いませんでしたか？」

「いや、そういうこともあるでしょう」高井がさらりと言った。彼にとっては恋愛などどうでもいい――深く突っこんで話題にすることではないのかもしれない。あるいは島岡にとっても。「何でもかんでも話すわけじゃないだろうし」

「藤原さんとつき合い始めたせいで、当時彼の恋人だった女性が自殺しようとした――

その話はご存じですか？」

「ああ、知ってますよ」馬鹿にしたように高井が言った。「あれは、大袈裟なんですよ。あの女性《ひと》は……俺は直接会ったことはないけど、何かと大袈裟な人らしいじゃないですか。自殺未遂だって、島岡に対する単なる嫌がらせでしょう？」

「嫌がらせしたくなる気持ちも分かりますけどね」

「まあ、どうでもいい……小さい話じゃないですか」

「小さい？　仮にも命がかかったことなんですよ？」岩倉はむっとして、つい言い返した。「決して小さくはありません」

「まあ……そうですかね」高井が耳を擦った。「とにかく、彼女は完全に島岡と切れた。それで終わりですよ」

「藤原さんとは？」

「本当かどうかは分からないけど、俺は、別れたって聞きましたけどね」

「別れた」岩倉は繰り返し言って、その事実を嚙み締めた。美沙の部屋で見つかった島岡の指紋――あれはやはり、かなり昔のものだったのだろうか。

「ええ……何か問題でも？」高井が呆けたような口調で訊ねた。

「別れたのはいつ頃ですか？」

「二ヶ月……いや、三ヶ月前かな？　俺が聞いたのは、その頃でした」

「間違いなく別れたんですか？」

「間違いないですね」高井がうなずく。「あいつの場合、別れたくっついたはしょっちゅうでした」

「どうして別れたんですかね」

「知りませんよ、そんなこと」高井が呆れたように言った。「どうでもいい話……相手は有名人かもしれないけど、A級かっていうとそんなこともないでしょう？　絶対にS級じゃないですよね」

「そういうことは、私には判断できませんが」下らないランクづけをしやがって、と岩倉は腹のなかで毒づいた。

「タレントさんじゃないからね」高井が馬鹿にしたように言った。「とにかく俺としては、たまにテレビで経済問題の解説をしている人っていう認識しかなかったですね。シンクタンクで働いているっていうことは、学者みたいなものでしょう？　そういう理屈っぽい人と島岡みたいな人間が、合うわけないんですよ」

「島岡さんも研究者だったじゃないですか」

「あいつの場合は、研究者というより技術者だから」

その二つにどんな違いがあるのか……机上で全てを解決するのが研究者、現場で諸問題に対処するのが技術者、という感じの違いだろうか。

「まあ、あいつは女を取っ替え引っ替えだから、長続きするわけがないんです」

「結婚願望とか、なかったんですか？」

「あいつが一人の女に縛られるなんて、想像もできませんね。酒と女とギャンブルと……毎日面白おかしく暮らして、六十歳ぐらいで誰かに刺されて死ぬのが合ってるんじゃないですか」

「あなたの見込みよりずいぶん早かったですね」岩倉はつい皮肉を吐いた。高井という男に対する怒りが次第に膨らんでくる。友人が死んだというのに、平然と悪口を言い続けているのはどういうことだ……。

「まあ、遅かれ早かれですよ」

「やばいことに足を突っこんでいたんじゃないですか」

「いや、そういうわけじゃない……」

「酒と女とギャンブル――悪い連中と関わる機会が多そうですね」

「上手くすり抜けてましたよ。ギャンブルで、怖いお兄さんたちに囲まれることはあったけど、そういう時の言い訳の仕方、逃げ方が天才的なんだな」

「昔からそんな人だったんですか？　何だか、普通の会社員とは思えませんね」

「いやいや、普通の会社員でも、悪い人はいくらでもいますよ」高井がニヤリと笑った。

「あなたもですか？　たまたま警察に厄介をかけることがなかっただけで、危ない橋を渡っていると？」

「俺？　俺はそんな危ないことはしませんよ」高井が慌てて否定した。

「何だったら、あなた個人のことについて、もう少し話をしましょうか？　非常に興味がありますね」

岩倉が脅しをかけると同時に、田澤が何も言わずにベンチに一歩詰め寄った。高井がすっと身を引く。急に、頭の上に影がさした感じだろう。

「どうします？」低い声で田澤が岩倉に訊ねた。「署に移動しますか？」

「いや、その辺の交番でいいんじゃないか」岩倉は軽い調子で答えた。

「ちょっとちょっと、何なんですか」高井が半分笑いながら言ったが、声は震えていた。

「俺、別に何もしてませんよ」

「何かしてるかどうか、じっくり話を聴いてもいいんだけど。こっちには時間はたっぷりあるんだ」

「いや……別に……」

高井が急に素直になった。岩倉は、自分が硬い表情を浮かべているのを意識した。時には脅しも必要だと分かってはいるのだが、こういう脅しをかけた後は、こちらも気分が悪くなる。

「最近も、島岡さんとは会っていたんですね」

「たまには」

「最後に会ったのはいつですか？」

「一ヶ月ぐらい前ですね」

「その後は……」

「あいつ、何だか忙しかったみたいで、何度か誘ったんですけど、断られました」

「彼は、石山製作所を辞めた後で、何をしていたんですか？ 働いていなかったんですか」

「失業保険はもらってたそうですよ。仕事は……働いていたという話は聞いてませんね」

「だったら、どうやって生活していたんですかね。失業保険だって、いつまでも続かないでしょう」

「金がない様子ではなかったですよ」高井が首を捻る。「呑んだ時も、あいつが全部払ったことがありましたから」

「なるほど……」岩倉は顎を撫でた。

島岡の収入源が気になる。会社を辞めたのは「辞職」ではなく「解雇」。退職金も出なかったのではないだろうか。遊びが盛んな男だったから、貯金もろくになかったはずだ。それで頼りは失業保険だけ――普通に呑み歩くのも難しかったのではないか。家賃はきちんと払っていたようだが。

どうにもよく分からない。

「そういう話――仕事の話とかはしなかったんですか？」

「何かいい仕事があったら紹介してくれとは言われてましたけど、そんなこと言われてもねえ。こっちは普通のサラリーマンだから」

「今は働いていなくても、今後はこういう仕事をしたいとか、そんな話をしたことはありませんか？」

「いや、あいつは基本的に、働くのが嫌いな人間なんですよ」

「しかし、働かないと、人間は食っていけませんよ」

「それはそうなんですけど……島岡は基本的に、遊んで暮らしたい人間だったから。だけど、確かに変ですね。どうして普通に暮らしていたのか、謎です。一度、結構お高いキャバクラに行ったんですけど、その時はあいつが全部払いましたからね。あれも不思議だったな」

「どこから金が出てきたか──ギャンブルですか？」そう言えば仲間を引き連れ、フグとキャバクラで豪遊したという話もあった。

「いや、それはないでしょう」高井がすぐに否定した。「あいつ、基本的にギャンブルは下手なんですよ。下手の横好きってやつです……そう言えばあの借金、どうしたのかな」

「借金？　社内の人からもだいぶ借りていたみたいですね」

「ああ、それじゃなくて、別の借金です。結構やばいところに借りたらしいですよ」

「消費者金融とか？」技術開発部分室長の長尾が言っていた「取り立ての電話」とも一致する。

「そういうことじゃなくて、もっとやばいところ……個人みたいです」

「暴力団関係者とか？」

「そうかもしれません。百万単位で借金があると言ってました」

百万単位……百万円なのか九百万円なのか、いずれにせよ大金だ。会社を追い出され、次の職も見つからない人間がそれだけの借金を抱えていたとなると、相当切羽詰まった状況になるはずだが、高井の話を聴いた限り、島岡は能天気な暮らしぶりだったようだ。

「何らかの収入があったはずですよね」

「それもやばい収入かもしれません」

「どうして分かります？」

「顔ですよ」高井が自分の顔を指差した。「会社を辞めてから、あいつの顔はすっかり変わりました。話せば昔通り――普通に喋ってましたけど、とにかく顔が違うんですよ。どこか悪くなったっていうか……」

犯罪の臭いがする。島岡は、何か危ない商売に手を出して、誰かの怒りを買ってしまったのだろうか。

「島岡さんが殺された時、どう思いましたか」岩倉は話を変えた。

「ああ、それは……しょうがないかな、と」

「しょうがない？」

「何か、転落一直線という感じでしたから。遅かれ早かれ面倒なことになるんじゃないかと思ってました」

「あまりショックではない？」

「何となく予想してましたからね」

「だったらどうして、彼と会っていたんですか？　危ない人――犯罪に関わりのある人とわざわざ関係を持つのは危険でしょう」

「まあ、興味みたいなものですかね」高井がまた耳を撫でた。

「興味？」

「どこまで落ちるのか――そういうのを間近に見る機会なんてないでしょう」

「助ける気はなかったんですか？」田澤が怒りを滲ませて言った。さらに一歩ベンチに詰め寄ったので、高井がまた身を引く。

「俺に助けられる感じじゃなかったですよ。あいつはいずれ死ぬ――その予感が早まっただけです」

2

「高井か……何だかむかつくな」車に戻るなり、田澤が吐き捨てた。

「そう言うな……俺も同じだけど」

「ふざけた野郎ですよ。友だちが転落していくのを、面白がって見てただけでしょう？」

「悪い奴には悪い仲間がいるってことだよ。まあ、いずれ彼も痛い目に遭うだろう」

「こっちで痛い目に遭わせてやってもいいですけどね」田澤が両手を組み合わせ、ぼきぼきと指を鳴らした。

「その方法を考えると、楽しい夜を過ごせそうじゃないか」

「ガンさん、本当にワルですよね」

「お前のワルの基準は、レベルが低過ぎるんだよ。俺がワルだったら、世の中のほとんどの人間がワルになっちまう」

「そもそも、世の中の人間は大抵ワルですよ。ワルが、たまたま悪いことをしないで普通に暮らしているのが現状です」

「お前、そういう考え方で疲れないか？」

「警察官になってから、そんな風に考えるようになりました」田澤が溜息をついた。「その方が、むしろ気が楽なんです」

「それがお前なりの、精神的な危機回避法か」

岩倉にはそういうものがない。何も考えず、危なくなったらなったで何とかする――それでほぼ三十年、無事にやってきた。

夕方、捜査会議が始まる前に、「島岡班」の六人は打ち合わせをした。最近の島岡の様子は次第に分かってきたが、まだ穴が完全に埋まったわけではない。

「島岡は、夜の活動もお盛んだったようですね」高崎が言った。「その辺も調べてみたい……行きつけの店が何軒か分かってますね。今日は馬力をかけて、その辺の聞き込みを進めてみましょうか」

高崎が全員の顔を見回した。呑み屋で聞き込みとなれば、当然仕事は深夜に及ぶ。しかし岩倉としては、徹夜になっても異存はない——この状況で少しでも手がかりがあるなら、一気に詰めない手はないのだ。

「あと、違法カジノについても調べた方がいいな」岩倉はつけ加えた。「島岡は、ギャンブルは上手くはなかったそうだが、そういう場所に出入りしていたという情報がある」

「その辺は上手くやらないと……組対の邪魔をしないようにすべきですね」

岩倉はうなずいた。いくら殺人事件の捜査とはいえ、組対がマークしているような店にずかずか入って事情聴取を始めるのは、いかにもまずいやり方だ。できれば店の外で穏便に客に話を聴き、島岡の知り合いを見つけたい。

「何か、危ない仕事に手を染めていた可能性もある」岩倉は指摘した。「会社を辞めてから、再就職もしていないようだ。しかし特に金に困っていたわけではない——何か収入源があったのは間違いないな」

「事情聴取の範囲を広げますか」高崎が言った。「これからすぐに動きましょう。迅速第一、今日の捜査会議はパスということで」

高崎もまだ、仕切りは上手くない。夜の街で聞き込みを続けるなら、わざわざ南大田署に戻って来る必要はなかったのだ。どこかで落ち合って打ち合わせをし、そこで散会して再度聞き込みを始める――何が何でも、朝と夜には特捜本部に顔を出さないといけないと思っている刑事もいるのだが、その辺は臨機応変でいい。

「ガンさん、飯にしましょうよ」田澤が弱気に言って胃に手を当てた。

「何だよ、もう腹が減ったのか」

「もうって、六時ですよ？　普通に腹が減る時間帯でしょう」

岩倉は溜息をついた。この男は昼過ぎに、大盛りせいろに親子丼という部活帰りの高校生が好みそうな昼食を摂った。ちなみに岩倉は、クルミごまダレせいろ一枚を食べただけで、まだ特に空腹は感じていない。

「俺たちの行き先は渋谷か」それほど遠くない――品川で京浜東北線から山手線に乗り換えて、三十分ほどだろう。時間はたっぷりある。「そんなに遠くないな。よし、行く前に、蒲田名物のとんかつでも食わせてやるよ」

「お、いよいよ名店登場ですね」田澤が嬉しそうに顔を綻ばせる。

「紹介して、文句を言った人は一人もいない。唯一の弱点は店が狭いことだ。カウンターしかないから、お前が座ったら窮屈かもしれないな」

「全然大丈夫ですよ。美味い物を食べる時は、店の広さなんか気になりませんから」

よく分からない理屈だったが、実際に店に行っても、田澤は文句一つ言わなかった。そもそも並ばなければならない――夜の営業開始時刻である午後五時にはもう行列ができている店なのだが、それもまったく苦にしない様子だった。

二人ともロースカツ定食——この店では定番メニューだ——を頼む。料理が出てきた瞬間、田澤は唸《うな》るような声を上げた。

「すげえカツですね」

実際、ここのロースカツは分厚い。肉の部分だけで二センチはあるだろう。これだけ厚い肉にしっかり火を通し、しかも柔らかく仕上げるには相当な技術が必要だ。それ以前の問題として肉の仕入れがいいようで、脂身の部分に一切臭みがなく、甘い。

「いい店ですね」満足そうに言って、田澤が肉を頬張り、飯を詰めこむ。見ていて気持ちがいいほど——若い奴がガツガツ飯を食べるのを見て嬉しくなるような年齢になったかと思うと、少し情けない。

田澤は飯をお代わりして、すっかり満足したようだった。岩倉はお代わりなし。それでも完全に満腹だった。とんかつは嫌いではないし、名店が多い蒲田へ来てから食べる機会が増えたせいで、体重は増え気味である。少し抑えておかないと。

「さて、行こうか」

一声かけて、岩倉は席を立った。この店は、味は百点満点なのだが、とにかく狭い。カウンターしかないので、食べ終えたら一刻も早く席を立つのが客のマナーだ。

「今日は電車でいいですよね」店を出た瞬間、田澤が言った。

「ああ。遅くなってから車を返しに署に戻るのは面倒臭いからな」

「じゃあ、現地解散ということで……」

「何だ、何か用でもあるのか？」

「このところちょっと遅いんで、嫁の機嫌が悪いんですよ」

岩倉は思わず声を上げて笑ってしまった。この男は、図体がでかい割に気が小さい――少なくとも妻には頭が上がらないようだ。確か田澤の妻は、身長が百五十センチほどしかなく、夫婦の身長差は三十センチ以上ある。体が大きければ、人間関係で必ず優位に立てるわけでもないようだ。

電車移動の利点は、乗っている間に両手が空くことだ。昼間、千夏に素っ気ないＬＩＮＥを送ってしまったので、ここでリカバーしておかないと。おそらく来週末は交代で休みになるから、その時にどこかで一緒に飯を食べよう。

来週末とかは？

すぐに既読になり、返信があった。

ＯＫ。とんかつ、いい？

とんかつは今食べたばかりなのだが……苦笑しながら、岩倉は「ＯＫ」と返事を送っもよく食べる。というより、肉が大好きだ。食べ物にやたらと気を遣いがちだが、千夏は何でもよく食べる。というより、肉が大好きだ。それでいて、身長百六十センチに対して体重はおそらく四十キロ台前半で、岩倉から見れば棒のような体型である。もうちょっとしっかり動物性たんぱく質を摂って運動する方が、丈夫な体を作れるはずだ……今日の店なら、いい豚肉を使っているはずだから、直接筋肉になりそうな気がする。

蒲田の店にするか？　少し並ぶけど。

予約、取れないの？

無理。カウンターしかない店だから。

そこまでやりとりしてから、岩倉は以前この店のロースカツ定食の写真を撮っていたことを思い出し、写真を送ってやった。すぐに、親指をぐっと立てたイラストのスタンプが送られてくる。そうか、気に入ったか……満足して、岩倉はスマートフォンをしまった。千夏もしつこいというか、LINEをやり始めるとキリがない。父親とのやり取りが、そんなに楽しいとも思えないのだが。

渋谷へ出るのも久しぶりだった。というより、何年ぶりだろう……刑事は東京中——

必要があれば都外も歩き回るが、特に縁のない都内の街もある。用事がなければ行かない、そしてその用事が何故か回ってこない。岩倉にとっては、渋谷がまさにそういう街だった。

「何か……渋谷って、どんどん混乱してません?」ＳＨＩＢＵＹＡ１０９前の三叉路を右に折れ、文化村通りに入った瞬間、田澤が不安そうに言った。

「駅の周りはともかく、この辺はそんなに変わっていないはずだけど……確かに混乱はしてるな」

文化村通りは歩道も広く歩きやすいはずだが、とにかく人が多いので、真っ直ぐ歩けない。夜まだ早いこの時間帯は、一次会、あるいは食事に繰り出す人たちで歩道は埋まっており、すり足のようにゆっくり進むしかなかった。田澤は、大きな体を窮屈そうに縮こめようとしている。肩はすぼまり、すり足で内股――場違いな場所にいるせいで煩悶しているのだろう。

東急百貨店渋谷本店のある道玄坂二丁目交差点の一つ手前で、細い路地に入る。ふと上を見上げると、「渋谷センター街」の看板が目に入った。文化村通りの脇道は、もうセンター街になるわけだ。歩く人の年齢層が一気に下がり、明らかに未成年の姿も目立つ。まだ早い時間だからいいが、いつまでもうろうろしていると怪我するぞ……まあ、こういう場所で、若いうちから自分の身を守る術を覚えるのもいいだろう。多少痛い目に遭うかもしれないが、都会はジャングルと同じだ。サバイバル技術を身につけておいて悪いことはない。

「ええと……」道路の真ん中で立ち止まり、田澤がスマートフォンを見た。「この辺、分かりにくいですね」

「ちょっと脇にどけよ。邪魔になってる」

岩倉は田澤の肩を押して、路肩に下がらせた。田澤はスマートフォンに視線を落としたまま……すぐに「ここを右ですね」と言った。

「間違いないか?」

「たぶん」

自信なげだった。まあ、センター街自体はそんなに広いわけではない——やたらと人が多いだけだ——から、いずれは目当ての店にたどり着けるだろう。

田澤の指示は合っていた。いかにも若者の多い渋谷らしく、この辺りには安くて気楽な店が多いのだが、岩倉たちが探していた店はその中では異色だった。ビルの地下にあるバーで、階段を降りた先にあるどっしりとした重そうなドアが「一見《いちげん》さんお断り」の気配を発している。ごく小さな、表札のような看板には「ＯＷＬ《アウル》」とある。「フクロウ」か……変わった店名で、「入店拒否」の雰囲気はさらに高まったが、特に「会員制」の札がかかっているわけでもなかったので、岩倉はさっさとドアを押し開けて店の中に入った。

奥に深い店で、長いカウンターがずっと奥まで続いている。他に、テーブル席が二つ。

テーブル席は一つ埋まっていて、カウンターには客が二人いるだけだった。二人が座っている位置から見た限り、互いに顔見知りとは思えない。店内には軽く冷房が入っており、雑踏の中を歩いた暑さから逃れられた岩倉はほっとした。

岩倉は、カウンターの中で酒を作っているマスターに声をかけた。初老――六十歳ぐらいの男で、ほっそりとした長身を糊の効いた黒いシャツに包み、優雅とも言える手つきで酒をステアしている。豊かな白髪が、照明を浴びてキラキラと輝いていた。

「警察の方ですか？」マスターは「斉藤《さいとう》」と名乗った。顔をしかめもせず、声にも変化はない。度胸があるというか、警察慣れしているというか……。

「こちらへよく通われていた島岡剛太さんのことで、お話を伺いたいんですが」

「ああ……」マスターの仮面のような表情にひびが入った。何とか平静を保てていたのに、怒りが仮面を突き破ってしまった感じである。

「常連だったんですよね」岩倉は確認した。

「前はね」

「前というのは……」

「半年ぐらい前に、出禁にしました」斉藤がいきなり言った。

「何かやらかしたんですか？」岩倉は目を細めた。

「やらかしたというか、おかしな連中を連れて来るようになってね」

「暴力団関係者とかですか？」

「いや、そういう感じではなかった。普通に見える――サラリーマンというわけじゃないけど、普通にスーツを着て、いつも静かに酒を呑んでいた。ところが、話の内容が胡《う》散臭《さんくさ》かったんですよ」

「胡散臭い？」

「金の話ですよ」斉藤が親指と人差し指をくっつけて丸めた。「十億とか二十億とか……そういう話をしていたんだけど、その雰囲気がいかにも怪しかった」

「商談じゃないんですか」

「いや」斉藤が即座に否定した。「そういうのは、雰囲気を見れば分かるんですよ。こっちは、もう三十年もこの商売をやってるんだから。サラリーマンが自分の仕事を自慢したい時には、基本的にでかい声で話します。他の客にも聞こえるようにね……質問して欲しいんだね。そうしたら、『この前、十億の取り引きに失敗しましてね』なんて自慢するわけですよ。まあ、微笑ましい話です。それを島岡さんたちは、いかにも怪しい様子でひそひそやっていた。そもそもここで商談するような人もいないんですけどね」

「聞かれたくない話なら、他の場所ですればいいわけですね」

「まあ……座りませんか」

カウンターを挟んで立ち話していたのだと、岩倉はその時初めて気づいた。少し背の高い丸椅子に腰かけ、斉藤と向き合う。立っていても効果はないと思ったのか、田澤も椅子に尻を引っかけるようにして座った。

「彼はね、ここには二年ぐらい通っていたんですよ。最初は一人で、そのうち人を連れて来るようになって、最後の頃は一人で来たことはなかったですね」

「いつも同じ相手ですか？」

「出欠をとったことはないけど、一人、いつも一緒だった人がいたね」

「何者か、分かりますか？」

「誰かは知らないけど、名前は……」

おっと、急に手がかりが出てきた……岩倉は田澤に目配せした。田澤がすかさずメモ帳を取り出す。

「ちょっと待って」

斉藤がカウンターの下に身を屈めた。中は棚になっているようで、すぐにタブレット端末を取り出して確認する。

「末松孝雄《すえまつたかお》さんですね」

「クレジットカードの記録ですか？」

「ええ」

それなら間違いない。名前とカード番号が分かっていれば、そこから人物の特定は可能だ。

「伝票を貸していただけると助かります」

うなずいた斉藤がクレジットカードの伝票を取り出し、ぱらぱらとめくり始めた。店側に残っている伝票にはサインはなく、番号の照合なので時間がかかる。

「かなり古いものも取ってあるんですか？」

「もちろんです。公務員の人には関係ないだろうけど、我々は自分でちゃんと税金を払わないといけないんでね。売り上げの記録は何より大事なんです。ああ、あった。これだ」

斉藤が、一枚の伝票を渡してくれた。この紙から何が分かるわけでもないだろうが、岩倉は一応押収することにした。

「お借りしていっていいですか？」

「返してもらえれば、構いませんよ」斉藤は鷹揚《おうよう》だった。

「じゃあ、お借りします」岩倉はカードの控えを田澤に渡した。指紋は……まあ、気にする必要はないだろう。

「末松さんというのは、どんな感じの人でした？　島岡さんとはどういう関係に見えました？」

「仕事仲間という感じだけど、それもちょっと変かな」斉藤が首を傾げる。「島岡さん、会社を辞めたんでしょう？」

「ご存じでしたか」

「自分で言ってましたからね」

それは嘘だったわけだが。もっとも、自分から「馘になった」と宣伝するような人間もいないだろう。

「一方で、末松さんというのは普通のビジネスマンに見えましたね。いつもきちんとスーツを着て、ネクタイを締めて」

「ただ、胡散臭かった、と」

「最近はどうか知らないけど、昔は大きなホテルのロビーで胡散臭い人が固まって、よく密談をしてたでしょう？」

「ああ……分かります」何の商売をしているのか分からないが、やたら金回りがいい――時計はだいたい金のロレックスだ――連中がホテルで密談しているのを、岩倉も見たことがあった。捜査二課の同僚に言わせると「ブローカー」。何のブローカーか分からないが、とにかく情報と金に関してやけに敏感で、金儲けのチャンスがありそうならすぐに首を突っこんでくる。島岡は、そういう人間たちと関係があったのだろうか。

「話の内容は、金儲けですか」

「いや、こちらも常に耳を傾けていたわけではないので。たまに漏れ伝わってくる話は、だいたい金のことでしたけどね」

「末松という人間以外のメンツは？」

「色々ですね」

「出禁にしたのはどうしてですか？　胡散臭いかもしれないけど、それだけじゃ、出禁にはできないでしょう。向こうは金を落としていく人間なんだから」

「その辺は考え次第ですけどね……根拠があったわけじゃないけど、とにかくどうにも胡散臭い感じがしたんですよ。それに、中にはやたら目つきの悪い人間もいて。それを言えば、末松さんもそんな感じだったけど」

「暴力団員のような？」

「それよりはブローカーに近いですかね。少なくとも、暴力団員という感じはしなかった。そういうのは、だいたい見れば分かります」

結局斉藤は、島岡だけに「出禁」を言い渡したのだが、結果的にそれで、末松たちも店に来ることはなくなった。どうやら島岡がリーダー格で、この店を打ち合わせ場所として使っていたようだ。

「島岡さん、よく出禁を納得しましたね」

「何度か、ツケが溜まったことがあってね。彼はカードを持っていなかったから、いつも現金払いで……まあ、うちもツケ払いはやってないわけじゃないけど、何度か続くとアウトになるのがルールなんです。そう言って納得してもらいましたよ」

会社を辞めさせられた時と同じようなものか。会社に関しても、島岡は無断欠勤・遅刻を積み重ねて「自爆」した。単に自分を律することができない人間ではないか、と岩倉は評価を固め始めた。

「こんなこと言うと薄情に聞こえるかもしれないけど……島岡さんが殺されたと聞いた時にも、特段不思議だとは思わなかったね」

「いつかは、こんな風になると思っていたんですか？」
「あの人は、全てにおいていい加減なんだよ。何の根拠もなさそうなのに、何十億もの取り引きが……とかホラ話ばかりしている。会社の煙草部屋でそんな話をする分には構わないけど、夜の街でそういう適当な話をしているとね——適当な人間だという評判が広がってしまうんですよ」
「殺されるかもしれない——そういうトラブルに巻きこまれる可能性もあると」
「予想していたわけじゃないですけど、ニュースを見た時も、ああ、やっぱりな、と思いましたね」

聞き込みを終えて、岩倉は一度南大田署に戻った。「証拠」であるカードの伝票を自宅に持ち帰ることはできないし、どうせ署は自宅への帰り道の途中にある。少し長い散歩——回り道をすることになるが、それもちょうどいい運動だ。

十時過ぎ……この時間になると、特捜本部もさすがに無人になる。自宅が遠い刑事は、所轄の道場に布団を敷いて泊まりこんだりするのだが、家が近い岩倉は、ここで寝る意味がない。部屋はすっかり暗くなっていたので、刑事課に戻った。証拠品を保管しておくなら、自分の席の方がいい。ここなら引き出しに鍵がかかる。

「さてと……」

気になることがある。ここでも調べられるので、パソコンを立ち上げた。真っ暗な部屋の中で、パソコンの画面から発せられる光を見ていると、吸いこまれそうな気分になる。岩倉は、前科前歴のデータベースを使った。「末松孝雄」は珍しい名前ではないが……おっと、すぐに一件ヒットした。十五年前——ちょうど振り込め詐欺が問題になり始めていた頃に、詐欺容疑で逮捕されていた。この件で警視庁が摘発した、ごく初期の事件である。当時、二十五歳。いわゆる「かけ子」で、「オレオレ」と言いながら電話をかける役目だったようだ。

逮捕され、裁判になったものの、執行猶予判決が出た。初犯だったこと、詐欺グループの中では下っ端的な役目だったこともあり、実刑にはならなかったのだろう。判決としては、特におかしなものではない。

「ろくでもない奴、か」岩倉はつぶやいた。

島岡は、振り込め詐欺グループに入っていたのかもしれない。会社を馘になった後、詐欺に加担することで金を稼いでいたとしたら……あり得ない話ではない。島岡にとっては、まさに転落の歴史だ。

この事件は、振り込め詐欺グループの仲間割れだろうか？　これまでも、詐欺という犯罪で結びついた連中が仲間割れを起こして、トラブルになったケースはいくらでもあった。この末松という男を追っていけば、何か新しい情報が出てくるかもしれない。

前科前歴のデータベースには、逮捕時の住所や連絡先も記載されている。しかし、現在も当時と同じ住所に住み、同じ携帯電話を使っているとは思えなかった。一度でも犯罪にかかわった人間の中には、必死に過去を断ち切ろうとするタイプもいる。引っ越し、古い携帯を解約して新しい電話を手に入れる。

もっとも、携帯は当時のままの可能性もある。これからかけてみるか——受話器に手を伸ばしかけ、しばし思案して手を引っこめた。ここは慎重にいかなくては。自分一人で暴走して、重要な手がかり——証人を逃してしまったら意味がない。

「今日はこの辺にしておくか」

つぶやいて、岩倉はパソコンをシャットダウンし、引き出しを何度も引っ張って施錠を確認した。これでよし……明日はこの伝票の捜査だ。実に気分がいい。明日すぐにやることがある状態は、実に快適である。

3

翌朝、出勤した岩倉はすぐに異変に気づいた。

伝票がない。

慌てて全ての引き出しをチェックした。一番上の段に入れたのは間違いないのだが、隙間から下に落ちたかもしれない……次第に焦りが生じ、額に汗が浮いてくる。そんな時に限ってスマートフォンが鳴る——田澤だった。

「ガンさん、遅刻ですか?」のんびりした口調だった。

「いや、下の刑事課にいる」

「何か調べ物でも？　捜査会議、始まりますよ」

「ああ……悪いけど、昨夜のことはお前が報告しておいてくれないか？」

「構いませんけど、そっち、手伝わなくていいですか？」

「大丈夫だ」

伝票をなくしたなどと後輩に知られたら、メンツ丸潰れだ。岩倉は別に威張り散らすタイプではないが、後輩には常に、行動で見本を示そうと意識している。資料はきちんと整理すること──そんな基本ができていないとなったら、本当に示しがつかない。

「じゃあ、適当に言っておきます」

「伝票の件は伏せておいてくれ」

「いいですけど──後でこっちに来ます？」

「もちろん」

伝票が見つかればすぐにでも行けるのだが……盗まれた、と岩倉は確信していた。鍵を開けた時、既におかしいと感じていたのだ。誰かが無理にこじ開けたようで、鍵を挿しこんだ時に、普段より少し緩い感触があった。

警察署の中で泥棒？

これまでそういうことがなかったわけではない。証拠品などが消えてしまう不祥事は、昔からあった。金目のものを自分の懐に入れてしまう──警察官の中にも不心得者はいるのだ。

そして、この署でそういうことをしそうな人間は……岩倉の頭には、一人の人間の顔が浮かんでいた。あの野郎、去年散々脅された恐怖をもう忘れたのか。だとしたら、ここでもう一回釘を刺しておく必要がある。その前に、何としても伝票を取り返さなければならないが。

「伝票が……」田澤が慌てた調子で声を低くする。「盗まれた？」

「ああ。誰かが、俺のデスクの引き出しをこじ開けたんだ。本物はなくなったけど、コピーを取っておいたのは不幸中の幸いだった」岩倉は、折り畳んだ紙を広げた。

「この件は、内密で頼む」岩倉は唇の前で人差し指を立てた。

「分かってますよ。しかし、ガンさんが証拠をなくすなんて、信じられませんね」

「なくしたんじゃない。誰かに盗まれたんだ」

「それ、署内の人間の仕業ですよね」田澤がさらに声を低める。

「だろうな」

「誰がやったか、分かりますか？」

「心当たりはないでもない」

岩倉の目が、ターゲットを求めて動いた。特捜本部の隅、コーヒーマシンが置いてあるところに川嶋がいて、のんびりとコーヒーをすすっている。朝の一服というところだろうが、余裕のあるその態度も気に食わない。それを言えば、川嶋のやることなすこと――立ち居振る舞いの全てが、岩倉を苛立たせるのだが。

岩倉は川嶋に近づき「ちょっと廊下へ」と声をかけた。川嶋が不思議そうに首を傾げる。

「いいから、来い」つい、声が尖ってしまった。この男を相手にすると、冷静ではいられない。

川嶋はエージェント――本部から送りこまれてきたスパイなのだ。警視庁の中には、様々な汚れ仕事を請け負う人間がいる。部や課の垣根を超え、個人的に様々な命令を受けて動き回るのだ。時には監察の依頼で不良警官の監視を行い、時には特定の派閥の利益になるように、敵対する人間の弱点を探す。だいたい、それなりに仕事ができるものの出世に興味のない――試験に弱い人間が選ばれる。そういう人間を監視したり尾行したりするのは、一般人を相手にするよりはるかに難しい。

岩倉は、サイバー犯罪対策課の「研究対象」になっている。自分でも自覚している異様な記憶力について科学的に研究したい、そのために一時仕事を離れて協力を――と何年か前から頼まれていた。悪いことに、この研究に嚙んでいるのが、城東大生産工学部の教授でもある妻なのだ。純粋に研究対象として、ということなのだろうが、やはり気分はよくない。そして川嶋は、サイバー犯罪対策課の依頼を受け、岩倉に協力させるため、弱点を見つけようと南大田署に異動してきた。それに気づいた岩倉は、逆に川嶋の弱点を摑んで脅し、黙らせた。作戦に失敗した川嶋は、さっさとどこかに異動するかと思ったら、既に半年以上も署に居座っている――狭い刑事課の同じスペースにいるだけで、気分が悪い。嫌がらせという新しい作戦なのだろうか？

「お前、俺のデスクを漁《あさ》ったか？」

「何ですか、いきなり」川嶋が目を見開いた。真顔だが、どうしてもとぼけているようにしか見えない。腹が丸く突き出て、だるまに短く細い手足をつけたような体型のせいかもしれない。

「もう一度聴く。俺のデスクを漁ったか？」

川嶋が無言で肩をすくめた。

「やってないと？」

「岩倉さん、デスクに現金でも入れてるんですか？」

「現金よりもっと大事なものが入っているかもしれない」

「証拠とか？」

間違いない、こいつがやったのだと岩倉は確信した。今のは、つい口を滑らせてしまったに違いない。

「どうして証拠が入っていると思う？」

「個人のデスクに証拠を入れておくのはまずいですねえ」川嶋は、岩倉の質問に直接は答えなかった。「大事な物は保管庫にしまっておかないと」

「俺のデスクに、何か証拠が入っていたのか？」

「そんなこと、知りませんよ」川嶋が肩をすくめる。「他人《ひと》のデスクを漁るほど暇じゃないんでね」

「貴様」岩倉は川嶋に詰め寄り、胸ぐらを摑んだ。「まだ俺の周りを嗅ぎ回ってるのか？ そういうことをするのは勝手だが、捜査の邪魔は許さない――」

「ガンさん！」

短く鋭い忠告の声に、岩倉ははっとして手を放した。川嶋が平然とした表情でネクタイを直し始める。振り向くと、心配そうな表情で田澤が立っていた。

「ガンさん……」田澤がゆっくりと首を横に振る。

「ああ」岩倉は肩を上下させて深呼吸した。「行くか」

「お若いことで」馬鹿にしたように川嶋が言った。「さすが、若い彼女がいる人は違いますね」

「おい！」

「ガンさん」

田澤が後ろから岩倉の腕を引いた。さすがに身長も体重も田澤の方が上回っているので、一歩下がらざるを得ない。岩倉は川嶋を一睨みして、踵《きびす》を返した。今日は外回りではなく、特捜本部でやることがある。冷静に仕事をしなくてはならないのだが、朝から気持ちが挫《くじ》かれた……コーヒーを飲もう。それで気持ちを落ち着けようと思ったが、特捜本部のコーヒーマシンは空だった。

「ちょっとつき合え」

岩倉は田澤を連れて署を出て、三軒通りに入った。JR、東急、京急それぞれの蒲田駅からは少し離れているが、署の西側を南北に走るこの通りもなかなか渋く、生活感のある商店街である。ただし、喫茶店はない。環八通りから近いところにあるコンビニエンスストアに入り、二人分のコーヒーを買った。

「奢りだ」

「すみません……ガンさん、あの人がデスクを漁ったと思ってるんですか？」

「あいつは本部のエージェントなんだ」

「エージェントって……」田澤が目を見開く。「噂は聞いたことがありますけど、そんなの、本当にいるんですか？」

「いるんだよ。奴は俺のことを嗅ぎ回ってる。嗅ぎ回るためにここへ赴任してきた。今回の件は……意味が分からないが、明らかに捜査妨害だ」

「しかし、証拠はないですよ」

「他にあんなことをするような人間はいない」

「ガンさん……少し落ち着きましょうか。ガンさんらしくないですよ」

「分かってる」田澤が言う通り、証拠は何もないのだ。何だったら、デスクの指紋を調べてもいい……いや、警察官が、指紋を残すようなヘマをするわけがない。

「捜査に直接支障はないんですから、気にしないでいきましょう。それより、若い彼女って何ですか？」

「そのことは聞くな」岩倉は低い声で言って田澤を黙らせた。まったく、秘密を隠した壁には、どこから穴が開くか、分からない……。

クレジットカード会社への確認で、末松孝雄の個人情報は入手できていた。現在、四十歳。さらに運転免許証の顔写真も手に入れる。この写真は三十八歳の時のものだから、現在もさほど違いはないはずだ。ほっそりとした顔つきで、どことなく影が薄い……この写真を、「アウル」のマスター、斉藤に見せて確認しよう。それで捜査は一歩前に進むはずだ。

「本人に直当たりしてみます？」

「まず所在を確認しないと」

現在手に入っている情報だけでは、接触は難しいだろう。住所、電話番号……どこでどんな仕事をしているか分からないと、昼間に会うのは難しい。

「とにかく自宅へ行ってみるか」

「了解です」

「しかし、勝どきねえ……」岩倉はぼそりと言った。最近は再開発が進み、タワーマンションが林立する高級住宅地になっている。岩倉の感覚では、あんな埋立地に高層マンションを建てるのは無謀にしか思えないのだが。

「あの辺、人気ですよね」

「君もああいう場所に住みたいか？」

「住みたくても住めませんよ」田澤が肩をすくめた。「銀座まで五分ですよ？　超便利な一等地じゃないですか。あの辺のタワーマンションだったら、狭くても億物件じゃないですかね」

「公務員には関係ない世界だよなあ」

車での移動中に話しているうち、田澤はマイホーム願望が非常に強い男だと分かってきた。今は北千住の賃貸マンションに住んでいるのだが、子どもも大きくなってくるし、ぜひ一戸建ての家が欲しいのだという。田澤のように三十代半ばで共稼ぎの家でも、かなり都心から離れないと一戸建てを手に入れるのは難しいだろう。警察官は、生活を安定させるために「早く結婚して早く家を買い、早くローンを返し終えろ」と急かされ、その気になる人間も多いのだが、家は人生で一番大きな買い物である。長く暮らす家をどこにするかは悩みの種だ。都心の職場に近い場所に狭い家を買うか、通勤時間を犠牲にしても遠方に広い家を買うか……まあ、家というのは、探している時が楽しいものだが。

二人は覆面パトカーで出かけた。勝どきは、都心部――銀座や東京駅には近い場所だが、蒲田からは電車では行きにくい。高速を走った方が早く着きそうだった。

途中、少し渋滞に巻きこまれたものの、四十分ほどで末松の住むタワーマンションに到着した。

「こういうの、上の方に住んでて怖くないんですかね」助手席から顔を突き出し、思い切り上空を見上げながら、田澤が言った。

「タワマンには興味ないのか？」

「やっぱり一戸建てがいいですね。狭くても庭があればベストです」

「タワマンよりそっちの方が贅沢じゃないか」

末松はここでどんな暮らしをしているのだろう。家族はいるのか、仕事は何をしているのか……ただ、金に困っているわけではあるまい。自分で買ったにしろ借りているにしろ、ある程度——いや、相当まとまった金がないとこんなところには住めないはずだ。かなり実入りのいい仕事をしているのは間違いないが、問題はそれが、まっとうな仕事かどうかだ。

「詐欺師は永遠に詐欺師だと思うか？」岩倉はぽつりと訊ねた。

「どうですかねえ」田澤が窓を閉め、首を捻った。「更生する人もいるけど、そうじゃない人間も……振り込め詐欺の犯人が、別のスタイルの詐欺事件に手を染める場合もありますよね」

「完全に立ち直って、何か別のまっとうなビジネスを立ち上げて成功する可能性は……どうかな」

「逮捕歴があったら、仮に執行猶予がついたとしても、まともに雇う会社はないと思いますよ。銀行も金を貸さないでしょう」

「やっぱり、詐欺師は永遠に詐欺師なんじゃないですかね」田澤が結論を出した。「一度でも美味しい思いをしたら、たとえ失敗しても、また同じように金を儲けられると考える」

「確かにな」

島岡がそういう人間とつき合っていたとしたら……嫌な予感が膨らんでいく。

二人はコンシェルジェに話を聴いたが、実際に末松が住んでいるかどうかは確認できなかった。散々粘ったものの、「管理会社を通して欲しい」の一点張り……プライバシー重視は分かるが、ここまで頑《かたく》なになられると、さすがに頭にくる。

まあ、いい。末松がここに住んでいるのは間違いないのだ。後はどういう人間か確かめ、監視の手はずを整えればいい。このマンションに住んでいるかどうか確認するには、それこそ管理会社に正式に依頼して調べればいいだけの話だ。面倒な手順が必要になるかもしれないが、そこは捜査ということで何とでもできる。

郵便受けを外から確認しようとしたが、投函用のスペースに入れない。どうやら無用な投げこみを防ぐために、郵便や宅配便の配達員にだけ、ここに入れる暗証番号を教えているようだ。

「芸能人がこういうところに住みたがるのも分かりますよ」田澤が呆れたように言った。

「セキュリティがしっかりしているし、芸能マスコミの連中も、張り込みしにくいでしょう」

「そうだな」

これで、マンションの各部屋から地下の駐車場に直接行ける仕組みになっていて、駐車場の出入り口が二ヶ所あればプライバシーは完璧だろう――そう、次は駐車場のチェックだ。

とはいえ、現段階ではコンシェルジェにも自分たちが張り込んでいることを知られたくない。取り敢えず外から、出入り口の様子だけを見ておくことにした。

出入り口は一ヶ所で、駐車場は地下にあるようだった。シャッターは閉まっていたが、一台の車が外から入ってきて、すぐにシャッターが開く。リモコン操作か……この規模のマンションなら、駐車場もかなり広いだろう。朝のラッシュ時などには、駐車場とその出入り口に近い道路が大混雑するのでは、と岩倉は想像した。

「車、持ってますかね」田澤が訊ねた。

「そこまでは分からない……おっと、危ないぞ」

シャッターが開き始めたので、岩倉は脇に退いた。かなりの轟音が先に聞こえて、その直後に特徴的な丸目のヘッドライトが見えてくる。ポルシェか……湾岸のタワーマンションに住んでポルシェを乗り回す。実に分かりやすい。

「末松だ」岩倉はすぐに気づいた。サングラスをしているが、免許証で確認した写真と同一人物である。

田澤は何も言わなかったが、意識を集中させてポルシェを凝視している。岩倉は末松にこちらを意識させないよう、一瞬目を伏せた。目は合わなかったと思う……向こうは前方に注意を払っており、岩倉たちを見つけるような余裕はなかったはずだ。

「間違いないですね」

遠ざかるポルシェの特徴的なエンジン音に合わせて田澤が認めた。

「サングラスをかけてたが……」

「薄い色でしたから、間違いないです」

「尾行は——やめておいた方がいいだろうな」

覆面パトカーのレガシィは国産車の中でも高性能だが、ポルシェと勝負するにはさすがに分が悪い。それに、現段階ではまだ向こうにこちらの存在を気づかれたくなかった。

「今の、ポルシェの何だった？」

「９１１ですけど、バージョンまでは分かりません」

ポルシェは、同じモデルの中でも様々なバリエーションがある。長年のフラッグシップモデルである９１１の場合、水平対向六気筒エンジンをリアに積むという共通点はあるものの、駆動方式は後輪駆動と四駆に分かれる。エンジンや足回りのチューンナップも様々で、日常の足にも使えるモデルから、サーキット走行を念頭に置いたモデルまで、ラインナップは豊富だ。

「エンジン音は、かなりでかかったな」

「高性能なモデルかもしれませんね……ナンバーは確認しました」

それは岩倉も当然見ていたが、ここは後輩に花を持たせることにした。「よくやった」と持ち上げ、所有者を確認するように指示する。

覆面パトカーに戻り、ナンバーから所有者の問い合わせ――すぐに、今のポルシェの持ち主は間違いなく末松だと分かった。

「さて……どうしますか」田澤が両手を揉み合わせる。

「末松の捜査を続行だな。ただ、慎重にいかないと……こういう時に調子に乗って一気に動くと、肝心の部分が見えなくなったりする」

「ガンさん、相変わらず慎重ですね」

「イケイケの捜査が失敗したケースを、何回も見てるからな」それでも学ばない人間はいるのだが。

その日のうちには、末松という人間の実態は分からなかった。どんな仕事をしているのか、家族はいるのか……岩倉は夜間の張り込みを主張したのだが、一旦特捜本部に戻るように指示を受けた。しかも普段より早い午後五時から捜査会議を開くという。

「このまま張り込んでいる方が、無駄がないと思うんですけどね」田澤がぶつぶつ文句を言った。

末松はまだ帰宅していない。家に帰って来たところを摑まえれば、もう少し動きが分かるのだが……どんな時でも報告を欲しがる柏木が命じたのだろう、と岩倉は皮肉に思った。

「帰還命令は、柏木課長の差し金だと思うよ」

「そうなんですか？」

「あの人、会議と訓示が大好きなんだ」南大田署刑事課の現状を思って、岩倉は苦笑した。着任初日に中身のない大演説を打って課員の顰蹙《ひんしゅく》を買ったのにも気づかず、その後も毎日のように会議を開いている。会議と言っても、常に議題があるわけでもない……しかし柏木は、「全員が顔を合わせて意思統一するのが大事だ」と主張し、勤務時間終了直前、午後四時四十五分からの会議を強制している。だいたいが、柏木のつまらない訓示で終わってしまうのだが。

「確かに、話し好きな人みたいですね」田澤も苦笑した。

「本部の係長も管理官も、もっと積極的に特捜を主導してくれてもいいんだけどな。本来、所轄の課長はどちらかと言うと雑用係だぜ」

所轄に置かれた特捜本部を仕切るのは、本部の捜査一課から派遣されてくる係長と管理官である。所轄では、担当課長がその責を負う。三者が常に話し合い、捜査の方針を決めていくのだが、今回の特捜本部では柏木が常にリーダーシップを発揮して捜査を引っ張っていた。岩倉の感覚では、「声がでかい奴が勝つ」という感じに過ぎないのだが……とにかく柏木はバランス感覚に欠ける男で、気をつけないと誤った方向へ一気に突っ走ってしまいそうだ。

岩倉は車を発進させた。しかし、この呼び出しはやはりおかしい……夜の捜査会議は、毎日午後六時スタートと決められており、特に呼びかけられることがなくとも、刑事たちは一度署に帰還する。敢えて少し早い時間に捜査会議を始めるのに、どういう意味があるのだろう。

「何か、重要な動きがあったんですかね」田澤が首を傾げる。「それを劇的に発表したいとか」

「それも柏木さんらしいな」

自分も同じようなものだが……できるだけ事実をまとめて大きく膨らませ、同僚たちの驚く顔を見たい——田澤にもそう告げたことがあった。

「何だか嫌な感じがしますね」

「まあな」岩倉は頰を掻いた。「しかし、会議はただの会議だから。別に、俺たちがトラブルに巻きこまれるわけじゃないだろう」

岩倉は、自分でも勘が鋭い方だと思っている。基本的には事実の積み重ねで真相に近づいていくタイプなのだが、時に途中経過を飛ばして結果が見えてしまうことがある。こういうので有名なのは、今、失踪人捜査課第一分室の室長である高城賢吾《たかしろけんご》で、仲間内では「高名な高城の勘」と呼ばれているほどだ。しかし彼は、警視庁の中でも名うての酒飲み……岩倉は、「高城の勘」は、酔いの中で、何らかの特殊な化学反応で生じるものではないかと疑っている。

それこそ、岩倉の妻の専門だ。自分の代わりに高城をモルモットとして送りこむ手はないだろうか。アルコール漬けになった脳の研究は、医療分野でも役立つだろう。

急に呼び出された刑事たちは、何事かとざわついていた。岩倉は他の刑事を摑まえて聞いてみたが、事情を知っている人間は一人もいない。

「極秘みたいですね」田澤が体を傾け、岩倉の耳元で囁くように言った。

「何か、嫌な予感がする」

「右に同じくです」

岩倉はすぐに、この捜査会議が特別なものだと理解することになった。

普段、会議室で前方に座って会議をリードするのは本部の係長と管理官、それに所轄の課長である。極めて重要なポイントになると、特捜本部長を務める署長が同席したり、捜査一課長が気合いを入れに来たりするのだが、今回は、普段の捜査会議だったら絶対に顔を見せない人間がいた。

別の特捜本部の幹部たち。

柏木たちに続いて入って来たのは、目黒中央署の刑事課長・田島だった。岩倉が唖然とし——そして何事かと不安を抱くうちに、もう一人、本部の渋沢《しぶさわ》管理官も顔を見せる。渋沢も、目黒中央署の特捜本部を仕切る人間だ。

「起立！」の声がかかる。この辺が警察の面倒なところで、会議なども必ず「起立、礼」から始まる――岩倉は昔から、警察での生活は学校の延長のようだと思っていた。

刑事たちがバラバラと座ったが、柏木は立ったままだった。胸を張って、大声で話し出す。

「極めて異例のことだが、南大田署の特捜本部と目黒中央署の特捜本部は、今後協力して捜査を進めることにした。ご存じの通り、南大田署の事件の被害者である島岡剛太が、目黒中央署の事件で被害者になった藤原美沙と交際していた事実が判明した。二人とも殺されているが、時間的に、島岡が藤原美沙を殺す猶予はあったと考えられる。現段階では容疑者と断定はできないが、その可能性が高まってきたので、今後は両捜査本部が協力して捜査を進めることにした」

「待って下さい！」岩倉は思わず立ち上がった。

柏木が冷たい視線を向けてくる。今まで見たことのない表情で、岩倉は彼の中にある欲望と暗い部分を明らかに感じ取った。

「まあまあ、ガンさん、まず説明させてくれないか」柏木が一転して柔らかい声で岩倉をなだめた。「ガンさんが慎重派なのは分かってるが、そもそも最初にこの件を言い出したのはガンさんだぞ」

「それは分かってます」岩倉は「引くな」と無言で自分を励ました。「しかし、まだ二つの事件を結びつけて考えるには無理があります。特捜が協力して捜査するのも、時間の無駄になりかねません。もう少し時間をかけて調べてからでもいいんじゃないですか」

「ガンさん、意見の前に説明をさせてもらえませんか」

今度は管理官の渋沢が立ち上がった。渋沢も以前の捜査一課の後輩——しかし順調に出世を重ね、今は岩倉よりも階級では二つ上の警視になっている。年上の部下に対して、微妙に対応しにくい様子だった。岩倉としては、渋沢の顔を潰すのは本意ではないから、ここは一時引こう。腰を下ろした瞬間、隣に座る田澤が心配そうな表情を向けてきたので、「大丈夫だ」と言う代わりに軽くうなずいた。

柏木に代わって、渋沢が説明を続けた。

「島岡と藤原美沙の関係については、新たな証言が得られている。二人が現在も交際していたかどうかは分からないが、一緒にいる場面を目撃した人間が何人か見つかっている。主に、藤原美沙の勤務先であるシンクタンクの人間の証言だ。この件は、より深く掘り下げる必要があると判断し、今回は協力して捜査を進めることにした——異例のことではあるが、同じ警視庁内の話だから、ここは一つ、上手く連携を保ってやっていこう。現場の諸君は、これまで通りに捜査を続けてもらって構わないが、状況に応じては、それぞれの特捜本部の方を手伝うこともあり得る。効率よく、上手く捜査を進めて欲しい。以上だ」

岩倉はすぐにまた立ち上がった。

「二人が会っていたと言っても、どういう関係だったかまでは、まだ分かっていないんですよね？　今も恋人同士だったのか、恋愛関係が終わってもまだ何か別の理由で会っていたのか、その辺ははっきりしていませんよね？」

「ガンさん、焦らないで下さい。まだこの件は調べ始めたばかりなんですよ」渋沢が落ち着いた声で諭《さと》した。

「目黒中央署の捜査が優先して進められるような感じがするんですが……このままだと、うちが置き去りになります」

「ガンさん、そこは自分の方がとか、向こうがとか、意地を張る場合じゃないと思う」柏木が釘を刺した。「とにかく、手がかりがあって、分かる方から進めていく――それは捜査の基本だよ。しばらくは、二人の関係について重点的に捜査していく方針にした」

「島岡が、怪しい連中とつき合いがあったという情報があります」末松の件は少し伏せておきたかったが、あまりにも島岡の件が置き去りにされているように感じ、岩倉は打ち明けた。

「そいつは初耳だな」柏木が険しい表情を浮かべる。

「今夜の捜査会議で報告しようと思っていたんです」

「それで、怪しいというのは？」

「以前、振り込め詐欺事件で逮捕された人間です」岩倉は簡単に事情を説明した。

「それはちょっと弱い……十五年も前のことを今更蒸し返しても、しょうがないだろう。そもそも、過去に逮捕されたことがあるからと言って、今も悪い人間だとは言い切れない。そういうのを人前で喋ると、人権問題になるぞ」

人権問題について柏木に指導されるとは思ってもいなかったが、そう言われると反論できない。

「まあ、その件はちょっと置いておいて――とにかく、今後の方針は以上の通りだ。それで、明日からしばらく、こちらの戦力を目黒中央署に振り分ける」柏木が宣言した。

これも「ちょっと待った」だが、さすがに今は、これ以上抵抗はできない。もう少ししっかりと反論できる理由があれば、岩倉はいくらでも「待った」を繰り返すのだが、この状況で抵抗しても、「単なる変わり者」のレッテルを貼られるだけだろう。もっとも岩倉は、長年の間にとうにそういう評判を得てしまっているはずだが。

その後岩倉は、腕組みをしたまま、柏木の指示を聞き続けた。岩倉自身は特に何の指示も受けないまま……目黒中央署には行かないようだ。これはおかしい。まるで無視されたか外されたようではないか。捜査会議が終了すると、岩倉はすぐに柏木のところに行った。

「俺はどうしますか？　明日以降も、これまでと同様の捜査をしますか？」

「ああ、ガンさんはちょっと特捜から外れてくれ」

「外れる？」岩倉は眉を吊り上げた。

「ローテーションだよ。通常の刑事課の仕事もあるから、全員が特捜に入らないで、留守番をする――それぐらい、常識じゃないか」

「いや、そうですけど……」

特捜で捜査中とはいっても、他の事件は待ってくれない。細かい事件も無視できないから、特捜本部に入らずそちらに専念する、あるいは待機する刑事も必要なのだ。ただしそういうのは、まだ経験の少ない若者か、体力的に特捜についていけない大ベテランが務めるものと相場が決まっている。決してローテーションというわけではない。

「俺もジイさん扱いですか?」心配になって、岩倉はつい訊ねた。五十二歳、まだまだ老けこんでいる意識はないのだが。

「そういうわけじゃない。これは順番だ。若い刑事にも特捜を経験させたいからな」

俺を外すつもりだな、と岩倉はピンときた。この特捜での捜査が始まってから、岩倉はずっと柏木と微妙に対立してきた。柏木は、目の上のたんこぶである岩倉を外す機会を狙っていたのだろう。

反論はできる。より強固な抵抗も不可能ではない。柏木の横には、よく知る後輩の上司が座っているのだ。柏木の横暴を訴え、自分も捜査に残して欲しいと言えば、本部の管理官として口添えしてくれるかもしれない。もっとも、渋沢の困ったような表情を見ると、余計なことは言えなくなってしまった。捜査だけで手一杯なのに、余計なことで手を煩《わずら》わせたくない。

「……分かりました」

これはいい機会だと捉えることにした。特捜を外れれば、自分一人で好きな仕事ができる。蒲田は何かと騒がしい街だが、それは繁華街が賑やかになる夜の話で、昼間は静かなものだ。別の新しい事件が起きて、そちらに巻きこまれる可能性は低い。別に、刑事課でずっと電話番をしている必要はないのだから、勝手に外を動き回っていても問題はないだろう。言い訳ならいくらでもできる。

フリー――悪くない。

4

捜査会議が終わると、岩倉は早々と署を出た。車を使うと文句を言われそうなので、電車を乗り継ぎ、再び勝どきに向かう。何とか末松と接触できれば……島岡を取り巻く黒い連中の正体を暴きたい。

しかし途中で思い直して方向転換し、渋谷に向かった。昨夜会ったバー「アウル」のマスターに、末松の写真を見せて確認してもらわなければならない。同時に、クレジットカードの伝票紛失も詫びねば……説明しにくいことだが。

夜の喧騒が始まったばかりの渋谷の街を抜け、「アウル」に入る。営業開始直後で、店内に客は一人もいなかった。この手の店が賑わうのは、二次会が始まる時間――午後九時以降だろう。

昨日は気づかなかったが、店内にはビートルズが流れていた。あまり洋楽に詳しくない岩倉でも分かるのが、ビートルズの凄さだろう……マスターの斉藤は、愛想のいい顔で岩倉を迎えてくれた。最初に機嫌を損ねるのはどうかと思ったが、思い切って伝票の件を打ち明ける。

「実は、伝票を破損しまして」

「破損？」斉藤が目を見開く。

「コピーを取ったんですが、その時に……どうも不器用でいけません。ないと困るものですよね？」

「いや、今年の青色申告は終わってるので……ああいうのは、七年ぐらいは取っておかないといけないんですけどね。税務署が気まぐれで再調査することもあるから」

「ああ……そうなんですね」

「もしも税務署があれこれ言ってきたら、警察の方で弁解してもらえますか？」

「もちろんです」何を説明すればいいのかよく分からなかったが、岩倉は同意した。それからすぐに、伝票のコピーをカウンターに置く。

「何だ、コピーがあるじゃないの」斉藤が気の抜けたような表情を浮かべた。

「このコピーを取っている時に、破損したんです」

「コピーがあれば、何かあってもちゃんと説明できるでしょう」斉藤がうなずく。「これで大丈夫ですよ。税務署もそこまで煩《うるさ》くないはずだ。うちは真面目に申告してるし」

「よかった」斉藤を怒らせることはなかったので、岩倉は心底ほっとした。正直に「盗まれた」と打ち明けたら、どんな反応を示されたか分からない。嘘も方便、というやつだ。「それで今日は、もう一つ、確認してもらいたいものがあるんです」

「何ですか」斉藤が警戒して、緊張した面持ちになった。

岩倉は、末松の免許証の写真を示した。極めて真面目――当然、正面から撮られた真顔で、人の人相を確認するには一番いい。

「免許証の写真です。この人ですか？」

「触っていい？」

「大丈夫です」

斉藤が写真を取り上げ、顔に近づけてじっくりと見た。やがて、写真を凝視したまま「間違いないね」と断じた。写真をカウンターに置くと「俺が見てたのは、この写真より少し髪が長いけど、本人だね」と確認してうなずく。

「そうですか……ありがとうございます」

「ちょっと思い出したんだけど、島岡さんもこの人も、よく車の話をしてたね」

「車ですか？」

「そうそう。島岡さんが車を欲しがっていて、この人――末松さんが詳しく説明というか、自慢するみたいな。末松さんはポルシェに乗ってるそうだね」

「確かに、本人名義のポルシェはあります」

「島岡さんにすれば憧れの車なんだろうね。俺は車については詳しくないけど、やっぱりお高いんでしょう?」

「車種によりますけど、中古のマンションが買えるようなものもありますね」

斉藤が鋭く口笛を吹いた。岩倉もつき合いたい気分だった。ナンバーから調べて分かったのだが、末松のポルシェは「911ターボ」で、素のモデルよりもはるかに高性能——最高出力は五百馬力超えだ。ポルシェはスポーツカーらしく軽量だから、とんでもなく速いことは簡単に想像できる。日本の公道では、実力の五十パーセントも発揮できないだろう。当然新車価格は中古マンション並み——二千万円を軽く上回る。

「島岡さん、車が趣味なんですかね」初耳だ。酒好きの人は車に乗らなそうに思えるが、車が好きでもハンドルを握るよりも酔っている方が好き、という人間も珍しくないだろう。島岡も、シラフでハンドルを握るよりも、呑んでいる時間を大事にしそうだ。

「詳しいことは分からないけど、かなり熱心に話をしてましたね。末松さんは、『ポルシェぐらいすぐ買えるようになる』って言ってたけど」

「本気に聞こえましたか?」

「どうかな。そういう風に『ふかす』人間はいる……こういう商売をしてると、ホラ話もよく聞きますよ」

「車に高級マンションに株とか……」

「そうそう」斉藤が表情を緩める。「ただ、島岡さんは、本気で車を欲しがっていた。どこからその資金を調達しようとしていたかは分かりませんけどね」

「金儲けの話でもしていたんですかね」

「あるいはね」

裏で——非合法な金儲けの臭いがする。島岡は、末松と組んで何か裏の商売をしていた。あるいは末松に誘われていた。後者の方が、可能性が高い気がする。会社を馘になって金がないはずの島岡を悪事に引きずりこむのは、難しいことではあるまい。元々の知り合いだったら尚更だ。

「斉藤さんの目から見て、いかにも怪しい連中だったわけですよね」

「俺の観察眼は確かだよ」斉藤が両手の人差し指で自分の目を指した。

「それにしても、よく出禁を申し渡せましたね。かなり度胸がいると思いますが」

「ああ」斉藤が皮肉っぽく唇を歪めた。「俺もそこまでの度胸はないですよ。そういう時は、人に頼むんです」

岩倉は、少しだけ胸がざわつくのを感じた。暴力団にでも頭を下げたか……暴力団が店を庇護下に置き、その代わりにみかじめ料をせしめるのは、昔から行われていたことだ。繁華街ではずっと店主たちを悩ませてきた問題で、組対も積極的に摘発してきたのだが、未だに後を絶たない。

「あんたが何を想像しているかは分かりますけどね」斉藤が言った。

「そうですか？」

「うちは、暴力団には一銭も払ってません」

「だったら、誰に頼んだんですか」

「うちのオーナー」

オーナーが暴力団――暴力団が経営する会社なのか？　岩倉は疑問を呑みこんだ。ここで斉藤を怒らせることなく、もっと詳しく話を聴きたい。

「オーナーは、その筋の人じゃないですからね」斉藤がさらりと言った。

「脅しをかけられる理由は……」

「元警官だから」

「え？」

「知りませんか？　あなたとそんなに年齢は変わらないはずですよ。平野《ひらの》さん――平野明彦《あきひこ》という人なんだけど」

「記憶にないですね」事件の関連だけでなく、人の名前を覚えるのも得意なのだが、たぶん一度も聞いたことがない。

「ああ……神奈川の人だった」

「神奈川県警？」

「そうです」

「だったら、知らなくてもしょうがないですね。普段から接点がないですから」

平野と呼ばれた男は、島岡からじっくり話を聴いたのだろうか。もしかしたら「元警官」の経験を活かし、岩倉が知りたいことまでほじくり返したかもしれない。

「オーナーと会えますかね」

「ああ」

斉藤が少し惚《とぼ》けた声を出した。岩倉の背後に風が吹く——ドアが開いたのだと分かった。振り返った岩倉の後頭部から、斉藤の声が聞こえてくる。

「あなた、ついてますよ。ちょうどオーナーが来たところだ」


すかした野郎だ、というのが平野に対する岩倉の第一印象だった。自分と同年代と斉藤は言っていたが、実際には何歳か若そう——四十代後半だろうか。ネクタイこそ締めていないが、パリッとした濃紺のシャツに、オフホワイトのスーツを綺麗に着こなしている。襟元には、バラの花か何かをデザインしたシルバーのラペルピン。それがあまりいやらしい感じになっていないのが不思議だった。健康的に日焼けしていて、体も引き締まっている。二人でテーブルを挟んで座っているので足元まではっきり見えないが、おそらく靴は、光るほど丁寧に磨きこんでいるだろう。

「岩倉さんですか……お名前は聴いたことがありますよ」

「それはそれは」岩倉は適当に返事をしたが、本当だろうかと訝った。「夜の街で、そんなに勇名を轟かせているとは思えないけど」

「人間離れした記憶力で、難事件の解決にご活躍されているとか」

岩倉は肩をすくめた。こんな風におだてられても反応に困る。今度は逆に質問をぶつけた。

「神奈川県警？」

「そうですね……十年ほど前まで」

「最後は？」

「横浜中央署の刑事課――警部でした」

「その歳で警部というのは、かなり優秀だったのでは？」しかも横浜中央署と言えば神奈川県警の中では「Ａクラス」の所轄のはずだ。

「そうですね」平野がさらりと答える。「同期の中では早い方でしたよ」

「で？　何で辞めたんですか」

「それは、自分の口からは言いにくいですね」平野が唇を歪める。「ご自分で調べて下さい」

おそらく不祥事だ。暴力団などと関係ができたか、金や女のトラブルに巻きこまれたか――警察を辞めたことがきっかけになって「闇落ち」し、夜の街で生きる術を見つけたのかもしれない。ただ、本当にこの店のオーナーだとしたら、単に不祥事で辞めたとは思えない。そういう人間は、悪事で金を儲けることはできるかもしれないが、普通に水商売で成功する可能性は低い。

「この『アウル』は、あなたの店だとか」

「そうですね」平野が認める。

「ここだけですか？」

「あと三軒ほど……実際に権利を持っているかどうかはともかくとして」

「実質的なオーナーということですか」

「そう考えていただいて結構です。この商売は、権利関係は複雑なんですけどね」平野がうなずく。すかさず煙草に火を点け、ゆったりと吸い始めた。「……それで、島岡という男のことを調べているんですね」

「殺人事件の被害者だから。よくご存じだ」

「話は聞きました。それに、新聞ぐらいは読むし」

「追い出したそうですね」

「悪い客だったからね。ここは、筋が悪い客はお断りなんです」

「ツケで呑むような客もNG、ですか」

平野が無言でまたうなずく。まだろくに吸っていない煙草を灰皿に押しつけ、ぼそりと言った。

「ツケはともかく、あれは悪い男ですね」

「本当にそうなのかどうかは……俺は直接話をしていないから分からない」

「人生全てギャンブル、というタイプでしょう」

「確かにそういう話は聴いてます」岩倉はうなずき返した。「ああいう人間に似合うフレーズは、『濡れ手に粟』ですね。あるいは『棚から牡丹餅』かな」平野が微笑む。

「自分で努力しないで、金が転がりこんでくるのを待つ、か」

「そこに賭けることが努力だと思っている――そういう人間は、簡単に裏の商売に手を出す。ローリスクハイリターンだと思っていますからね」

「実際に、そういう話があったんですか？」

「さあ」平野がすっと目を逸らす。あるいは彼自身、そういう裏の商売に首を突っこんでいて、島岡たちと利益を分け合っていたのか。そうである可能性も否定できない。明らかに彼は、何か知っている様子なのだ。

「島岡は、何か危ない商売に手を出していた可能性もある。末松という男と――」

「その男の話なら、聞いてます」平野がうなずく。

「何か知っているなら、教えてもらえませんか？」

「あなた以上に知っているとは思えませんね。まあ……情報を集めるのは難しくないでしょうけど。必要ですか？」

「現段階では、どんな情報でも欲しいですね」

「分かりました。何か分かったら連絡しましょう」

「何が欲しいですか？」

「見返り？」平野が一瞬目を細めた。しかしすぐに、破顔一笑する。口を開けて笑うと、右に八重歯があるのが見えた。そのせいで、さらに若く見える。「見返りが欲しくてやるわけじゃないですよ」

「だったら何のために？」

「人生は——社会はいろいろと複雑に絡み合っています。どこでどんな影響が出るかは分からない。だから、人の手助けができる時は、やっておくべきなんです」

「回り回って自分の利益になると？」

「そうなるといいな、と思ってますよ」

平野がまた笑う。女の子に人気がありそうな笑顔だな、と岩倉は思った。本当にそうなら、夜の街でのし上がっていくのはそれほど難しくなかったかもしれない。


夜遅く南大田署へ戻り、岩倉は平野明彦という人物について調べた。

調べたが、何も分からない。

何か不祥事があって警察を追い出されたのだろうと想像していた。彼が言う「十年前」には、神奈川県警が覚醒剤捜査の不手際から数人の警察官を処分した——押収した覚醒剤の横流しがあったのだ。確かこの時は、現場の人間を含む十人の警察官が処分を受け、このうち半分は依願退職したのだ。馘にしなかったのは、身内に甘い警察ならではだな、と皮肉に考えたことも思い出した。

平野は、この件に絡んでいたわけではあるまい。もしもそうなら、警察内部では名前が伝わる。あるいは、処分された以外の警察官も事件に絡んでいたのか。

可能性はある。神奈川県警というのは、昔から何かとヘマが多いのだ。警官の覚醒剤使用事件、裏金問題、数々のわいせつ事件……。

警察官は、辞めると水商売を始めることも少なくない。成功するのは、現役時代に夜の街で顔を売っていた警察官だ。平野も、警察の世界に馴染めず、夜の街に飛びこんだのかもしれないが……それも妙だ。彼はかなり若くして警部になっている。出世コースに乗っていたのは間違いなく、警察の仕事にうんざりするようなことはなかったはずだ。警察を辞めて夜の世界に足を踏み入れようとする警察官は、だいたい警察の仕事に不満を持っているものだが。

本人が話したがらなかった理由は何だろう？　不祥事と関係ないとすると、もっと個人的な事情かもしれない。それこそ女性絡みとか。男の命運など、一緒にいる女性によって一夜で変わってしまうものだ。

しかし、何となく平野は信用できそうな気がした。勘としか言いようがないが……ただし彼から情報を貰ったら、こちらも必ず何かで返さねばならないだろう。ああいう男とは、貸し借りなしの関係を保っているのが一番いいと思う。こちらの借りが多くなった途端、食い尽くそうと襲いかかってくるかもしれない。

5

特捜本部から外された結果、日曜日が非番になった岩倉はその日、末松の家を見張りに行った。とはいえ、一人で二十四時間の監視は不可能……結局末松には会えなかった。

千夏との約束は来週だったが、暇を持て余してしまったので、日曜日の夜に誘ってみた。しかしあっさり断られてしまった。午後から夜までずっとバイト——何だよ、そんなに金に困っているのかと呆れたが、千夏曰く「バイトは面白いから」。通っている学校は基本的にアルバイト禁止なのだが、それは名目だけで、隠れてバイトをしている子は結構いるようだ。千夏も一年生の時から、あちこちで働いていた。アイスクリーム屋やクレープ屋の店員など接客業が多いのだが、どれも長くは続かない——続けない。一つのバイトにこだわるつもりはなく、いろいろ経験してみたい、ということらしい。

こういう面も含めて、千夏は最近の高校生にしては、明らかに自立心が強い。それ自体は歓迎すべきことだが、おかげで岩倉は、日曜日の夜、時間を持て余してしまった。

実里と連絡を取るにしても、電話やスカイプだと時間やタイミングを気にして焦ってしまい、ろくに話せない。しかしＬＩＮＥやメールでは、まとまった内容は伝えにくい。そもそも自分の方では、伝えることなど何もないのだ。なかなか進まない捜査の愚痴を零《こぼ》すわけにはいかないし……実里の方は、話すことならいくらでもあるだろう。ニューヨークでの暮らし、オーディションに向けたレッスンの様子、観た芝居のこと――まあ、言いたいことがあるなら、彼女の方から連絡を取ってくるはずだ。こちらから連絡して、彼女のペースを乱すこともあるまい。

結局日曜日の夜は、掃除と洗濯で終わった。

月曜日、岩倉は特捜本部には顔を出さずに刑事課に出勤した。電話番を任されているのは、若い刑事の友野。本当なら特捜本部の慌ただしい雰囲気を経験させておいた方がいいのだが……もっとも友野は、外されたのを気にしている様子もなかった。厳しい捜査に参加させられるよりも、ここでのんびり電話番している方がいいと思っているようで、明らかに気が抜けている。

こういう人間に対しては、説教も無意味だ。コーヒーを淹《い》れてくれたので、丁寧に、他人行儀に礼を言っておく。今後、お前さんと一緒に仕事をする機会もないだろうけどな……。

刑事課で適当に時間を潰してから、岩倉は署を出るつもりだった。何としても末松の正体を知りたい。そのためには独自に動くのが一番いい――とはいえ、両方の特捜本部の動きも摑んでおきたかった。上階にある特捜本部に顔を出して、柏木と揉めるのは面倒だったので、目黒中央署の特捜を頼ることにする。あそこには捜査一課時代の後輩刑事・大岡が詰めているのだ。

大岡はすぐに携帯に出たものの、「ガンさん……」と声を潜めて言っただけで、いかにも話しにくそうだった。

「今話したらまずいか？　運転中か？」

「いや、まだ特捜にいるんですけど」

「だったら、少し話していいかな？　先週末から、何か目立った動きはないか？」

「いえ……」

否定とも拒否とも取れる答えだが、拒否だ、と岩倉は読んだ。

「誰かに口止めされたのか？」

「そういうことです」

「柏木さん？」

「ええ……ちょっと待って下さい」

しばらく通話が途切れた。ほどなく電話に戻ってきた大岡の声は、普通のものだった。

「ガンさん、柏木課長と上手くいってないんですか？」

「上手くいってないというより、馬が合わないだけだ」

「柏木さんから、ガンさんに余計なことを話すなっていうお達しが密かに出てるんですよ。必ず首を突っこんでくるけど、何も話さないようにって」

「えらく嫌われたもんだな」思わず苦笑してしまった。

「ガンさんに手柄を取られるのを恐れてるんじゃないですか」

「俺は、そんなことは考えてもいない」

「ガンさんは、変なところで無欲ですからね」

「力の入れ所を間違えたくないんだよ……しかし、柏木さんがそこまで徹底していると は思わなかったな。で、実際のところはどうなんだ？　何か新しい情報は？」

「残念ながら、お話しできるようなこともないんですよ」

「島岡たちの関係について、まだ何も分からないのか？」

「基本的に、藤原美沙という人は表の顔と裏の顔を持ってるみたいですね」

「裏の顔？　変なことでもやってたのか」

「いや、そういう意味じゃありません。周辺には、プライベートな部分をほとんど漏らさないタイプだったんです。だから、仕事以外で何をしているかは誰も知らない……勤務先のシンクタンクの方では、これ以上調べようがないので、明日からテレビ関係の方を当たることになっています」

「テレビの人間なら、口が軽いから何でも喋りそうだけど、藤原美沙が自分の事情を明かしていたかどうかは分からないな」

「やってみるしかないですよ。申し訳ないですね、何もお話しすることがなくて。でも、今後は……」

「分かってる。お前にはしばらく電話しないよ。迷惑はかけたくないからな」

「すみません。変なところで監視されていたら困りますから」

「悪いな――これから気をつけるよ」

電話を切り、思わず溜息をついてしまった。柏木のいやらしいやり方が恨めしい。とはいえ今は、捜査しながら柏木を排除——少なくとも凹ませる方法を考えているような余裕はなかった。

迷惑になるかもしれないと迷ったが、やはり田澤にも確認しておきたい。電話をかけたが、こちらは反応なし。やはり、岩倉の電話を無視しているのか……いずれにせよこれからは、自分一人で何とかしなくては。

スマートフォンが鳴った。見慣れぬ電話番号……反射的に出ると、渋く低い声が耳に飛びこんできた。平野。

「こんな時間に人に電話することは滅多にないんですよ」平野が迷惑そうに言った。

「それは申し訳ない。しかし、普通の生活時間帯で暮らす方がいいんじゃないですか」

「夜の仕事をしていると、朝の光を浴びることも少なくなって、健康に良くない——それは分かってるんですがね」

「その割には、よく日焼けしていますね」

「ダイビングとシュノーケリングで」

「なるほど……」そう言えば、平野の髪は少し傷んでいた。

「私のことは調べましたか？」

「必要以上には調べていません。あなたは、特にトラブルも起こしていないようだ。十年前の、県警の覚醒剤横流し事件とは関係ないんでしょう？」

「あれはひどい事件だった」他人事のように平野が言った。

「確かに、とんでもない不祥事だ……しかしあなたは、あの不祥事で馘になったわけではない。それ以上のことは、今の私には調べられないですね。ややこしい問題を教えてくれるほど親しい人間は、神奈川県警にはいないし」

「そうですか……」

「あなたが自分で言う気はないでしょうね」

「自分のことは話しにくいですからね。ま、暇ができたら調べて下さい。私としては、義理を通したとしか言いようがない」

覚醒剤を横流ししていた連中に別の不祥事を庇《かば》ってもらい、そのけじめとして警察を辞めたとか……さらに突っこむこともできたが、岩倉はそこまでにしておくことにした。無視されたと思ったら、人はかえってむきになって自分のことを喋り出すものだ……しかし平野は、自らについて語ることなく、岩倉が待ち望んでいた情報を提供してくれた。

「末松というのは、ずいぶん羽振りがいい男のようですね」

「勝どきのタワーマンションにポルシェ」

「そこはもう摑んでいるわけですか」かすかに馬鹿にしたように平野が言った。

「外形的な事実だから――警察なら五分で調べられることですよ」

「多彩なビジネスに手を出す男――ただし全て違法、ということですね」

「暴力団との関係は？」

「そういう筋の人間ではない」

「半グレ？」

「そういうわけでもないですね」

「だったら、どういう裏ビジネスをやっているんですか？」

「悪い人間は、日々いろいろ考えているということです。あの二人のそもそもの接点は、新宿の裏カジノのようですね」

「店の名前は？」

「名前も何も、もう二年ぐらい前に潰れていますよ。ああいう店は、できては潰れて……警察の摘発といたちごっこじゃないですか」

「客同士として知り合った？」

「いや、末松は経営側ですね」

「青年実業家みたいなものか……」

平野が、「青年実業家ねえ」と言って鼻で笑った。まるで末松のことを表も裏も知っているような口ぶり――平野も裏の世界に通じていて、末松とは商売敵、あるいはビジネスを共にする仲間なのだろうか。

「あなたは、末松とは知り合いじゃないんですか」

「違いますよ」平野が否定する。

「で？　要するにあの男はワルですか」

「どの程度のワルかは分かりませんが……まあ、ワルでしょうね」

「主戦場はどこなんですか？」

「あれこれ——一つには絞りきれませんね。多角経営というやつですか」

「裏カジノもその一つ？」

「そう考えていいでしょうね」

「薬物関係は？」

「あるかもしれない」平野が微妙な口ぶりで言った。「否定はできないですね。ただ、短い時間で底の底まで調べられるわけもない。そういうことは、岩倉さんならお分かりでしょう」

「連絡先は？」

「ME《メ》TO《ト》。M、E、T、O」

「METO？　それは？」

「彼の活動拠点——ペーパーカンパニーのようなものかもしれませんが、調べてみたらいかがですか？」

「連絡先は分からないんですか？」どうせなら、調べる手間を省いて欲しいものだ。

「残念ながら、そこまでは……METOについては噂を聞いただけなので」

「そういう組織は以前から存在しているんですか？」あなたの業界では——平野も裏の世界をよく知る人間ではないのか？

「私は初耳でしたね。しかし、ある筋ではそれなりに有名な存在のようですよ」

「METOね……」岩倉自身は、まったく聞き覚えがなかった。

「ま、調べてみて下さい。申し訳ないですが、今のところ手がかりはこれぐらいしかない。警察では、どこかの部署が調べているんじゃないですか？」

「どこか、とは？」

「さあ……これ以上は分かりませんね」

「そうですか」あまりしつこく突っこんでもまずいと思い、岩倉は質問を打ち切った。「大変お手数をおかけしました。何かでお返ししないといけませんね」

「それはいずれ……岩倉さんのように高名な人と知り合いになれて、こちらとしても光栄でしたよ」

見えすいた世辞を……鼻で笑ってやろうと思ったが、電話は既に切れていた。おそらく、末松に関するこの情報は確度が高い。それほど時間をかけずにほじくり返してきたのは、平野がかつて優秀な刑事だった名残りか、それとも今の商売を通じて裏社会に精通しているからか。上手く使えば、今後もいいネタ元として活躍してくれそうだ。しかしこういう人間は、使い方を誤ると、あっという間に難敵になってしまう。慎重にいこう。物事を慎重に運ぶのは、岩倉が最も得意とするところである。

さて、この情報の裏をどうやって取るか。

犯罪組織に関する情報なら、組織犯罪対策部が一番詳しい。ただし、薬物関係なのか銃器関係なのか、あるいは暴力団の関連団体なのかによって担当が違う。一々聞いていてはキリがないが、こういう場合、岩倉には最高のネタ元がいる。早々机上の電話を取り上げ、記憶している内線番号にかけた。

面会、了承。飯つきの面会を断る人ではないと分かっていたが、取り敢えずほっとした。しかも相手は、わざわざ蒲田まで出てきてくれるという。ありがたい限りだが、新《しん》谷《たに》――組織犯罪対策部のナンバーツーである理事官が、そんなに気軽に外へ出て大丈夫なのかと心配になってきた。

新谷は、岩倉も知らない店を指定してきた。JR蒲田駅の西側、環八通りから少し奥に入った住宅地にある、魚料理が得意な割烹だという。マンションの一階に入っている店で、多少敷居の高い外観……思い切って中に入ると、新谷は既にカウンターについて待っていた。

小柄で、自分より三歳年上の新谷の趣味は、何より食べることである。普段から店を見つけては食べ歩き、独自に作っているメモは、ミシュランガイドよりもよほど当てになる、と言われている。しかもそれほど高くない――公務員の給料でも楽しめる店ばかりなので、周りからは「刑事が足で稼いだグルメ」として本にまとめてくれないか、とおだてられている。そう言われて、本人もまんざらでもない様子だ。

「ここは初めてか？」

「そうですね。署からはちょっと遠いですから」

「所轄なら、ゆっくり飯を食う暇ぐらいはあるだろう」

「今はそうもいかないですよ……何にしますか？」

「魚なら何でも美味いぞ。お勧めは鯛茶漬けだな」

「ここ、お馴染みなんですか？」

「この店は初めてだが、大将が昔、新橋で板前をやっていた店が行きつけでね。その頃の得意料理が鯛茶漬けで、この店でも出してるんだ。ランチだからお得だぞ」

お得というのは、お前の奢りだ、と暗に言っているわけだ。

新谷は、岩倉が所轄で駆け出しの刑事だった時の先輩である。岩倉が刑事課に所属になって半年ほどしてから本部に引き上げられていったが、その後もよく一緒に飯を食ったり酒を呑んだりした。そういう関係は、もう四半世紀も続いている。大抵新谷が払ってくれるのだが、こちらから頼みごとをする時には奢るのが、暗黙の了解になっていた。

鯛茶漬けか……ほとんど食べたことがない。出てきたのは、茶色のタレでいい色合いに染まった鯛の刺身とご飯。最初にタレの味が染みた刺身をおかずに白飯を食べ、後半は飯に載せて熱い煎茶をかける。しこしこした歯ごたえが少しだけ脆《もろ》くなり、しかもお茶で薄まった味がちょうどよかった。ゴマの香りも嬉しい。まさに計算し尽くされた味だった。

問題は、五分で食べ終えてしまったことだ。昼時なので外で待っている客も多く、二人はそそくさと店を出ざるを得なかった。

「この辺には、お茶を飲むところもないんですが」向こうの指定だからしょうがないが、申し訳なかった。

「近くに公園があるな。そこで話そう」

新谷は、蒲田には縁がないはずだが、事前に目的地周辺をチェックしていたようだ。これは昔から変わらない、と岩倉は思わず微笑んだ。時間に余裕がある時は、目的地の周りを必ず一周してみろ。そうしておけば、例えば犯人を監視している時に逃げられても、逃亡ルートが何となく分かる——岩倉はずっと、新谷の教えを守ってきた。

歩いて三分ほどのところにある公園に入り、並んでベンチに腰かける。いかにも都会の公園らしく、高い建物に囲まれていて見下ろされている感覚があるのだが、公園内には人がいないので話しやすい。

「ＭＥＴＯについて知りたいんですが」

「ＭＥＴＯ？　ああ」新谷がうなずく。

「ご存じですか」

「いや、よくは知らない」

新谷があっさり言ったので、岩倉は少しだけがっかりした。組織犯罪対策部の生き字引きのような人だが、何でもかんでも知っているわけではないのか……。

「誤解するなよ」新谷が釘を刺した。「俺が無知なわけじゃない。まだ新しい組織だから、監視中、調査途中ということだ」

「新興グループですか……」

「そうだな」

「何系なんですか？」

「それが、分類不能だから困る。どの課に担当させるか、難しいところだな。一課、二課というわけでもなく、三課、四課でもない」

一課、二課は外国人の犯罪グループや国際犯罪を、三課、四課は暴力団を担当する。

「俺が追いかけている人間が、ここのメンバーらしいんです。十五年ほど前に、振り込め詐欺で逮捕されたことがあるようなんですが」

「確かにそういう人間もいる」新谷がうなずいた。「詐欺グループにいた人間、元暴力団員、半グレのグループにいた人間、外国人もメンバーのようだな」

「多国籍部隊じゃないですか」厳密に言えば正確な表現ではないのだが、ニュアンスは伝わるだろう。

「そうだな。寄せ集め部隊とも言えるが……メンバー間のつながりが分からない」

「それで、何をやってるんですか？」

「違法カジノに手を染めていた、という情報がある。裏は取れなかったが」

岩倉はうなずいた。平野の情報は正しかったわけか……やはりあの男は、優秀な情報源として使えそうだ。

「そんな細かいことをやってるんですか？」

「実態は摑めていない。でかいビジネスといえば薬物関係だが、まだそういう動きは摑んでいない」

「ＭＥＴＯというのは……自分たちでそう名乗っているんですか？」

「そうらしい。ただし、どういう意味かは分からない。メンバーに直接接触はできていないんだ」

「ＭＥＴＯに関する情報は、基本的に傍証ということですか」

「ああ。不気味ではあるな」

新谷が「不気味」と言う意味がイマイチ分からない。正体が分からないなら、無駄に恐れる必要はないはずだ。

「一人、気になる人間がいる」

「誰ですか？」

「牟田涼《むたりょう》」

「牟田って、あの牟田ですか？」

新谷が無言でうなずく。十年ほど前だろうか……新興ファンドの代表としてマスコミの寵児となったものの、ＩＴ企業を舞台にした恐喝事件の主犯格として逮捕され、実刑判決を受けた人間だ。服役を終えて既に出所しているはずだが、岩倉はその後の動きまでは摑んでいない。

一度でも闇に絡んだ人間は、やはり闇の世界に戻って来るのだろうか。そして、牟田が嚙んでいる——あの男がリーダーなら、狙いは大規模な経済犯罪かもしれない。

「結構厄介そうな組織じゃないですか」

「いや、もしかしたら、単なる麻雀かポーカー仲間かもしれない」

「本気で言ってるんですか？」岩倉は目を見開き、ちらりと横を見た。真顔——元々新谷は、どんな時でもほとんど表情が変わらないのだが、極めて真面目な顔で冗談を言うことがあるので、昔から対応に困っている。

「ＭＥＴＯが、そっちの特捜に何か関係しているというのか？」

「被害者が、ＭＥＴＯのメンバーと頻繁に接触していたという情報があります——俺は、その人間を追っているんです」

「そいつの名前は？」

岩倉は末松孝雄の名前を告げた。さすがに新谷も、末松の名前までは把握していないようだった。

「振り込め詐欺の下っ端から出世して、タワーマンションにポルシェね……注意しておこう」

「ただし、手は出さないで下さい」

「何だと？」新谷の声が少し尖った。「俺に指図するつもりか？　うちはうちで、きっちりやるぞ」

「監視と摘発——時には監視対象者をこちらのスパイに仕立てることもある。組対のやり方は分かっているつもりですし、邪魔はしません。しかし、こちらが殺人事件の捜査をしていることはご理解いただけますか？」

「事件に軽重はない。そもそもお前、特捜から外されてるそうじゃないか」

「何だ、知ってたんですか」

バツが悪くなって、岩倉はうつむいた。新谷の低い笑い声が響く——珍しいことだ。

「慎重なお前が外されるなんて、どういうことだ？　ああ、分かった——柏木と合わないんだろう？」

「正直言って……そうですね」

「あいつは、今時流行らない脂ぎったタイプだからな。それで、何だ？　一人で事件を解決して、柏木の鼻を明かしてやるつもりか？」

「それこそ、俺はそんなに脂ぎってませんよ。特捜から外されただけで、捜査をするな、とは言われてませんから。暇な時間に勝手に調べているだけです」

「まあ、そういうことにしておくか……何か情報が入ったら、教えてやるよ」

「ありがとうございます」岩倉はさっと頭を下げた。さらにもう一つ——今後のために知っておいた方がいいことがある。「ご面倒かけついでに、もう一つ、聞きたいんですけど」

「要求が多過ぎだ。鯛茶漬け定食じゃ、合わねえな」新谷が鼻を鳴らす。

「すみません。また別の機会に何とか……十年ほど前に神奈川県警にいた、平野明彦という人物をご存じですか」

「いや」新谷の返事が一瞬遅れた。「証拠品の覚醒剤が横流しされた事件がありました。その前後に県警を辞めた人間です。当時――三十代の後半で警部になっていましたから、かなり優秀な人物だったと思いますが」

「聞いたことのない名前だな」

「そうですか……」

「そいつがどうかしたのか？　お前の事件に絡んでいるのか？」

「そういうわけじゃありません」岩倉は首を横に振った。「今は、夜の世界で結構幅を利かせているようです」

「そうか。昔警察官だった馴染みで、俺が行ったら安く呑ませてくれるかね？」

「どうでしょうね」

曖昧に返事をしながら、岩倉は平野に対する疑いを強めていた。おそらく新谷は、平野という男を知っている――もしかしたら、神奈川県警を辞めた経緯も把握しているのではないか？　それが警視庁に直接関係しているとは思えないが、どこかで繫がっている可能性もある。

三十年も警察にいても、まだ分からないことがある。ただし、この組織が異様に奥深く、複雑に入り組んでいることだけは岩倉も意識していた。

そういう入り組んだところへハマると、大変なことになる。

第四章　つながり

1

両方の特捜本部の情報が入らなくなったのは、岩倉にとっては痛手だった。かといって、知らんぷりして南大田署の捜査会議に顔を出すのも何となく悔しい。柏木に皮肉を言われるか、やんわりと排除されそうだし……やはり裏から手を回して捜査の状況を把握しよう。大岡たちに迷惑がかかる可能性があるのは心苦しいが、やはり頼りになるのは若いあの二人だ。新谷と会った後、岩倉は大岡のスマートフォンに連絡を入れた。

「ガンさん、電話はヤバイですよ……」大岡は露骨に警戒していた。

「今夜、軽く呑もうぜ」岩倉はわざと軽い調子で切り出した。

「何言ってるんですか。状況、分かってるでしょう。それに、捜査が動いている最中なんですよ」

「まあまあ。そうは言っても昔とは違うんだ。真夜中まで聞き込みをして、その後に全員が顔を合わせて延々と捜査会議なんていうのは流行らないだろう。遅くとも九時ぐらいには、体は空くんじゃないか？」

「そう……だとは思いますけど」大岡の言葉は歯切れが悪かった。

「八時ぐらいにその近くに行ってるよ。まだ捜査会議中かもしれないけど、連絡するから、無視しないでくれよな」

「ガンさん――」

「じゃあな」

急いで電話を切り、続けて田澤を呼び出す。

「さっき、電話に出なかったな。お前も俺との接触を禁止されてるのか？」

「ええ。まあ……すみません」

「しょうがないさ。何も危ないことをする必要はないよな」

「ガンさんは大丈夫なんですか？」声を潜めて訊ねる。

「おかげで週末はゆっくり休めたよ」

「娘さんとは会ったんですか？」

「断られた……それより今夜、軽く一杯やらないか？　発生から一週間が過ぎたから、この辺で一区切りつけてもいいだろう。君たちも一週間酒抜きで、そろそろ辛くなってきたんじゃないか？」

「構いませんけど……俺、夜は目黒中央署の捜査会議に参加することになってるんですよ」

「それならちょうどいい」

「え？」

「何でもない。夜八時ぐらいにそっちへ行ってるから、連絡を取り合おう」

「バレないように気をつけないといけませんよね」田澤が慎重に言った。

「心配するな。柏木さんは南大田署を離れないから、目黒中央署の近くなら、見つかる恐れはないよ」

「そこまで計算してるんですか」

「そりゃそうだ」岩倉は声を上げて笑った。「どうやって監視の目から逃れるかぐらい、いつも考えておかないと」

二人に連絡を終え、岩倉は刑事課に戻った。取り敢えず午後は、大人しくしておこう。すぐに話を聴ける人間がいないせいもあったが、柏木を刺激しないようにしないと。

通常業務が終わる五時過ぎになったので、刑事課を出て、こっそり特捜本部を覗いてみることにした。まだ静か……刑事たちが戻って来るのはこれからで、今は幹部たちが電話で報告を受けたり、額を寄せ合って相談したりしている。当然柏木もいたが、岩倉が部屋に入っても、見ようともしない。そもそも気づいているかどうかも分からなかった。岩倉は、スタイロフォームのカップにコーヒーを半分ほど注ぎ、そそくさと特捜本部を出た。話ができる相手がいないから、ここにいても仕方がない。

八時まではだいぶ時間がある……帰る準備を整えてから、千夏にLINEのメッセージを送った。今日は空いてないか？　昨日に続く誘いでしつこいかもしれないとは思ったが……今夜は勉強会、とあっさり返事があった。勉強会ねえ……岩倉が学生の頃は、「勉強会」というと友だちの家に集まってダラダラ遊ぶことを意味していたものだが、それは今でも変わらないだろう。本当に城東大の法学部を目指すなら、本腰を入れて受験勉強を始めなければならないのだが……しかし不思議なことに、千夏は高校生活の多くの時間をバイトで過ごしてきたにもかかわらず、成績は学年で二十位以内から落ちたことがない。どうもこの頭の良さは、自分ではなく妻に似たようだ。

結局、娘との食事は諦め、一人で侘《わび》しく夕食を済ませる。家族で住む家を出て以来、一人で何でもするのが日常になっていたのだが、やはり実里の存在は大きいと意識せざるを得ない。半同棲のような日々を送ってきた結果、どうしても一人の侘しさを感じるようになってしまった。

何歳になっても、人間は一人では生きていけないということか。

午後八時、岩倉は目黒中央署の最寄駅である東急線中目黒駅近くのカフェにいた。今夜の店は既に決定済み……かつて捜査一課の同僚で、今は総務部の被害者支援課に勤務している村野《むらの》秋生《あきお》がこの街に住んでいるので、適当な店を教えてもらったのだ。中目黒というのは、警察官が住むにはあまり向かないすかした街——芸能人がよく目撃されている——なのだが、村野は事故の後遺症で右足が不自由になっており、少しでも通勤時間を減らしたいという理由で、この街に住んでいる。中目黒からなら、日比谷線で、警視庁の最寄駅である霞ケ関へ乗り換えなしでいけるのだ。

近年、中目黒は「桜」で有名になった。岩倉はテレビのニュースなどでしか見たことがないが、目黒川沿いの桜は川全体に覆い被さるように咲き誇り、それは見事なものである。毎年大変な人出で、東京の新しい桜の名所として定着していた。最寄駅である中目黒や池尻大橋も、その季節になるとラッシュ時の渋谷駅のように賑わう。

しかし桜の時期から既に一ヶ月が過ぎ、今は静か……たまたま見つけたカフェにも客はおらず、携帯電話で話していても文句は言われそうになかった。しかしさすがに、店内で電話するのは気が進まず、岩倉は大岡と田澤、それぞれにメールを打った。

八時半、二人から続けてメールの返信があった。捜査会議は終了……早かったな、と岩倉は不安になった。重大な情報が出なければ、捜査会議はさっさと終わる。時に幹部の激励や説教が始まることもあるが、今夜はそれすらなかったのだろう。二つの特捜本部が協力して動く——柏木は得々として話していたが、それで一気に捜査が進んだわけではないようだ。何となく、ザマアミロという気分になってくる……俺もまだ若いな、と岩倉は苦笑した。誰かの失敗が自分の成功につながるかもしれないと喜ぶのは、野心を持つ若者の暗い一面だ。

岩倉はまず田澤に、次いで大岡に電話を入れ、「店で待っている」とメッセージを残した。

二人とも特捜の弁当で夕飯は済ませているだろうと予想し、村野には目黒川沿いのバーを紹介してもらっていた。中目黒は飲食店の集積度が高く、内密の話ができる店ならいくらでもある……そういう店を教えて欲しいと言うと、村野は「また何か企んでいるんですか」と呆れたように言った。自分はそんなに、謀略タイプの人間だと思われているのだろうか。

岩倉は先に店に着き、あまり酔わないようにと気をつけてハイボールを頼んだ。一口呑んだところで、田澤と大岡が連れ立って店に入って来る。二人とも困惑の表情を浮かべていた。岩倉は二人に向かって手招きし、自分のテーブルに呼んだ。

「何なんですか？」田澤が先に口を開く。そういえば田澤と大岡では、田澤の方が二年先輩……係は違っても、先輩後輩の関係は変わるものではない。今日は主に、田澤を相手に喋ることになりそうだ。

「ここで落ち合えば、特捜にはバレないだろう」

「いやいや……」田澤が困ったような苦笑を浮かべる。「何を企んでいるんですか」

「ちょっと情報のすり合わせをしたいだけだよ」

「それ、まずいんじゃないですか」大岡が困惑の表情を浮かべる。「ガンさん、捜査から外されたんでしょう」

「人聞きの悪いことを言うな」岩倉は釘を刺した。「俺は、刑事課の留守番を仰せつかっただけだからな。留守番しながらでも、独自に捜査はできる」

いる。

「それだと、また厄介になりそうじゃないですか」

大岡が不安そうに言った。一方で田澤はさほど気にする様子もなく、メニューを見ている。

「ちょっと食っていいですかね」とぼけた口調で言った。

「夕飯、食べてないのか」

「食いましたけど、目黒中央署の弁当は、量が少ないんですよ」不満そうに言って、胃の辺りをさする。

「食べてもいいよ。お前の大好きな炭水化物はないけどな」

「いや、ピザがあるじゃないですか」

嬉しそうに言って、田澤が真っ直ぐ手を上げ、店員を呼んだ。ピザとソーセージの盛り合わせ、それにハイボールを注文する。大岡はそれを呆れた目で見ながら、自分はハイボールだけを頼んだ。

「……で、ガンさんは何か摑んだんですか」

「METOって知ってるか？」

二人が顔を見合わせ、同時に首を横に振った。岩倉は島岡と末松孝雄、それに牟田涼について、分かっている限りの情報を提供した。

「つまり、島岡は何らかの犯罪組織に入っていたか、入ろうとしていたというわけですね」大岡が確認した。

「ああ」

「それでポルシェか……夢見ちゃったんですかね」納得したように田澤が言った。

「島岡と接触していた末松が、相当儲けているのは間違いない。それがＭＥＴＯのかかわっている犯罪行為による収入なのか、それとは関係ない真っ当な商売によるものかは分からないが」

「もしも末松がマンションを購入しているとしたら、億単位の儲けですよね」田澤が、嫌そうな表情を浮かべて指摘した。

「そうだな。いずれにせよ、島岡には魅力的なオファーだったはずだ。何しろ会社を馘になって、仕事がなかったんだから」

「何らかの仕事はしていたと思いますよ」田澤が指摘した。「奴の銀行口座には最低限の金しか入っていなかった――アパートの家賃や公共料金の引き落とし用でしょう。でも、もう一つ口座が見つかったんです」

「それは初耳だぜ」岩倉は目を見開いた。

「今日の昼間に分かったんですよ。あちこちの銀行をチェックして、ネットバンクで島岡名義の口座を発見しました。開設は今年になってからで、二百万ほど預金されています」

「少なくない」

「ですから、何らかの仕事をしていたのは間違いないですね」

「METOの件を、明日の捜査会議で話せよ」岩倉はアドバイスした。「組対も、METOの存在については把握しているが、実態についてはまだ分かっていない。何かやらかしたわけじゃないから、現在は監視と現状把握を進めている、ということだな」

「それ、自分たちでMETOって名乗ってるんですか？」大岡が首を捻る。

「そうらしい」

「何だか、普通の会社っぽいですね」

とはいえ、岩倉が調べた限り、そのような会社は見当たらなかった。今時、リアルな会社ならホームページぐらいは持っているはず……そうでなくても、SNSで情報発信はしているだろう。

「俺の方でも、もう少し調べてみる。だけど、大人数で一気に調べた方が早いだろう」

「ガンさんの名前は出せませんよ」大岡が釘を刺した。「嫌がる人もいますから」

「分かってる」岩倉は苦笑した。「俺の名前は伏せて、お前らが割り出したことにしておけばいい」

「こういう話だと、組対が割りこんできませんかね」田澤が心配そうに言った。「そもそもガンさん、どうやってこの情報を入手したんですか？」

「おれぐらいのオッサンになると、あちこちに伝手《つて》ができるものさ」

料理が運ばれてきて、会話は一時中断した。ピザは、こういう店にしてはしっかりしたもの——明らかに冷凍ではなかった——だったし、ソーセージにはザワークラウトがたっぷり添えられている。田澤はむっちりしていかにも美味そうなソーセージをフォークで乱暴に突き刺し、二口で食べてしまった。次いでピザにも手を出し、あっという間に半分を平らげる。部活帰りの高校生のような食欲だった。

「お前……本当に飯は食ったんだよな？」

「弁当じゃ足りなかったんだから、しょうがないじゃないですか」必死で咀嚼《そしゃく》しながら田澤が言った。

「田澤さん、いい加減そういうのは……いつまでも若くないんですから」田澤にとっては後輩である大岡が忠告する。

「体がでかい分、俺には人よりもエネルギーが必要なんだよ」田澤が反論した。

「まあ、いいですけど」

結局田澤は、一人でピザとソーセージを全部食べてしまい、一杯目のハイボールをジュースのように一気に呑み干した。呆れながら、岩倉は二杯目を頼んでやった。

「この酒は賄賂だからな」岩倉は念押しした。「今後も、特捜に何か動きがあったら、俺に教えること。いいな？」

「この酒だけじゃ足りない――リスクが大きいですよ」大岡が心配そうに言った。

「だったら、毎晩呑ませてやってもいいぞ。俺は暇だからな」

「まあまあ……」田澤が割って入った。「この件、最初に思っていたよりも大きな事件になるんじゃないですか？　二つの事件も、本当につながっているとか」

「可能性はあるな。島岡と藤原美沙の二人に、今でも関係があったのは、間違いないのか？」

「証人が何人か出てきています。藤原美沙がテレビに出演した時に、島岡が迎えに来ていたこともあったそうですよ」

「ポルシェで？」

「残念ながら、島岡はまだポルシェには手が届かなかったようですね」田澤が皮肉っぽく言った。「タクシーで帰ったみたいですけど、とにかく今でもつき合いがあったのは間違いないです」

「恋人同士としてか？」岩倉はさらに突っこんだ。

「そこはまだ分かりませんけどね」

「まだ恋人同士だとしたら、何だか、心中みたいじゃないか」

「時間差心中ですね」田澤がうなずいた。「ガンさんも、島岡が藤原美沙を殺したと思ってるんですか？」

岩倉は黙って肩をすくめた。特捜本部はそういう方向で話をまとめたがっているようだが、そう簡単にはいかないだろう。島岡が美沙を殺したという具体的な証拠は、まだ一切ないのだ。

「上手く進むと思ったんですけどねえ」大岡が頭を掻いた。

「そう簡単にはいかないさ」岩倉は指摘した。「もしかしたら、特捜の読みも外れてい

「だったら、大事《おおごと》ですよ」大岡が深刻な表情で言った。「これだけ大きな動きを始めて失敗したら、引き戻すだけでも大変です」

「俺は忠告したつもりだけどな」

「ガンさん、いつも慎重ですよね」

「イケイケでやれたのは、若い頃だけだよ」

「ガンさんにもイケイケの時代があったんですか？」大岡が意外そうに言った。

「お前はどう思う？」

「いやあ」大岡が困ったような笑みを浮かべた。「今のガンさんを見てると、想像もできないですけどね。特捜みたいに大人数で動いている時に、よく反対意見を出せますよね」

「おかしいと思ったら言うだけだ。それに、誰か一人ぐらい反発する人間がいた方が、バランスが取れるんじゃないかな」

「分かりますけど、すごい度胸だよなあ」大岡がうなずく。

別に度胸があるわけではない――岩倉の感覚ではごく当たり前なのだが、この二人には理解し難いかもしれない。捜査の方針は上層部が決め、下は唯々諾々と従うべし――は昔からのやり方を叩きこまれているはずだ。しかしこれからは、今までの警察の常識は時代遅れになるだろう。もっと現代的――常に情報を共有して、積極的に議論を交わせるようなやり方の方が、今の時代の犯罪捜査には適しているのではないだろうか。

「ま、とにかく、燃料が切れたと思ったら言ってくれ。いつでも奢る」

「ガンさん、懐は余裕ですよね」田澤が感心したように言った。「やっぱり、夫婦とも働いていると、生活は楽ですよね」

「ああ、まあな。お前だってそうじゃないか」私生活についてはあまり突っこまれたくないので、岩倉は曖昧に返事した。楽と言えば、突然遺産を引き継いだ大岡の方がよほど楽ではないか……。

人は誰でも——複雑かどうかはともかく、事情を抱えている。それを詮索していいかどうかは、実に複雑な条件によるのだ。

2

岩倉は、捜査の方向を島岡からずらすことにした。もちろん、島岡殺しの犯人にアプローチするのが一番大事なのだが、美沙の事件から島岡殺しの真相に近づけるかもしれない。とはいえ、美沙の事件、そして美沙個人に関する情報は依然として乏しかった。どこから迫っていくか悩んだが、取り敢えず、テレビ出演などの活動について、彼女がマネージメント契約を結んでいる芸能事務所に当たってみることにした。

調べるとすぐに分かった。大阪に本社のある、大手芸能事務所「宝永舎《ほうえいしゃ》」の東京本社。

世間的にはお笑い系の事務所として知られているが、近年はスポーツ選手や文化人とも、主にテレビ出演などについてマネージメント契約を結んでいるようだ。電話で担当マネージャーを摑まえ——多少の紆余曲折はあった——面会を頼みこむ。

「もう何度も警察の人に話はしたんですけどね」美沙を担当している女性マネージャーの白川《しらかわ》由利《ゆり》は、あからさまに嫌そうだった。「それに、こっちも忙しいんですよ。話があるなら、この電話でいいんじゃないですか？」

「こういうのは、直接会って話すのが決まりなんです」実際にはそういう決まりはないのだが、人間は相手の顔を見ていないと、平気で嘘がつける。「少しでも時間を取っていただけると助かります。いつでも構いません」

「いくら拒否しても、はいって言うまで逃がしてもらえないんでしょうね」由利が大袈裟に溜息をついた。

「残念ながらその通りです」

「警察って、本当にしつこいんですね」由利がまた溜息をつきながら言った。

「それも、あなたの想像通りです」

結局由利は、ランチ前の時間を空けてくれた。テレビ局へ出向くことになるかもしれないと思ったが、由利が指定したのは新宿にある宝永舎の東京本社だった。話しただけだが、何となく態度が大きい……芸能関係者はこんなものだろうと思いながら、岩倉は十一時に南大田署を出た。

西新宿——都庁に近い場所にあるオフィスビルが、宝永舎東京本社の所在地だった。芸能事務所というからどんなに派手なところかと思ったが、拍子抜けするほど普通のオフィスっぽい。エレベーターを降りると、目の前は無人の受付。岩倉は内線電話の受話器を取り上げ、由利が事前に教えてくれた内線の番号をプッシュした。

「ああ、はいはい」由利が慌ただしく、かつ面倒臭そうに言った。

「警視庁の岩倉です」岩倉は、所轄勤務になっても「警視庁の」と名乗るようにしている。「南大田署」と言われてもピンとこない人はいるが、「警視庁」で分からない人はまずいない。

「入って下さい。フロアの一番奥にいます」

がちゃりと音を立てて電話が切れ、ドアロックが外れる小さな音が続いた。無愛想なことこの上ない。

事務所はワンフロアを独占している。整然と並ぶデスクを見ると、相当な大所帯だと分かるものの、人はほとんどいない……外へ出ないと仕事にならないわけだから、ここが社員で埋まることなどなさそうだが。

一つだけ、いかにも芸能事務所っぽいと感じられたのは、壁にずらりと貼られたタレントたちの宣材写真だった。テレビでお馴染みの顔が連なる様は、かなりの迫力である。

その廊下をゆっくりと抜けながら、フロアの中を見回す。一番奥と言っていたな……いた。小柄な女性が、スマートフォンで話している。話の内容までは分からないが、身振り手振りを交えてかなり大きな声——誰かと激しく遣り合っているようだ。面倒なところに来てしまったか、と岩倉は悔いた。一刻も早く会うために、言われた通り会社に出向いたのだが、外で——できれば警察署で会う方が、こちらのペースに巻きこめただろう。

近づくに連れ、声がはっきり聞こえてきた。少し低い、ドスの利いた声だった。

「——分かってるわよ。でも、二回目はないですからね。そう、とにかく明日の朝一番で事務所に出頭して。もちろん説教よ。それが嫌なら、事務所を変えることね。うちは去る者追わずだから、どうぞご自由に」

スマートフォンを指先で潰そうという勢いで押し、由利がデスクに放り投げた。もう一台のスマートフォンを、首からぶら下げている。二つのスマートフォンが始終鳴りっ放しというのは精神衛生上よくないし、落ち着いて話もできないだろう。

「岩倉です」

「あ、どうも」

由利が頭を下げると同時に、またスマートフォンが鳴り出す。ちらりと画面を見ると、首に下げていたスマートフォンと一緒に、デスクの引き出しに乱暴に放りこんだ。引き出しの中から、くぐもった呼び出し音が鳴り続ける。

「いいんですか？」

「無視していい相手です」

うなずいたが、そんな相手がいるのだろうか、と岩倉は疑念を抱いた。それにしてもここは……もう一度周囲を見回したが、打ち合わせ用のスペースもない。由利が「隣へどうぞ」と言ったので、遠慮がちに椅子を引いて座る。すぐ近くで見ると、本当に百五十センチもなさそうな小柄な女性だった。丸顔にショートボブ、派手なフープイヤリングをつけているが、化粧っ気はない。化粧している暇もないのでは、と岩倉は想像した。

「ここに座っていて、いいんですか？」人の椅子に腰かけていると、どうにも調子が出ない。

「いないということは、そこは今、フリーです」

合理的と言うか素っ気ないと言うか、どうにもやりにくそうな相手だ。しかし上手く乗せれば、率直に話してくれるかもしれない。

「何度もお伺いして申し訳ないんですが」岩倉は最初に謝った。

「別にいいんですけど、警察の仕事って効率が悪いんですね」由利が鼻を鳴らす。

「わざとそうしているんですよ」

「税金泥棒とか言われません？」皮肉も強烈だった。

「それは昔から、警官をやりこめる時の定番の台詞ですね。でも、そういうわけじゃありません」

「だったらどういうことですか？」由利が鼻に皺を寄せる。

「二度聴くと、違うことを言い出す人もいます。その矛盾が、重要な証拠につながったりするんですよ」もっとも岩倉は、この前に由利に対して行われた事情聴取の結果を知らないのだが。

「ああ、そうですか。では、どうぞ」由利が両手を前に投げ出すようにした。

急かしている……本当は、藤原美沙を担当するようになった経緯なども知りたいのだが、そういうのは後回しにしよう。

「METOという名前に心当たりはありませんか？」

「はい？」

「M、E、T、Oです。メト」

「全然」由利が、髪が乱れるほど激しく頭を横に振った。「それが、藤原さんと何か関係あるんですか？」

「分かりません」

「分からないって……」由利が唇を尖らせる。三十歳ぐらいと見ていたのだが、実際はもっと若い――まだ二十代半ばかもしれない。

「関係があるかもしれない、ということです。関係が分かれば、そこから手がかりになるかもしれないでしょう」

「聞いたことはないですね」

「藤原さんが、島岡という男とつき合っていたことは知ってますね？」

「ええ」由利が不安そうな表情を浮かべる。

「島岡に会ったことはありますか？」

「私は、ないです」

「藤原さんから島岡の話を聞いたことは？」

「それは……まあ、何回か」

「いわゆる恋愛トークですか？」

「違いますよ。管理です」

「管理？」

「マネージャーの仕事って、どういうものだと思います？」

「それは、タレントさんのスケジュールを決めて、新しい仕事を取ってきて……『マネージャー』は『マネージ』――管理する人、でしょう？」

「最近は、事務所を守るのも大事な仕事なんですよ。タレントがトラブルを起こして、それが事務所の屋台骨を揺るがす騒ぎになることもあるんです。そういう芽は事前に摘み取るか、起きてしまった時には最小限に食い止めないと」

「今回は、リスク管理できなかったんですか？」

「正直、ビビりました」由利が肩をすくめる。「担当のタレントさんが殺されたなんて、初めてですから」

「大変なことですよね」

「メディア対応も地獄でした」由利が指先でボールペンを回した。「ネットでも叩かれっ放しですし」

「確かにタレントさんが不祥事を起こせば、事務所も批判されそうですよね」

「藤原さんの場合は、そこまでスキャンダラスな話にはなってないですけどね。タレントさんというより硬派な経済評論家だし、あくまで被害者ですから」

しかし、それなりの騒ぎにはなった。テレビのワイドショーや週刊誌は、ここぞとばかりにこの事件を取り上げていたし、ネットでも様々な噂が流れていた。

「それで、島岡という人のことですが……チェックしてたんですね」

「電話してる時とかに、ふと名前が出ることがあるじゃないですか。その『島岡』という人と話している時は、いかにも恋人との会話みたいな雰囲気だったから。直接確認したんですよ」

「恋人なのかって？」

「ええ。認めてましたよ……あの、この件って、要するに痴話喧嘩みたいなものですか？」

「いや、まだ分かりません」

「分からない、分からない、そればかりですね」由利が肩をすくめた。「うちの大事な所属タレントが殺されたんですよ？　早く犯人を逮捕してもらわないと」

「そのために捜査しているんです。島岡との間に、何かトラブルはなかったんですか？」

「ないですね……私が知る限りは」

岩倉はしばらく二人の関係を突っこみ続けたが、由利は「二人がつき合っていた」以上の情報を持っていなかった。

「お葬式が終わって、ようやく一段落したところなんです。これから、関係各所にお詫びの挨拶に回らないといけないんですよ」由利が腕時計に視線を落とした。

「番組に穴が空いたりしたわけですしね」

「そこはうちが契約している他の人——同じようなポジションの人に埋めさせますけど、まだその調整もあります」

「藤原さん、売れっ子だったんですね」

「トークにミスのない人ですから、テレビでも使いやすかったんですよ。つい失言しちゃう人っているじゃないですか？　あれ、本人はサービスで言ってるだけなんですよ。面白い話と失言の差って、ごくわずかですよね」

「なるほど」

「藤原さんは、失言にならない範囲でインパクトのある言葉を残すテクニックの持ち主だったんですよ。バランス感覚が抜群だったんですね」

「そうですか……惜しい人を亡くしましたね」

「まったく、会社としても大損害ですよ」

「でも、芸人さんが亡くなったわけじゃない……会社が一から育てた人じゃないでしょう」

「同じですよ。うちがマネージメントしている以上、責任を持たないと」

「藤原さん、最初は自分一人で仕事を受けていたんですよね？」

「そうです。それがあまりにも頻繁になって、自分では調整できなくなって……テレビ局のプロデューサーが見かねて、うちを紹介したんです」

「手のかかる人でしたか？」

「何をもって『手がかかる』と言うのか」由利が自分の膝元を見た。引き出しの中で、またスマートフォンが鳴っているのかもしれない。「レギュラーで出ている番組の他にも、出演依頼はたくさんありました。私の方でそれを整理して、彼女に伝えて、受ける仕事は受ける……基本的にはそういう感じで仕事をしてました」

「現場に付いていったりとかは？」

「最初の頃は一緒に行きましたけど、基本的に藤原さんは一人で動くのが好きな人なんですよ。誰かと一緒になってペースを合わせるのは苦手なんです」

「そういう人、いますよね」岩倉はうなずいた。どちらかというと、自分もそういうタイプだ。

「だから藤原さんとは適当に距離を置いて……そもそも昼間は会社の仕事があるわけですから、藤原さん自身、そんなに時間の余裕があったわけじゃないんです。夜も、できれば一人でいたい方でしたしね。本人が、はっきりそう言ってました」

「あるいは恋人と一緒にいたい……島岡というのがどういう人物だったか、知ってますか?」

「別の刑事さんに聞きました。何だかおかしい——藤原さんとは全然接点がなさそうな人ですよね」

「本人は、元々は普通の会社員——技術者でした。ただ、素行不良で会社を馘になっています。あまりいい社員ではなかったようですね」

「それも聞きました。だから、島岡という人が藤原さんを殺したのかなって……そういうことをしそうな人だったんでしょう?」

「そうであってもおかしくはないですね」ギャンブル、酒、女性問題……一々由利に説明すべきことではないが。

「藤原さん、悪い男に捕まっちゃったんですかねえ」

「島岡のことは具体的に言ってましたか?」

「いや、そんなにはっきりとは——でも、『夢を追う人だから』とは言ってました」

「夢?」

「大きなビジネス、みたいな話です」

「具体的には?」

「それは聞いてませんけど……」

素行不良で会社を馘になった人間が、どれほど大きなビジネスを展開しようとしていたのだろう。それこそMETOが絡んだ犯罪なのか？　しかし美沙は、経済の——ビジネスの専門家である。島岡がやろうとしていたビジネスが真っ当なものかどうかぐらいは、すぐに見抜けそうなものだが。

「最後に会ったのはいつですか？」

「先週——先々週の水曜日ですね。藤原さんが亡くなる前の週です。たまには夕飯を食べようって、珍しく藤原さんの方から誘ってくれたんですよ」

「何か変わった様子は？」

「普通でした。いつもの藤原さんでした。よく食べて、よく笑って、自分の言葉に自信たっぷりで」

「なるほど……」

由利は概して協力的ではあったが、いい情報は持っていなかった。まあ、確度百パーセントでいい証人に当たるなど、まずあり得ない話だが。

由利はとうとう、「もうこれぐらいでいいですか」と言い出した。引き出しを開けてスマートフォンを取り出す。

「ごめんなさいね。今、ちょっとトラブっていて」

「どういうトラブルなのか、教えてもらえませんか？」

「どうして？」

「ゴシップは嫌いじゃないんですよ」

由利が素早く岩倉を睨みつけ、次いで溜息をついた。

「簡単にゴシップなんて言われても困ります。こっちにとっては深刻な問題なんですから」

「どうやら、立ち入って聞かない方がいいみたいですね」岩倉は膝を叩いて立ち上がった。

「もちろんです。そう簡単には話せませんよ」

「ということは、藤原さんについても、大事なことは話してくれていないんですか」

「全部話しました」うんざりした表情で、由利がスマートフォンを耳に押し当て、岩倉に向かってひょいと頭を下げた。「すみません、これで勘弁して下さい。今の時間で、今日の残業が一時間増えました」

本気で言っているのか？　彼女の顔を見ていると、嘘とは思えなかった。

事務スペースを出ると、すぐに背後でドアが開いた。出てきたのは……反射的に振り向くと、どこかで見たことのある顔がすぐ背後にいた。

「あの、刑事さんですよね」

「ええ」話しかけられてすぐに、相手の正体に気づいた。お笑いタレントだ……だが、名前が出てこない。仕事の関係で知り合った人間の名前と顔は忘れないのに、それ以外の相手——例えばテレビの中で観るような人の名前は忘れてしまう。先日も千夏と話していて、若い女性タレントの名前と顔がまったく一致せずに恥をかいた。岩倉の感覚では、若い女性タレントは皆同じようなメーク、髪型、服装で、わざと自分たちのような年配の人間を混乱させているとしか思えないのだが。

「あの、ちょっと話していいですか？」

「構いませんけど、何か？」お笑いタレントに話しかけられる理由が思いつかない。

「今、藤原さんのこと、話してましたよね」

「ええ」この男は近くにいただろうか？

「藤原さんのことで、お話しできるかもしれません」

「それはありがたいですね」岩倉はうなずいた。思わぬところから情報が降ってきた感じだが……果たして信用できるだろうか。「どこか、話す場所はありますか？」

「そこに喫煙所があるんですけど、いいですか？」

「構わないけど、人がしょっちゅう出入りしませんか？」

「この時間はあまり人がいないから、空いてますよ」

言われるまま、エレベーターホールの脇にある喫煙所に入る。二畳ほどの狭い部屋の真ん中に、大きな空気清浄機が置いてあった。今は二人きりなので、煙草の臭いは気にならない。

「ええと……ごめんなさいね。あなたの名前が思い出せないんですよ」岩倉は正直に言った。「お笑いの人だよね？　テレビで見た記憶があるんだけど」

「ああ、それは昔の話で……今はほとんど出てないです」男が一瞬笑った後、唇をへの字に曲げた。『Aクラス』というコンビでコントをやってました。小山《おやま》と言います」

うなずいたものの、「Aクラス」というコンビ名にも「小山」という名前にも聞き覚えがなかった。ただし、この顔には何となく見覚えがある。顎が長くしゃくれていて、いかにも愛嬌のある顔立ちなのだ。コントでは、この顔をかなりネタにしたのでは、と岩倉は想像した。

「今は出ないっていうのは……」

「相方がちょっとトラブルを起こしましてね。嫌な想い出だし、話すのは面倒なんで、検索してみて下さい。すぐに分かると思います。ちなみにサービスで話しますと、相方は完全に引退して、千葉の実家で商売を手伝っています」

「あなたは？」

「私もほぼ引退です。まあ、もともとほとんど売れてなかったし、表に出なくなってもしょうがないとは思いますけどね。今は裏方――放送作家になるために修行中です。それとついでに、事務所の仕事もしてます」

「なるほど」売れないコンビでコントを続けるよりも、安定した収入を選んだのか。気持ちは分かる……売れない芸人の悲惨な話は、岩倉も聞いたことがある。「それで、藤原さんのことですが？」

「ああ」小山がシャツのポケットから煙草を取り出し、火を点けた。「去年の忘年会の時なんですけどね」

「会社の？」

「忘年会は毎年、きちんとやるんですよね。東京本社所属のタレントがホテルに勢揃いして。去年は、珍しく藤原さんも来たんですよ」

「普段は来ないんですか？」

「パーティみたいな賑やかな場所は好きじゃないみたいで……珍しいんで、つい話しかけちゃったんですよ」

「ナンパしようとしたとか？」

「いやいや」小山が急に甲高《かんだか》い声で否定した。「それはないです。そんなことしたら、嫁さんに殺されますよ」

「ああ……失礼」

「今は裏方ですから、事務所の所属タレントさんとはできるだけ交流していかないと――いつ一緒に仕事をするか、分かりませんからね。真面目に考えてるんですよ」

「なるほど。藤原さんはどんな人でした？」

「ちょっと変わってましたね」

「変わってた？」

「急に、『金儲けしたくない？』って誘われて」

「金儲け」岩倉は繰り返した。いよいよ怪しい。「具体的には？」

「いい商売があるって……藤原さんって、そういうことの専門家ですよね」

「経済の専門家が、必ずしも金持ちとは限りませんよ」

「そうですけど……」小山が頭を掻いた。「うち、ちょうど金が必要な時期なんですよ。子どもが二人いて、上の子がこの四月から小学生になったんですけどね。金に汚いって思われるのは嫌なんですけど、やっぱり金は大事じゃないですか」

「分かりますよ。子どものためには、いくらあっても足りないし」

「それで、また話を聞かせて欲しいって頼んだんです。藤原さんご推奨の仕事だったら、信用できるじゃないですか」

「結局、何だったんですか？」

「それが、よく分からないんです」小山が首を横に振った。「約束はしたんですけど、私の方で都合が悪くなって、キャンセルしちゃって。その後はお互いに都合がつかなくて、詳しい話は聞けなかったんですよ」

「なるほど」積極的に話してくれるのはありがたいが、具体的な話が分からなければ、情報としては「Aクラス」にはならない。

「ただ、私以外の人間も声をかけられてたみたいです」

「なるほど」岩倉は繰り返した。ここはじっくり話を聴かなくては。「何か、怪しい話ですね」

「いや、それはないでしょう」小山が顔の前で大袈裟に手を振った。リアクションの大きさは、芸人時代の名残だろうか……。「藤原さんはまっとうな人ですよ」

「何か、もう少し具体的な話はないですか?」

「いや、それは……」小山が顎を撫でる。「場所が必要だって言ってましたけど、倉庫みたいなものですかね」

「倉庫? 何を入れる倉庫ですか?」

「何かなあ」小山が首を傾げる。「何かを預かって金を受け取る——確かにレンタル倉庫みたいですけどね」

「他には誰が声をかけられていたんですか? 芸人さんやタレント?」

「いや、スタッフですね。あの、うちの会社、タレントの副業には厳しいんですよ。会社にきちんと通せば許可されることもあるけど、何も言わないでやってバレたら、かなり面倒です」

「藤原さんも副業をしようとしていたんですか? バレたらまずいんじゃないですか」

「いや、藤原さんは宝永舎とはマネージメント契約を結んでいるだけで、所属タレントじゃないですから、芸人とはちょっと立場が違います。だいたい藤原さんは、元々普通の会社員でしょう?」

「なるほど……とにかくあなたは、それ以上の情報は知らないんですね」

「ええ」

「他に、声をかけられていた人を教えて下さい」

「構いませんけど……私の名前は出さないようにして下さいよ」小山が探るように岩倉を見た。

「もちろんです」岩倉はうなずいた。「秘密厳守が原則ですから。それにしても、よく話してくれましたね。わざわざ警察に情報提供してくれる人は、最近は珍しいですよ」

「駆け出しの頃、ドラマに出たことがあるんですよ。刑事ドラマで、若手刑事役で……その時、退職した刑事さんが演技指導に来て、色々教えてもらったんです」

「ああ」そういうことを専門にしているOBはいる。ドラマや映画の細部にリアリティを持たせるために、所作や言葉遣いなどを事細かにチェックし、時には演技指導もする。もっとも、そもそも刑事ドラマや映画は、とてもリアルとは言えないのだが。実際の捜査は、ひたすら歩き回って人に話を聴くか、最近は監視カメラをチェックすることが中心で、絵的にドラマになりにくい、地味なものなのだ。ドラマに向きそうな派手な場面など、まずない。

「結構いい人でした。撮影が終わってから一緒に呑みに行って、色々話を聞かせてもらったんですよ。その時に、万が一事件に関わるようなことがあったら、積極的に警察に情報提供して欲しいって言われて……最近、後輩たちが聞き込みに行っても相手にしてもらえなくて困ってるって愚痴を零されたんです」

「その約束を律儀に守ってるんですね」

「一期一会ですからねえ」

一期一会にも様々なシチュエーションがある。たった一度の出会いをいつまでも覚えていて大事にするのもそうだろうし、初対面の人を悪事に誘う人間もいる——藤原美沙はそういう人間なのか？

3

「名義貸し？」岩倉はスマートフォンをきつく握った。

「ええ、名前だけ貸して欲しいって。そういうこと、あるでしょう」

「そういうの、だいたい悪い話じゃないですか」

「そうかなあ。経費ゼロで金になるわけだから、こんないい話、ないでしょう」

何なんだ、この危機意識の薄さは……岩倉は、空いた右手で額を揉んだ。うまい話には必ず裏がある。芸能事務所に勤める人間というと、世の中の裏も表も経験していて、危ない話もよく見聞きしているはずなのに。逆に、手軽に金の儲かる手段を熟知していて、大したことはないと判断したのだろうか。

話している相手は、黒沢《くろさわ》。やはり宝永舎の若手マネージャーで、美沙を直接担当したことはないが、小山と同じように忘年会で声をかけられたのだという。去年の忘年会は、美沙にとっては「勧誘の場」だったのだろうか……。

「五十万って言われたら、気持ちが動きますよ。宝永舎の給料の安さ、業界では有名ですからね」

「それは知りませんが……」

「マジで？　有名な話ですよ。バラエティでもよくネタにされています」

本格的に頭が痛くなってきた。岩倉はデスクの引き出しを漁り、頭痛薬を見つけ出した。

「それであなたは、その話に乗ったんですか？」

「いや、受けませんでした」

「どうして」

「ちょっと時間が必要……場所を探さないといけなかったんですけど、そういう時間がなかったんです」

「藤原さんは、どういう場所を探していたんですか？」

「都心部にある広いワンルームです。それもオフィス用ではなく、普通の住宅ですね。オートロックは必須、できれば地下駐車場つきで——そういう条件の物件は、なかなか見つかりませんよ」

「名義を貸すだけだったんじゃないんですか」岩倉は頭痛薬を二粒押し出し、口に含んだ。唾液だけで薬を飲むのは不快なのだが、周りに水がない。

「いや、探すところから始めて、名義も、ということです」

「不動産ビジネスみたいですね」

「ああ、そんな感じですね」

「でも、いったい何事ですか？　何かの倉庫ですかね」

「そんな感じじゃないすかね」黒沢が無責任に言った。「健康食品ですよ」

「健康食品？」予想もしていなかった答えに、岩倉は思わず繰り返してしまった。「倉庫が必要なほど大量に、ですか？」

そもそもそれなら、倉庫を借りればいいのではないか？　保管しておくだけなのだから、空調やセキュリティさえしっかりしていれば、多少交通の便が悪い場所でも問題はないはずだ。

健康食品というのは名目で、実際は薬物ではないか？

美沙はシンクタンクで働きながら、テレビ出演もこなしていた、いわゆる「文化人枠」の人である。そういう人は絶対に薬物に手を出さないだろうか？　そうとは言えない。ましてや美沙はアメリカの大学で学び、アメリカで働いていたこともある。あの国の薬物のハードルの低さといったら……それがきっかけになり、帰国してからも薬物とのつき合いが続いていた可能性も否定できない。もしかしたら、健康食品というのはダミーなのではないか？　そこに保管しておけば、隠せる可能性は高い。

「アメリカ製の健康食品……サプリメントのようなものらしいですけどね。アメリカって、ものすごい種類のサプリメントを売ってるでしょう？　スーパーなんかでも、一番いい場所に大量に積み重ねてあるそうですね。日本ではまだサプリメント市場が成熟してないから、ビジネスチャンスだって」

「しかし結局、物件は見つからなかった」

「不動産サイトで探して見つからなければ、空くまで待つしかないじゃないですか。不動産屋に頼んで知らせてもらうとか……それなのに、一週間以内で何とかしてくれって言われて、結局ギブアップです」

「その後、この件に関する話はしたんですか？」

「いや、何度か会社の方で会いましたけど、その話は出ませんでしたね。五十万、儲け損ないましたよ」

「他の人にも声をかけていたんじゃないですか？」

「ああ、そういう話は聞いてます」

「例えば？」

黒沢は、美沙と面識があった社員の名前を何人か教えてくれた。こういう連中に一人一人当たっていくか……ここから島岡との接点を探り出したい。黒沢には最初に確認してみたが、まったく聞き覚えのない名前だとあっさり断言された。

取り敢えず電話作戦でいこう。しかし今日はスマートフォンを使い過ぎ……既にバッテリーの残量が危ない。デスク上のコンセントにつないで充電しながら電話をかけることにした——かけようと思った瞬間に、固定電話が鳴る。一階の警務課からだった。

「すみません、今、窃盗被害にあったという人が、西口交番に駆けこんできたそうなんですが」

「置き引きか？」

「ひったくりですね」

それは、交番でも十分処置できる——しかしさらに詳しい説明を聞いて、岩倉は出動せざるを得ないと判断した。被害額、千二百万円。地元の金属加工会社の社長が、売上金を銀行に持って行く途中でいきなり襲われたらしい。後ろから自転車で近づいて来た人間にバッグを奪われ、その際に一瞬抵抗したために転んで頭を打った。自分で交番に駆けこめる程度だったが、まだ頭の痛みを訴えている。

岩倉は、すぐに救急車を回すよう指示した。被害者が「痛い」と言っているなら、ここへ電話してくるより先に、救急車を要請すべきなのに——交番勤務の連中も気が利かない。

クソ、これで本来の仕事は棚上げだ。電話番をしていた友野に声をかけて立ち上がったところへ、柏木がやって来る。特に急ぎの用件がある様子ではない……俺を監視しに来たんだな、とピンときた。

「出ますよ」岩倉は機先を制して言った。

「何か？」柏木が目を細めて岩倉を見る。

「ＪＲの駅前で強盗です。怪我人が出ていますし、ちょっと行ってきます」

「ああ」柏木が無表情にうなずく。

「いやまったく、ここで留守番をしているだけでも、忙しいものですねえ」岩倉は皮肉を飛ばした。

「ガンさん、余計なことは――」

「余計なことなんかやってる暇はありませんよ」岩倉は肩をすくめた。「まったく、この署は細かい仕事でいろいろ忙しいですね。さすが、大田区内で一番の繁華街を抱えているだけのことはある」

「ああ、じゃあ……よろしく」真顔になって柏木がうなずく。

これはちょうどいい機会ではないか、と岩倉は思った。取り敢えず強盗事件の捜査をしている分には、柏木は何も言わないだろう。状況を見て、強盗に関しては他の刑事に任せ、自分は素知らぬ振りで殺しの捜査に戻る。

微妙に胡散臭そうな目でこちらを見る柏木を残し、岩倉は大股で刑事課を出た。さて、仕事、仕事だ。

幸いというべきか、事件は早々に解決した。パトロール中の警官が、一報を受けてすぐに犯人を発見し、身柄を押さえたのだ。ほぼ偶然のような解決だったが、これは立派に表彰対象になる。そして襲われた社長も、頭を軽く打っただけで軽傷だった。数日は様子を見た方がいいと医師は診断したが、取り敢えず命の心配をする必要はないようだった。しかも、奪われた金は全額無事に戻ってきた。

現場を調べた岩倉は、交番に立ち寄り、第一報から処理した若い制服警官たちに礼を言ってしっかり褒めておいた。

そこまではよかった。

簡単な事件——事実関係ははっきりしていたから、署に連れて来た容疑者の取り調べを若い友野に任せたのだが、経験が少ないせいか、どうにも上手くいかない……基本的なコミュニケーション能力さえあれば、このような単純な事件での取り調べで難儀することはないのだが、友野は頭で考えていることと口にすることが微妙にずれているようだ。質問は行ったり来たりし、容疑者が戸惑うほどだった。岩倉は、よほど途中で代わろうかと思ったが、何とか我慢して取り調べは任せた。何事も経験である。どんなに苦労しても、自分一人でしっかり調べ、犯人を落として実績を重ねないと、刑事としては成長できない。

夕方六時までかかって、何とか一通りの聴取を終えた。本格的な取り調べは明日以降、明後日には送検——事件が単純だから、勾留は十日が限界かもしれないが、それでも捜査には十分だろう。

問題は、自分がこの件にずっと関わっていられないことである。本来はマンツーマンで若い刑事の指導をすべきだが、それでは自分の捜査ができなくなってしまう。

調書を推敲しているうちに、また頭が痛くなってきた。取り調べは任せ、調書をパソコンに打ちこんだのは岩倉なのだが、何しろ取り調べそのものが行ったり来たりの内容だったので、分かりにくいことこの上ない。しかしここで適当に編集して分かりやすくしてしまうと、後で問題になる。仕方なく、最低限の修正だけで、何とか無事に読める調書に仕上げた。

それでもう、午後七時……これから誰かに事情聴取するわけにもいかない。仕方ない。何とか人の手配をして、明日以降、この件からは離れられるように画策するか。

パソコンの電源を落としたところで、川嶋がふらりと刑事課に入って来た。何の用だ……川嶋が突然、予想もしていなかったことを言い出した。

「強盗ですか？」

「ああ」

「ご苦労様でした」

「いきなり何だ？」岩倉は目を細めて川嶋を一瞥《いちべつ》した。

「岩倉さんのようなベテランにしては、えらく簡単な事件を担当するんですねえ」

皮肉か？　しかし川嶋の目つきは真剣だった。

「若い奴の実地研修には、これぐらいの事件がちょうどいいよ」

「俺も一枚、この件に嚙ませてもらえませんかね」

「はあ？」岩倉は目を見開いた。「こんな単純な事件で、何人も人を投入する意味はないよ」

「いやいや、ですから岩倉さんと交代で」

「何だ、お前、特捜を放り出されたのか？」

「そういうわけじゃないですけど、特捜の仕事にもそろそろ飽きたもんでね」

　おいおい……何を言い出すんだ、と岩倉は呆れた。飽きたという理由で勝手に特捜を離れるなど、許されない。もちろん、何かしっかりした理由がある場合は別だが、川嶋にそんなものがあるとは思えなかった。

「お前、いい加減なこと、言うなよ」

「課長は了解済みです」

「了解って……柏木さんがいいって言ったのか？」

「了解っていうのはそういう意味ですよ」馬鹿にしたように川嶋が言った。「ま……今回の特捜の事件は、あまり関わり合いになりたいようなものじゃないですからね」

「どういうことだ？　何か新事実でも出たのか？」

「いやあ……筋が悪い事件じゃないですか」

「どうしてそう思う？」

　確かに、「筋が悪い」事件はある。捜査のスタートで重大な失敗をして、最初から壁に突き当たってしまう場合とか、証拠が多過ぎてかえって混乱してしまう場合とか。

「ま、俺の色には合わないっていうことですね」川嶋が肩をすくめる。

「合う合わないで仕事をするものじゃない」

「仰《おっしゃ》る通りですなあ」川嶋が笑みを浮かべてうなずいた。「しかし、真相が明らかにならない方がいい事件もある……とにかく、俺には合わない。こっちで少し気楽に仕事をしたいので」

そんなことが許されるのか？　後で柏木に確認してみよう――しかしこれは、自分にとってはチャンスだ。突然飛びこんできた事件――岩倉の感覚では余計な仕事だ――の処理に忙殺されていては、肝心の二件の殺人事件の捜査に充てる時間がなくなってしまう。

事件に貴賤はない――どんなに小さな事件でも全力で捜査に当たるべきだというのは、警察官になって真っ先に叩きこまれる原則である。小を軽視するものは、大に泣かされる。しかし三十年も経験を積んできて、岩倉はこの原則が単なるお題目に過ぎないと悟っていた。最初の段階で先が見えてしまう事件や、今回のようにほぼ現行犯逮捕に近い事件の場合は、流して捜査しても問題は起きにくい。友野の自信のなさは不安だったが、川嶋がいれば取り敢えず捜査は何とか終わるだろう。

その川嶋自身、いい加減な男なのだが。

とにかく、この事件は「軽い」。そして岩倉には、立ち向かうべき「重い」事件が二つもある。

翌朝、岩倉は川嶋に簡単に捜査の引き継ぎをして、早速刑事課を出た。自分だけの時間を手に入れられるのがありがたい。川嶋が柏木にタレこんで、後で自分は叱責を受けるかもしれないが、その程度の危機を回避できる力と経験はある。

昨夜のうちに当たりをつけておいた、宝永舎の社員と接触することにした。スケジュール管理のデスクをやっている堀井《ほりい》智花《ともか》という女性で、黒沢に言わせると「全所属タレントの動きを把握している」「社内の影の実力者」らしい。その言い方が何となく皮肉っぽいのは気になったが。

電話を入れると、智花は嫌々ながら面談を了承してくれた。会社の外で会いたいというので、西新宿にある喫茶店で待ち合わせる。

西新宿というのも不思議な街だ。基本は都庁を中心にした副都心——高層ビルが林立するオフィス街なのだが、新宿駅と高層ビル街に挟まれた一角は、歌舞伎町を大人しくしたような繁華街になっている。昼にはこの近辺で働く人たちのランチ、夜は呑み会の場として賑わうが、午前中はまだ死んだようである。唯一賑わっているのは家電量販店で、開店からまだ間がないのに、もう店内は客で一杯になっている。どうやらほとんどが中国人観光客……爆買いブームは一段落したはずだが、こういう量販店はまだまだ人気のようだ。

指定された喫茶店は、早朝から開いているようだった。今はモーニングセットの時間帯も終わり、ちょうど客が引いた時間——店内に客は一人しかいなかったので、すぐに分かった。

「影の実力者」というからどんなに怖い人かと思ったが、まだ三十歳ぐらいの女性だった。テーブルについていても、すらりとした長身なのが分かる。五月半ばなのにもう半袖で、そこから覗く腕はほっそりしていた。長く伸ばした髪を後ろで一本にまとめているので、卵型の顔の輪郭がすっきりと見えている。実里で慣れていなかったら、見とれているうちに時間が過ぎてしまいそうだった。

「岩倉です。貴重なお時間をいただいてすみません」テーブルにはまだ、水の入ったコップしか置かれていなかった。「何か頼んでもらってもよかったんですが」

「待ち合わせしている時は、相手が来るまで注文しないように、と教えられました」

「ああ……」やけに礼儀正しい人だなと思いながら、岩倉はメニューを一瞥した。ここは濃いコーヒーが必要だ。実里が渡米してしまって以来、朝、起き抜けの一杯を飲むことも少なくなっている。たまたまそのタイミングで特捜本部が立ち上がったので、ゆっくりしている時間もなかったのだが。「私はコーヒーをいただきます」

「同じもので」

岩倉は手を上げて店員を呼び、コーヒーを二つ頼んだ。居心地のいい店……岩倉は、梅屋敷で発見したような、昭和の香りを残す喫茶店が好きなのだが、ここは岩倉の好みからすると少し明るくモダン過ぎる。陽光もふんだんに降り注ぎ、極秘の話をするには適さない雰囲気――しかし、何故か落ち着けた。他に客がいないせいかもしれないが。

「ずいぶん礼儀正しいんですね」

「え？」

「芸能事務所の人は、もっと開けっぴろげだと思っていました」実際、岩倉が会った人たちは、ことごとく業界人然としていてフランク——馴れ馴れし過ぎた。

「スタッフのことですか？」

「ええ」

「そういうのは悪い影響というか、勘違いです。初対面の人と馴れ馴れしく話すなんて、そもそも礼儀としておかしいでしょう？」

「一般的には……そうでしょうね」

「今時、芸人さんの方がよほど、礼儀はしっかりしてますよ。ちょっと売れてきたからといって、変に威張ったりすると、将来干される可能性があることも分かってますから」

「そんなものですか？　テレビ局の方で、頭を下げて仕事を頼んでくるものかと思っていました」

「大御所はそうでしょうけど、中堅以下の芸人は、少し売れたぐらいでは安心できない時代なんですよ。テレビ局だって予算は削減される一方ですから、使いにくい人はどんどん切りますしね。面白いかどうかも大事ですけど、スタッフといい関係で仕事ができるかどうかも重要なんです。でも事務所のスタッフは……難しいですね」

「そうなんですか？」

「昔のことなんか全然知らないのに、いわゆる昔の業界人っぽく振る舞うスタッフが今でも多いんです。一応、まだ華やかな世界ですから、仕事をしているうちに舞い上がっちゃうんでしょうかね。そういうスタッフに限って、ろくに仕事を取ってこないんです」

おっと、彼女は皮肉っぽいタイプなのか。いや、皮肉ではなく、真面目にそう考えているのかもしれないが……仕事と働く人を取り巻く環境は大きく変わっている。どんな仕事でも、三十年前と同じようにはできないのだろう。

「失礼ですが、ずいぶん真面目に――堅く考えられているんですね」

「浮わついて仕事をしないようにと、父に釘を刺されましたので」

「お父さんというのは……」

「社長です」

「ああ、なるほど……」

岩倉は小声で言ってうなずいた。これはむしろ、面倒な人を紹介してもらったと考えるべきだろうか。黒沢も当然このことは分かっていたはずで、事前に言ってくれてもよかったのに。彼女を紹介する時、皮肉っぽい言い方をしたのは、これが原因だったのだろうか。彼女は、社内では究極のコネ入社、腫れ物扱いされているのかもしれない。

「今は社員として修行中、ということですか？」

「そうですね」

「いずれは会社を継ぐとか」

「それは分かりません」智花が首を横に振る。「入社した時は、はっきり言ってコネです。でもうちは同族会社でもないですし、将来どうなるかなんて、まったく分かりません。私はこういう仕事をしたかっただけで、別に会社を経営したいとは思っていませんよ」

「しかし今は、重要な仕事を任されているんじゃないですか」

「そう……かもしれませんね」一呼吸置いて智花が認めた。

「スケジュール管理の大元ということは、人の動きを全て握っているわけですよね」

「誰かがやらないと、動きが滅茶苦茶になってしまうので。私は、現場よりもこういうデスク仕事の方が向いている、というだけの話です。最初は決まり通り、現場のサブマネージャーから始めましたけど」

「それは、どういう……」

「今は、タレントさんが一人で現場入りするのも普通なんですけど、どうしても同行する必要がある現場もありますし、こっちが迎えに行かないと朝起きない人もいます。ちゃんと家まで迎えに行って、現場に送り届けるのが一番の仕事です」

「それは大変そうだ」

「タレントが寝坊しなければ、大した仕事じゃありません」智花が皮肉に言った。どうも彼女は、自分が身を置く業界に対して冷めている——斜めに見ているようだ。

「藤原さんのことはよくご存じですか」

すけど」

「私は初代マネージャーでした。自分で手を上げたわけではなく、割り振られた仕事で
「ということは、藤原さんとは、淡々とおつき合いされていた？」

「仕事では――そうですね」

「仕事でないところでは？」

「藤原さんとは同い年なんですよ」

「ああ――」彼女の年齢に関する自分の読みは当たっていたわけだ。「年齢が近い――同じだと、気が合うことは多いですよね」

逆に、自分と実里が普通につき合えているのが、岩倉自身にも謎だった。二十歳の年齢差があると、過去の経験が違い過ぎるが故に、些細なことで違和感を抱いたりする。観ていたテレビ、聴いていた音楽などが嚙み合わず、会話に詰まることもしばしばなのだが、岩倉にとっては些細な障壁に過ぎない。

「むしろマネージャーを離れた後で、よく会うようになりました。藤原さんは頭がいいから、刺激を受けることも多かったです……」

ふいに智花の声がかすれる。見ると指先で目頭を押さえ、嗚咽《おえつ》を堪《こら》えていた。岩倉は無言を貫いた。美沙が亡くなって、まださほど日数が経っていない。葬儀も終えたばかりで、仲が良かった彼女が、今もショックを引きずっていることは容易に想像できる。こういう時に、下手な慰めの言葉をかけると逆効果だ。被害者支援課の村野なら、もっ

と上手く対処できるかもしれないが。

「すみません」

智花が紙ナプキンを引き抜き、目頭を拭った。そこでコーヒーが運ばれてきて、いいタイミングで会話が途切れる。智花はブラックのままコーヒーを一口飲んで、ほっと吐息を漏らした。

「まだ信じられないんです。まさか、藤原さんが殺されるなんて」

「こういうことは、いつもいきなりなんですよ」

関係者——被害者と加害者——の間でどれだけ緊張が高まっていても、第三者は事件が起きて初めて問題があったことを知る場合がほとんどだ。

「島岡さんという人を知っていますか？ 藤原さんの恋人です」

「……はい」智花があっさり認めた。

「会ったことはありますか？」

「あります」

岩倉はすっと背筋を伸ばした。美沙の関係者で初めて、島岡に直接会った人が登場したのだ。

「どんな人でした？」

「島岡さんも殺されたんですよね？」

「そうです。私は本来、その事件を調べているんです」

「二人の間で何かあったんでしょうか」

「まさにそれを調べているんです。どうですか？　何か知りませんか？」こういう抽象的な聴き方はまずい——しかし智花はあっさり答えた。

「藤原さんは『ビジネスパートナー』として紹介してくれたんですけど、私には恋人同士のように見えました」

「どんな仕事ですか？」

「健康食品の輸入ビジネスを始めると言っていました」

　これは黒沢の証言と合致する。岩倉は無言でうなずき、先を促した。

「藤原さん、健康オタクなんですよ」

「そうらしいですね」美沙は雑誌のインタビューなどで、「サプリメントを積極的に摂取すべし」と盛んに主張していた。食生活のバランスの乱れを解消するためには、やはりサプリメントの適切な摂取が絶対に必要——この辺は、アメリカ暮らしをした故の考えだろうか。

「自分でも何種類ものサプリを使っていましたし、私に勧めてくれたこともありました。日本ではまだ市場が成熟していないので、ビジネスを始める余地があると考えていたみたいですよ。以前アメリカのメーカーとビジネスでのつき合いもあったので、ルートは確保できると言ってました」

「かなり具体的な話だったんですね。島岡さんもそれに嚙んでいたんですか？」

「噛んでいたというか、『話があるから』って藤原さんに呼び出された時、一緒に来ただけです。ビジネスパートナーだって紹介されて初めて会ったんですけど、ちょっと心配な感じが……」

「どんな風にですか？」

「いい加減というか――すみません、根拠はないんですよ？　でも見ただけで、何となく分かるじゃないですか」

「あなたの場合、商売柄、人を見る目もあるでしょうしね」

「それは分かりません……こんなこと言うべきじゃないかもしれませんけど、島岡さんはちょっといい加減というか、信用できない感じの人ではありました。恋人だったら、周りの人間がとやかく言うことはないでしょう。でも、一緒に仕事をするにはどうかな、という感じでした」

「それで、具体的にあなたにはどんな話を持ちかけたんですか？」

「倉庫として使える場所を探して欲しいって」

「ああ」黒沢と同じじか。いったい美沙は、何を保管しようとしていたのだろう？　サプリメントを保管するだけなら、何も他人名義の部屋など必要ないはずだ。「それで、どうしたんですか？」

「将来はそこに会社も置きたいので、できるだけ都心部の広いワンルームマンションがいいと」その他の条件――オートロック、駐車場なども黒沢が言っていたのと同じだった。

「難しい条件ですよね。あくまでオフィスではないんですよね？」

「オフィスビルは、借りるのも高くつくんです。普通のマンションの方が、入居費用も家賃もずっと安いですから」

「なるほど……そういう物件は、なかなか見つからないですよね」

「いえ、ありました」

「え？」

岩倉は思わず身を乗り出した。自分で考えていた以上の勢いだったのか、智花がさっと身を引く。落ち着け、落ち着け……岩倉はそれまで口をつけていなかったコーヒーを一口飲んだ。

「かなり難しい条件ですよね？　よくそういう物件が見つかりましたね」

「うちの物件なんです」

「うちというのは、宝永舎の？」

「ええ。不動産もやっているので、その一つです」

同じように物件探しを頼まれた黒沢は、そこの空きを知らなかったのだろうか。あるいは、普通の社員は知らないことかもしれない。

「不動産は、会社の業務として扱っているんですか？」

「そうです。ただし、管理は別会社がやっています。この件は、あまり知られていません。表立って言うことでもありませんからね」

　それで黒沢は、この件を思いつかなかったのかもしれない。まあ、取り立てて彼に確認する必要のある話でもないが。

「場所はどこですか？」

「山手線の田町駅近くです。住所的には、芝浦三丁目ですね。実は私も、昔住んでいたことがあるんです」

「普通のマンションなんですか？」

「そうですね。でも、一階に四十畳の広い部屋があります」

「四十畳？　それは相当大きいですね」

「元々、若いタレントさんの寮にしようとして所有していた物件なんです。広い部屋は、練習用のスタジオや小規模のライブに使おうとしていたみたいですね。でも結局、タレントさんがあまりそこに住みたがらなくて、今は普通のマンションとして貸し出しています」

「一階のスタジオも？」

「そこは空いていたんです。そんな広い部屋を借りる人、なかなかいませんから。オフィスか店舗用に貸し出そうとはしたみたいですけど、条件があまりよくないんですね。築四十年以上ですから、もうあちこちが傷んでいて、３・11の時にさらにダメージが入って補強工事をしました」

「それであなたも出たんですか？」

「やっぱり、臭いとか音とか、気になりますよね」智花が肩をすくめる。「せっかく東京に出て来たのに、何でこんな古いマンションに住まなくちゃいけないのかとも思って……私、大学まで大阪だったんですよ」

「その割に、全然関西弁が出ませんね」

「東京で仕事をする時は……関西弁って、怖がられる時がありますから。私、元々河内弁なので、東京の人だと喧嘩しているみたいに聞こえるようです」

「なるほど……それで、物件を見つけて紹介したと。名義は貸したんですか？」

「いえ、最初はそう言われたんですけど、結局藤原さんが、会社の名義で借りるからって言って」

「会社の名前は？」

「METO」

4

つながったのか？　いや、どうも話がおかしい。METOというのは、組対もまだ監視を始めたばかりの、正体がよく分からない組織である。しかし、たまたま会社の名前が同じ「METO」だったとも考えにくい。とはいえ、組織名をそのまま会社にするのは、あまりにもリスクが大き過ぎないだろうか。暴力団が、資金源として正業を始める場合でも、組の名前とはなるべく関係ない名前を用意するものだ。

改めて「METO」について調べてみたが、そういう名前の会社は見当たらなかった。少なくともネットでは拾えない。となると、登記を徹底的に調べるしかないが、その場合も会社の所在地がはっきりしていないと、どこの法務局に当たればいいか分からない。

新宿からの帰りに、問題のマンションの所在地である港区の法務局に立ち寄ってチェックしてみた。「METO」という名での会社の登記はない。しかし智花の記憶が確かならば、美沙は「会社の名義で借りる」と言っていた。実際に借りているのだから、契約書は存在しているはず——岩倉は、マンションの所有者である宝永舎の関連不動産会社を訪ねた。

最初からここへ来ればよかった、と後悔する。智花が気を利かせて話を通してくれていたようで、担当者はすぐに契約書を確認してくれたのだ。任意の捜査なので現物は押収できなかったが、取り敢えず契約者の名前は確認できた。

牟田涼。

おいおい……岩倉はその名前を頭の中で転がしながら、何とか理屈に合う解釈をしようと試みた。新谷の情報によると、牟田涼もMETOのメンバーである。しかし契約者名はMETOではなく「東洋経済研究会」という財団法人で、その代表者として牟田の名前が出ているだけだった。東洋経済研究会については所在地も分かったから、ここから追及していけると思うが……。

岩倉はすぐに不動産会社を出て、田町駅近くにある問題のマンションに向かった。東洋経済研究会を調べる前に、まず問題のマンションを確認しておきたかった。

この辺もあまり馴染みのない地域……駅の北側にはNECの本社や慶應大学があり、昔から栄えている賑やかなオフィス街である。しかし南側は、湾岸地区と言ってもいい立地で、新しい建物が目立った。その中で、問題の物件はかなり古い。今にも崩れそうというほどではないが、くすんだ灰色の外観、そっけない直方体の造りと、いかにも昭和の雰囲気を感じさせるビルである。しかし何処かのタイミングで改築されたようで、玄関はオートロックになっていた。そのせいで、すぐには中に入れない。ざっと外観を見た限りでは、一階に四十畳の広い部屋があるようには思えなかった。しかし裏に回ってみると、一階部分は確かに一部屋のようだった――天井に近い部分に、スリットのように細長い窓がいくつか開いている。それが連続しているのは、奥に広いスペースがある証拠だろう。そして建物の端には、ドアノブを握って回す古いタイプのドアが一枚だけある――念のために回してみたが、当然鍵はかかっていた。

それにしても、この一階部分に借り手がつかなかったのは謎だ。この辺なら、コンビニエンスストアでも入れば、それなりに売り上げは計算できるはずだが。

スリットのような窓は地上から二メートルほどの高さにあり、いくら背伸びしても中は覗けない。しかし、ここに大量の健康食品が保管してある――とは、どうしても思えなかった。

仕方ない。実際に調べるのは後回しにしよう。そもそも今のところ、調べる正当な理由もないのだし。

岩倉はそのまま、署に引き上げた。夕方になったら柏木のチェックが入るかもしれない。その頃には自席で大人しくしておこうと決めた。

予想通り、柏木は五時過ぎに刑事課に顔を出した。何を言うでもなく——昨日の強盗の一件にも触れない——自席で何か書類を処理しただけで、さっさと姿を消した。しかし……そんなに俺が煙たいのだろうか、と岩倉は苦笑した。ベテラン刑事を上手く使って事件を早期解決し、手柄は自分のものにすればいいのに。少しでも逆らう人間は、近くに置きたくないのか。

若い友野と川嶋は、まだ強盗犯人の取り調べを続けているようで、刑事課には岩倉一人が残された。せめて友野に取り調べの状況を聞いてから出ようか……そう考えているうちに、二人が連れ立って刑事課に戻って来た。友野はげっそり疲れた様子。川嶋は何となく上機嫌そうで、首を左右に振ってリズムを取っていた。そう言えばこの男は、余暇にバンド活動をやっていてドラムを担当していると言っていた……あれは本当だろうか？

若い刑事に一声かけようかと思った瞬間、スマートフォンが鳴る。新谷だった。慌てて摑んで廊下に出る。川嶋には話の内容を聞かれたくなかった。

した。


「岩倉です」

「おう、どうだ?」新谷は相変わらず鷹揚だった。

「METOというか、その関連で少しずつ分かってきたことがあります」

岩倉は、東洋経済研究会、そして牟田涼の名前を出し、問題のマンションの件を説明した。

「ヤクじゃないかと思うんですが……」

「それはないな」新谷が断言した。「ヤクを保管しておくのに、わざわざそんな部屋を借りる必要はない。そんなにかさばるものでもないだろう」

確かに……しかし、時に大量——それこそ一トンもの覚醒剤が押収されることもある。船などで運ぶ際に見つかるパターンが多いのだが、それらは当然どこかに一時保管されている。それを指摘すると、新谷は鼻で笑った。

「小分けすればいいんだよ。大量の覚醒剤の陰には、必ずでかいグループがいる。メンバーそれぞれの部屋に少しずつ保管しておけばいい。わざわざ保管用にでかい部屋を借りたら、かえって目立つだろう」

「となると、何なんですかね」

「中は覗けないか」

「ちょっと無理です。外からはまったく分かりません」

「しかし、牟田がね……」

「牟田自身には、何かおかしな動きはないんですか？」

「そういう情報は入っていない。しかし、もう一人、おかしな人間がいるんだ」

「誰ですか？」

「佐野《さの》――佐野充《みつる》という男なんだが、聞き覚えはないか？」

「ないですね」

「こいつは相当怪しい人間だ。元商社マンなんだが」

「元商社マンが怪しい？」まったくピンとこなかった。「どういうことですか？」

「今は、会社を離れてフリーで貿易の仕事をやっている。公安の外事もマークしている人間だ」

「ちょっと待って下さい」岩倉は思わずスマートフォンをきつく握った。「外事のどこですか？」

「三課」

岩倉は唾を呑んだ。外事第三課は、主に国際テロの捜査を担当する部署である。アメリカの同時多発テロを受け、二十一世紀になってから発足した組織で、その活動はなかなか表立って伝えられることはないが、イスラム系のテロ組織に対する情報収集などがメーンの仕事だ。もっとも日本では、テロリストのリクルートや組織のネットワーク化は、様々な事情で難しい。外国人が怪しい動きをしていると何かと目立つし、テロ組織が海外から日本人をリクルートして自分たちの仲間にするのも困難だ。文化の違いもあるし、ヨーロッパなどと違って他国と地続きになっていないせいもあるだろう。外事第三課がいったい誰を監視して、どんな情報を収集しているのか、岩倉には昔から謎だった。公安お得意の「予算消化」のための組織ではないかとも疑っている。

「その男は、イスラムのテロ組織と関係があるんですか？」

「商社マン時代に、中東に駐在していたこともあるようだ」

「そこまで話がでかいと、ついていけませんよ」

「テロ組織と直接は関係ないだろう。ただ、そういう連中との関係は意外なところでできる。例えばテロリストたちは、どこから武器を調達してきていると思う？」

「ロシアとか……？」岩倉は曖昧に答えた。その辺は完全に岩倉の専門から外れる話であり、適当なことしか言えない。

「ルートはいろいろあるそうだ。とにかく世の中には、武器商人というのがいるんだよ。違法な武器の売買は、昔からビジネスとして成立している。地下ビジネスの代表のようなものだ。実は、ＦＢＩにもマークされているらしい」

　また頭が痛くなってきた。島岡も美沙も、国際的な犯罪に加担していた？　これはそんなにスケールの大きな話なのか？

「全ては、まだ曖昧な話だ。しかし気になるだろう？」

「ええ」

「特捜とは関係なく、うちも動き始めた。今は佐野をマークしている。同時に、佐野の周辺の人物の捜査も始めた。それで、ＭＥＴＯの全容が分かるかもしれない」

「だったら、特捜と協力してやって下さい。特捜の刑事を使えたら、もっと早く実像に辿りつけるかもしれませんよ」

「今はまだその段階ではない」新谷がピシリと言った。「組対には組対の捜査があるし、情報漏れも防ぎたい」

「俺に話しているということは、もう所轄に情報が漏れたも同然ですよ」

新谷が黙りこんだ。組織犯罪対策部の幹部である理事官でも、組織の論理には縛られる。彼の言う「今はまだその段階ではない」は真実だろう。佐野が本当に武器商人ならば、絶対に組対で身柄を押さえたいはずだ。もしも自分から情報が漏れて、それで特捜が佐野の身柄を取ったら――と考えれば、口をつぐんでいる方がはるかに賢い。しかし警察官の絆というのは、同じ組織にいる人間同士の間でだけ芽生えるものではない。警察は入り組んだ複雑な組織であり、過去の人間関係が、長い期間保たれることもある。岩倉と新谷の関係など、もう三十年近く続いているわけで、新谷は、彼の情報をベースに動け、と暗に岩倉に指示しているのではないだろうか。

「岩倉、組対にいると、治安維持こそ警察の仕事だと思うようになるんだよ」静かな声で新谷が話し始めた。

「それは分かります」

「それこそが警察の仕事の本筋だとも考えている……ただ俺は、刑事部の仕事の重要性もよく分かっている。正直、若い頃は捜査一課で殺人事件の捜査をしたいと思っていた」

気持ちは分かる……実際新谷は何でもできる人だった。暴力団担当らしくなく、非常にスマートで如才なく、かつ締めるところはきちんと締める仕事ぶり——おそらく、警察で他の仕事をしても上手くこなし、今と同じポジションにまで登り詰めていただろう。警察だけではなく、他の職業でも同様だったかもしれない。

「発生した事件をすぐに解決することは大事だ」

「ええ」

「だから——分かってるな?」

「ありがとうございます」岩倉は廊下の壁に向かって頭を下げてしまった。

「もちろん、お前の方で何か摑んで俺に教えてもらう分には、一向に構わないぞ」

「俺は、新谷さんほど視野が広くないですよ」

新谷が声を上げて笑い、「時々、お前が羨ましくなるよ」と言った。

「何言ってるんですか」彼は地位も——高い俸給も手に入れた。人を羨むような立場ではない。

「こういうポジションにいると、窮屈でかなわない。お前は敢えて、途中から昇任試験も受けなかっただろう?」

「いや……試験が苦手なんですよ」

「お前の頭があれば、早い時期に警部になれていたはずだ。そうしなかったのは、現場にいたかったからだろう」

「まあ……基本的に現場が好きですからね」

「そういう風に決めて実行できるのが羨ましい。俺にも、お前のような人生があったかもしれないのにな」

本気で言っているかどうか分からないので、岩倉は無言を通した。新谷がいる世界——大きな組織の幹部として睨みを利かせるポジションの辛さや面白さは、所轄の一刑事である岩倉には想像もできない。

「それともう一つ、サービスだ」

「はい」

「お前が気にしてた平野明彦だけどな……色々複雑な事情がありそうだぞ」

「単なる神奈川県警の刑事じゃなかったんですか？」

「例の覚醒剤横流し事件の時にも、名前が取り沙汰されていたようだ。しかし、実際に捜査の手が伸びる前に、自ら警察を辞めた」

「ヤバイと思って逃げ出したということですか？」

「いや、どうもそういうのとも違うようだ。誰かを庇ったか何か……義理を通したような話も聞いている」

「そういうのは、本人に確認しないと分からないでしょうね」平野が打ち明けるとは思えなかったが。

「ああ。ただ、訴追は受けていないし、嫌疑はなかったと考えるべきだろうな。だからこそ、今、夜の世界で成功してるんじゃないか？」

どうもよく分からない話だ。新谷は「その平野がどうしたんだ」と訊ねてきたが、岩倉は「少し気になったので」と答えるにとどめた。平野は今後も、ネタ元として使えるかもしれない。今のところは、新谷にも存在を知られたくなかった。刑事のネタ元はそういうもの——誰かと共有すべきではない。

「今回は、俺の方が債務超過ですね」

「ああ、でかいぞ」嬉しそうに新谷が言った。「せいぜい、夏のボーナスは無駄遣いしないようにしろ。俺がとっておきの店を選んで奢らせてやるからな」

新谷に対する「負債」を背負い、銀行口座の残高を心配しながら、岩倉はまた渋谷に向かった。平野はおそらく、自分が知っていることを全部話してはいない。謎かけのように情報を小出しにするのが好きな人間がいるのは知っているが、今回はできるだけ絞り出しておきたかった。

平野の名刺に記載されていた携帯電話の番号に電話を入れたが、出ない。一度切ってまたかけ直し、先日彼と会った渋谷の店「アウル」に行くので会いたい、とメッセージを残した。

電話を入れたのはJR蒲田駅のホームからだった。そこから渋谷の店までは四十分ほど。電車に乗っているより、渋谷の雑踏を歩いている時の方が時間がかかったようだった——「アウル」に入ると、カウンターの中にいる斉藤が目配せする。店内を見渡すと、一番奥のテーブルに、平野が一人でついていた。

今日は、濃紺で影のようにストライプが入ったスーツ。襟だけが白い紫のシャツに、スーツの色と合わせた無地のネクタイという格好だった。少し体を斜めにして、テーブルの外に足を出しているので、今日は靴も見える。前に予想した通り、顔が映りこみそうなほど磨き上げられた黒いストレートチップだった。どうも何と言うか……普通にスーツを着ているのだが、その辺を歩いているサラリーマンとは着こなしが違う。そもそも、これだけ体にぴったり合ったスーツは、吊るしではなくオーダーかもしれない。

平野が軽く頭を下げた。岩倉が向かいの席に滑りこむと、平野はカウンターに向かって軽くうなずきかけた。斉藤がすぐに、平野の飲み物を持ってくる。低く小さいグラスに入ったウィスキー。そして、さらに小さなグラスに入ったチェイサーの水——いや、炭酸水だった。小さな泡が、軽やかにグラスの中を上下している。

「何か酒のこだわりは？」第一声で岩倉は訊ねた。

「いや」平野が軽く首を横に振る。「どうしてそう思います？」

「そんな風に見えますよ」

「いやいや」平野が軽く声を上げて笑った。「基本的に、酒の味なんか分からないんですよ。吞むこと自体、あまり好きでもない」

「それなのに、こういう夜の店をやっている？」

「性欲の強い人間が、必ずしも風俗店をやるわけじゃない——この喩《たと》えはおかしいですか」

平野が声を上げて笑う。嫌味のない笑顔だった。

「しかし、アルコールが好きじゃなければ、水でもウーロン茶でもいいはずだ」

「まあ、気合いを入れている、というところですかね。岩倉さんは、何かお飲みになりますか？」

「いや、まだ仕事中だから」

「何だ、吞みに誘ってくれたのかと思いましたよ」

「お礼を言いたくてね。あなたのヒントはかなり大きかった。いろいろ、大物の名前も出てきましたよ」

「例えば？」

「牟田涼」

「牟田ねえ。彼は大物ですか？」真顔で平野が首を捻る。「所詮、詐欺で捕まった前科者じゃないですか。その後も何をしているやら……表に浮上できていないでしょう」

「裏の世界で生きていると？」

「具体的に何をしているかは分かりませんが」

「東洋経済研究会という組織を作ったらしい。まだ詳しく調べていないが、正体を隠すためのダミーだと思う」

「何を研究するのやら」平野が鼻を鳴らした。「ああいう人間は、何か隠れ蓑になるようなものがないと動けないんです。攻撃から上手く身を守るために、盾が必要なんでしょう」

「そんなに自分を守りたいというのは……やましいところがあるからでしょう」

「ないことはないでしょうね。所詮、小物ですが」

「だったら、佐野充は大物ですか？」

平野が首を横に振った。煙草をくわえて火を点け、目を閉じてじっくりと煙を味わう。何も言い出す気配がないので、岩倉は焦れた。先を急ごうと口を開きかけた瞬間、平野が喋り出す。

「そういう人間は知らないですね」

「武器商人らしい」

「そんな人間が日本にいるんですか？」

「あなたは元刑事でしょう。知らない振りをされても信じられない」

「いやいや、過大評価ですよ」平野が首を横に振った。「私は大した刑事じゃなかった。それに現場を離れてから、もう十年にもなる」

「その割に、ＭＥＴＯの件は知っていた」

「目立つ動きをする人間は、どうしても目に入るんですよ」

「その目立つ動きというのは、武器の密輸だったんじゃないですか？」

平野が、煙草を灰皿に押しつけた。そう言えば先日会った時も、一口か二口吸っただけで煙草を消していた。こういう吸い方をすれば、煙草の悪影響から逃れられるとでも思っているのだろうか。

「あなたは、この件で何か利害関係があるんですか？」岩倉は突っこんだ。

「冗談じゃない――武器の密輸だとしたら、こっちにはまったく関係ない世界ですよ。岩倉さんがどう考えているかはともかく、私は真っ当な商売をしているだけだ」

「俺は何も言ってない。ただ、あなたは情報を知っていた」

「こういう商売をしていると、自然に耳に入ることもあります。私はもう刑事じゃないから、わざわざ足を使って情報収集することはない」

「あんたは――県警で何があったんだ？　誰かを庇って辞めた、とも聞いている」

「その情報は正しくないな」平野が肩をすくめる。「誰かのために、自分の人生を棒にふるようなことはしませんよ」

「金で動いたとか？」

「言うのは勝手です」平野がにやりと笑う。「全部否定しておきますよ。ま、私のことは詮索しないでいただきたいですね」

「詮索はしないけど、調べるかもしれない」

「何故？」

「あんたは、どっちの側の人間なんだ？ 警察を辞めたのは、自分が何かやったからじゃないだろう。何か別の理由があった……今は全然関係ない仕事をしていても、心のかけらを警察に残しているんじゃないか？」

「どうしてそう思いますか？」

「俺に情報をくれたからだ。無視すれば、面倒なことにならないのに」

「警察が、商売敵を潰してくれるかもしれない」平野が肩をすくめた。

「ＭＥＴＯがあんたの商売敵？ 本当は、何をしているか分かってるんじゃないか？」

「さあ」平野がまた肩をすくめる。その仕草が、妙に堂に入っていた。「それよりも、ＭＥＴＯのメンバーは全員把握したんですか？ トップは？」

「分からない。牟田涼じゃないかと思っているけど」

「多少はマスコミに名前を知られた人間ですしね……ただ、彼はやはり小物だ」

「じゃあ、まだ他に黒幕がいるのか？」

「黒幕の語源を知ってますか？ 歌舞伎ですよ」

「舞台の黒い幕の裏で進行にかかわる人――自分は表に出ないけど、その人が全体の進行と流れを決める」

「さすが、岩倉さんだ」平野が、妙に爽やかな笑みを浮かべる。

「あんたは、誰が黒幕なのか知ってるのか？」

「いえ」短い、素っ気ない否定。「想像でも構わない」

「日本で今、黒幕と呼ばれるような人がいるんですかね。そういうのは、平成の始まりとともに消えたんじゃないかな——少なくとも、総理大臣を裏で操るような大物は」

「これは政治の話じゃないと思うが」

「どうでしょう」平野がニヤリと笑った。

「政界に黒幕はいない——消えたと、あんたが言ったばかりじゃないか」

平野が首を横に振った。どうにも話が進まない。

「佐野充に関しては？」

「警察官だった頃、ちょっと追いかけたことがありますよ」

「あんた、県警では捜査一課だっただろう」

「本部ではなく、所轄にいた頃のことです。所轄の刑事課というのは、本部よりも広範囲に情報を収集するでしょう。本部の刑事がスペシャリストだとすると、所轄の刑事はゼネラリストだ」

岩倉は無言でうなずいた。一応、所轄の刑事課も強行犯係、知能犯係と分かれているが、いざという時にはその枠を超えて一緒に仕事をする。人数が少ないから当然なのだが……所轄が長くなると、必然的に様々な犯罪捜査に詳しくなる。

「そういう時に、佐野をマークした？」

「当時の彼はまだ、普通の商社員でしたね。しかし、どうにも動きが怪しかった」

「その後は、警視庁の公安もマークしていたようだ」他人の捜査を勝手に喋ってしまっていいのかと迷ったが、ここは話を円滑に進めた方がいい。

「なるほど……武器ですね」

「そうか。当時もそういう容疑が？」

「商社が、正規の仕事で武器の売り買いをすることはあり得ません。特に日本では、そういうことに対しては煩い——武器とは縁遠いという建前の国ですしね。ただ、裏で何かやっていた可能性があったんですよ」

「裏取引で武器の売買をしていた？　いや、仲介か……」

「尻尾は摑めませんでしたけどね」

「どういうケースを想定していたんだ？　どこから手に入れて、どこへ売った？」

「ロシア、あるいは中国から仕入れて……問題は売った先です。国ではなく、組織だった可能性もあります」

テロ組織か……岩倉は顔から血の気が引くのを感じた。日本人が仲介した兵器がテロ組織に流れていたとしたら、スキャンダルでは済まない話だ。下手をしたら、重大な外交問題にも発展しかねない。

「摑みきれなかったか……」

「すみませんね」平野がひょいと頭を下げた。「その時に潰していたら、今、面倒なことにならずに済んだかもしれない」

「奴が黒幕なのか？」

「まさか」平野がせせら笑った。「あんな小物が――せいぜい、現場監督程度でしょう」

「だったら本当の黒幕は――」

平野が顔の前で人差し指を立てた。岩倉は思わず唇を引き結んでしまった。平野は一々芝居がかった男だが、妙に説得力がある。底が見えない男――こいつもあくまで要注意の存在だ、と岩倉は警戒した。

「名前を口にするだけで不幸になる存在もいるんです」

「まさか」

「私も、自分の身は自分で守らないといけない。もう警察官じゃないですからね。権力の後ろ盾はないんです」

「俺はいつでも後ろ盾になるが」

「岩倉さんには、ほかにやることがあるでしょう」

「例えば？」

「どこかに隠してある密輸品――兵器を押収するとか」

5

店を出て、渋谷の賑わいの中に身を置いた瞬間、スマートフォンが鳴った。こんな時間に誰が……と取り出すと、田澤である。うるさくて声が聞き取れないと思い、岩倉はひとまず電話を無視して人通りの少ない小路に入った。

電話は既に切れ、留守電も入っていなかったが、岩倉はすぐに田澤にかけ直した。

「お前、俺に電話して平気なのか」岩倉は真っ先に訊ねた。

「まだ署に戻っていませんから」田澤が小声で答える。

「こんな時間なのに？」左腕を上げて腕時計を見ると、もう午後八時だった。普段なら捜査会議の最中か、もう終わっている時間帯である。

「大きな動きがあったんです。今日の捜査会議は飛ぶかもしれません」

「お前、今どこにいるんだ？」田澤の声の背景には、街の雑音が混じっている。

「田町」

「おい――」

「実は、おかしな部屋を見つけたんです」

「ＭＥＴＯ――牟田涼が借りた部屋か？」

「ガンさん」田澤がびっくりしたような声を上げた。「何か知ってるんですか？」

「俺も遊んでいたわけじゃない」

「そうですか……今、そこの周辺を調べています」

「つまり、ＭＥＴＯが、二人の死に何か関係あると判断したんだな？　牟田涼がＭＥＴ

Oのトップだと判断したのか？」

「判断はしてませんけど、詳しい事情を知っている人間である可能性は高い——今、牟田の所在確認と、この部屋の監視をしています。もしかしたら、ここがアジトかもしれない」

「どうしてそこが分かったんだ？」

「色々傍証がありまして……ガンさんの情報も使わせてもらいましたよ。やはり、島岡も藤原美沙も、METOというグループの一員で、何か企んでいたようです」

「お前、しばらくそこにいるか？」

「ええ」

「俺もそっちへ行く。そこで待っててくれないか？」

「ガンさん——」

「頼むぞ」

返事を待たず、岩倉は電話を切った。

クソ、特捜と同着か……これは仕方あるまい。むしろ自分を褒めるべきではないだろうか。特捜の連中が何人もかかってやっと割り出したことを、自分は一人で探り出したのだから。

JR山手線を田町駅で降り、問題のマンションに向かって歩き出してから、田澤のスマートフォンに連絡を入れた。

「マンションへ向かってる」

「場所、分かりますか？」

「もう偵察済みだ」

「何だ……ガンさん、俺たちの何歩先を行ってるんですか」田澤が呆れたように言った。

「一歩か二歩だよ。今、どの辺にいる？」

「ビルの裏手です」

「一人か？」

「大岡が一緒です」

この二人がコンビを組んでいるのか……彼らなら、俺の勝手な動きを秘密にしておいてくれるだろう。そう思ったが、岩倉は念のために「大岡にも箝口令《かんこうれい》を敷いておいてくれ」と頼みこんだ。

五分ほど歩き、岩倉は覆面パトカーを見つけた。まずいな……少し警察の事情に詳しい人間なら、一般車両と覆面パトカーを見分けるのは簡単だ。外を監視していたら、見つかってしまうかもしれない。

岩倉は後ろのドアを開け、車内に滑りこんだ。助手席に座った大岡が、厳しい表情を浮かべて一瞬だけ振り返る。

「ガンさん、飯食べました？」運転席から田澤が呑気に訊ねる。

「いや、まだだけど」平野に話を聴いてからにしようと思っていたのだが、田澤から連絡をもらったので、夕飯抜きで慌てて飛んできたのだ。

「これ、食べますか？」

田澤が長い腕を伸ばした。掌にはシリアルバーが一本載っている。包装を見ると、チョコレートとナッツ味――これが夕飯代わりかと情けなくなり、岩倉は受け取らなかった。

「お前は、こいつが夕飯なのか？」

「つなぎですよ、つなぎ。緊急時に備えて、常に持ってるんです」

そう言えば田澤はいつも、刑事が使うにしては大きなバッグを持っている。それが「非常用」という名目の食べ物で埋まっていたら、と考えるとげんなりした。いや、そんなこともないか。二人で一緒に聞き込みに回っている時、彼がバッグから非常食を取り出して食べているのを見たことはない。

「喉に詰まりそうだな」

「あ、ご心配なく」田澤が笑い出しそうな声で言った。「こんなこともあろうかと、水も用意してあります」

「そうか……」

結局岩倉は、シリアルバーと小さなペットボトルの水を受け取った。水はぬるい……ここへ来る前に買ったわけではなく、いつも持ち歩いているのだろう。

「ガンさん、俺も食いましたけど、それ、歯が溶けるぐらい甘いですよ」助手席から大岡が警告した。

「そうか？」パッケージを見ると「甘さ控えめ」「大人のシリアルバー」とある。イラストを見ても、チョコレートというよりナッツの塊のように見えた。

しかし一口齧《かじ》ってみて、大岡の説明も大袈裟ではないとすぐに分かった。口の中で溶けるに連れ、強烈な甘みが広がっていく。ナッツの香ばしさが救いになるぐらいだった。水を一口飲むと、多少甘さは去ったが、一本食べる間にペットボトルの水が持つかどうか、自信がなくなってきた。甘さを中和させるためには、強烈に苦いコーヒーが欲しい。

「お前……よくこんなもの、食えるな」岩倉は甘さに呆然としながら文句を言った。

「そうですか？」田澤は平然としていた。「腹を膨らませるには、これぐらいでちょうどいいんですよ」

「今晩は徹夜なのか？」

「いや、取り敢えずの調査です」

「それで、何が分かった？」ようやくシリアルバーを食べ終え、岩倉は水を飲み干した。口の中はまだ甘さで一杯だ……そしてふいに、異様な満腹感に襲われる。育ち盛りの子どもならいいおやつになるかもしれないが、五十を過ぎたオッサンの胃にはヘビー過ぎた。

「まだよく分かりません。今、中に誰かいるみたいですよ」

「何だと？」

「灯りが点いています」

言われて岩倉は目を凝らした。こちらから中の様子を窺うには、高い位置にある細いスリット型の窓を見るしかない。そこから光が漏れているかどうか……ここからではよく分からなかった。

「ちょっと見てくる」岩倉は後部座席のドアを押し開けた。

さりげない風を装い、ゆっくりとビルに近づく。こういう時、煙草があると小道具に使えるのだが……ちょっと立ち止まって一服している演技をすれば、あまり怪しまれないものだ。

岩倉は、道路を挟んでビルの向かいの歩道を歩いた。ビルの前の歩道からでは、近過ぎて様子が分からない。通り過ぎる時にちらりと横を見ると、本当にスリットから光が漏れているのが分かった。ただそれだけでは、実際に中に人がいるかどうかは分からない。たまたま昼間点けた照明を消し忘れているだけかもしれない。

岩倉はビルの裏を通り過ぎ、一度大通りに出て、大きく迂回して覆面パトカーに戻った。後部座席に腰を下ろして二人に言う。

「あれじゃ、何とも言えないな」

「いや、間違いなく中に誰かいますよ」田澤が自信たっぷりに言った。

「どうしてそう断言できる？」

「俺たちは五時から張ってるんです。その直後に灯りが点くのが見えました」

「なるほど」この季節だと、夕方五時ではまだ明るい。しかしあの部屋の作りだと、早い時間から照明が必要そうだ。あのスリットは、明かり採りの窓としてはいかにも小さい。

「まさか、ノックはしてないだろうな」

「そんな、素人みたいな真似はしませんよ」田澤が反論する。

「そうか……それで、この部屋のことがどうして分かった？」

「組対に協力を頼みました。ＭＥＴＯのことは、組対でもある程度把握しているみたいですね。その中で、牟田涼の存在が浮かび上がってきたんです」

「牟田か……昔逮捕されたことがあるよな」岩倉はわざと話を曖昧にしながら確認した。

「仕手筋の人間だったかな？」

「投資家ですよ。でかい金が動く中で、いろいろやってたんでしょう。まあ、捜査一課には関係ない人間ですが」

「今は関係ができた、ということか」

「特捜は、この人間をＭＥＴＯの中心人物と考えています」大岡が話を引き継いだ。

「所在を確認しているんですが、今のところは見つかっていません」

「家《やさ》は？」

「麻布のマンションなんですが、そこへはしばらく戻っていないようです。どうも、一年の大半は海外で過ごしているみたいで」

「事務所みたいなものは?」

「それはまだ調査中です。最近何をやっているかもよく分からないんです」

警察の網に引っかかっていないだけか……もちろん、正当な方法で金儲けしていた可能性もある。例えば株を上手く運用して、悠々自適の生活を送っているのかもしれない。

「それで、ここが事務所かもしれないとなったわけだ」

「ええ」

「よく割り出せたな」

個人がどういう不動産を契約しているかは、非常に分かりにくい。それこそ、本人が喋らない限り、表には出にくいものだ。

「ここを割り出したのは俺たちじゃないんで」大岡がどこか不満そうに言った。「ただ見張っているだけなんですよ」

「誰が割り出したかは問題じゃないさ」岩倉は反射的に慰めてしまった。自分は一人でこの件を突き止めたのだが、別に自慢することでもない。

「この家と牟田に対する調査は続行中です」田澤が言った。「牟田に対する事情聴取は急務ですからね」

「だろうな」

「ガンさんは、どうしてこの場所が分かったんですか?」大岡が非難するように言った。

「特捜からは外れているんですよね」

「俺ぐらいのオッサンになると、座っていても情報を囁いてくれる人がいるんだ。人脈は豊富だからな」

「そいつは楽でいいですねえ」田澤が呑気な口調で言った。

「いや、田澤さん、今のはマジで――」大岡が反論しかける。

「いいんだよ」田澤が大岡の言葉を封じた。「どうせガンさんは、何を言われてもやるんだから」

「お前、人を鳴沢了《なるさわりょう》みたいに言うな」岩倉は抗議した。

「鳴沢？　誰ですか？」大岡が訊ねる。

「知らないのか？　二十年ぐらい前に、新潟県警を辞めて警視庁に来た男だよ。腕はたつんだが、あちこちでトラブルばかり起こしてるから、所轄をぐるぐる回ってる」

「厄介そうな男ですね。しかし、そんな変な人がいるの、知らなかったな」大岡が言った。

「知らない方が幸せだ。あいつが首を突っこむと、ボヤが大火事になるんだから。自分で火にガソリンを注いでいるだけなんだけどな」

「それは……困りますね」

「とにかく、いろいろ首を突っこみ過ぎるんだ。そういう人間と一緒にされるのは心外だな」岩倉は田澤に向かって抗議した。

「すみません……でもとにかく、しばらくはここに人を割くことになると思います」

「いい筋かどうか……」

「今のところは、ここを突くしかないですよ。牟田と島岡、藤原美沙の関係も調べていますが」

「もう一人、チェックした方がいい人間がいる」

「誰ですか？」

岩倉は佐野充の名前を出した。理想としては、全て自分で探り当てて事件を解決したいのだが、そう思う通りにいくものではない。それに何より、スピード感を持って解決に向かうのが大事なのだ。自分一人で抱えこんでいるうちに、事態は悪化してしまうかもしれない。

「武器商人ねえ」田澤が懐疑的な声を出した。「そんな人間、日本にいるんですか？」

「分からない。確証が取れないから、逮捕できないだろうけど。とにかくこいつも、絡んでいる可能性がある」

「ということは、METOは武器密輸の組織ってことですか？」自信なげに田澤が言った。「リアリティゼロじゃないですか。それに、島岡たちはどうして、誰に殺されたんですか？」

「分からん」岩倉は素直に認めた。今のところ、人間関係も明らかになっておらず、何がどうなってこういう事件が起きたのかは分からない——想像もできない。

「とにかく、この部屋を調べる必要はありますね」

「思い切ってノックしてみたらどうだ」

「まさか」田澤が目を見開く。

「いや、真面目な話だよ」岩倉はシートに座り直した。「素直にノックして、もしも牟田が出てきたら『話を聞かせて下さい』と頭を下げればいい」

「しかし、そういうわけには……」

「特捜に進言してみろよ。ここでいつまでも張ってても、誰か出てくるとは限らないぞ。時間の無駄だ」

「やってみますか」田澤が言った。その瞬間、彼のスマートフォンが鳴る。「はい、田澤です……ええ。動きはないです。え？　二十四時間ですか？　分かりました。交代を待ちます」

田澤が電話を切り、溜息をついた。恨めしそうにスマートフォンを見て、背広の胸ポケットに押しこむ。

「張りつき決定か」と岩倉は言った。

「交代要員がくるみたいですけど、俺たちもいずれは、ここで徹夜することになるでしょうね」

「それが面倒なら、さっさとこの部屋に入る理由を考えて、特捜の幹部に進言しろ」岩倉は繰り返した。「それと、もしも突入するようなことがあったら、俺にも教えろよ」

「いや、ガンさん、勝手に突入に参加したらまずいでしょう」大岡が反論した。

「参加はしないよ。単にオブザーバーとして見てるだけだ」

「それを見つけられたら、面倒なことになりますよ」大岡がなおも懸念を表明した。

「その辺は上手くやるよ」岩倉はドアに手をかけた。「長く刑事を続けていると、姿を隠す方法ぐらい、自然に身につけるもんさ。お前らにも見つけられないよ」

「ガンさん、どちらへ？」田澤が訊ねる。

「交代要員が来る時に、俺がいたらまずいだろう……俺はこれで引き上げる。飯でも食って帰るよ」

実際、何か食べないと……先ほどのシリアルバーで胃はある程度満たされていたが、口の中に残る甘さは何とも我慢し難い。何だか、すぐに虫歯になってしまいそうだ。

岩倉は、ラーメンの塩気を今日ほど欲しいと思ったことはなかった。

第五章　不在の黒幕

1

二十四時間監視のはずだったが、予定を変えて今夜倉庫に入ることになった——岩倉は、田澤たちから作戦の連絡を受けた。ただしこれはあくまで予定であり、昼間の監視は続行される。もしも出入りがあれば、その人物を即座に捕捉して事情聴取。その結果によって、予定は変更になるかもしれない。

夜は、突入ではなく、あくまで「ドアをノックする」だけ。そのため、動員される刑事も四人に絞られた。その中には田澤と大岡も含まれる。他に所轄の刑事が二人。取り敢えずの作戦としては十分な人数だろう。

本当に？　昼間ずっと、岩倉はあの部屋のことを考えて過ごした。例えば、あのドアはあくまで「裏口」である。マンション正面からも出入りできるわけで、そちらも押さえなければならない。岩倉は午後になって大岡に電話をかけ、もっと見張りの人数を増やしてマンション正面にも人を張りつけるようにとアドバイスした。せめてあと二人……そうすれば、誰かが逃げ出そうとしても何とか押さえられるだろう。

「言ってはみますけど、他の仕事もありますからね」大岡の反応は鈍かった。

「それなら俺が正面に回るよ」

「いや、それは……」

「気にするな。俺は透明人間ということで」

昼間の時間を無為に過ごした後、岩倉は田町に向かった。ノックするのは、人が少なくなる午後八時と決まっている。

田町まで移動して、現場近くの中華料理店に入ってチャーハンで夕飯を済ませる。その後、近くにチェーンの喫茶店を見つけ、コーヒーを飲みながら時間を潰した。今日、空振りに終わる可能性も低くない。その場合、どうするか……様々なシミュレーションを頭の中で転がしていると、ＬＩＮＥにメッセージが届いた。千夏。


今週末のご飯、どうするの？

ああ、その話か……捜査に追われて完全に忘れていた。捜査の動き次第で状況が変わってくるが、一応約束はしておこう。

こっちは多分大丈夫。何が食べたい？　予定通りとんかつか？

焼肉。

速攻で返事が返ってきて、岩倉は苦笑してしまった。

蒲田には冷麵の専門店があり、岩倉も何度か食事をしたことがあった。あの冷麵はシンプルで美味い……しかし、冷麵は焼肉の締めで食べるものであり、いきなり冷麵だけ食べて夕飯にするわけにもいかないだろう。いや、確かあの店には、種類は少ないながら焼肉もあったはずだ。スマートフォンで検索し、メニューを確認する……よし、カルビや牛タンなど基本的な焼肉はある。

冷麵の美味い店がある。軽く焼肉を食べて、冷麵で締めにしよう。

冷麵？　食べたことないんだけど。

焼肉の締めは冷麵に決まってるんだ。

さらに調べると、予約は受けつけていない店だと分かった。確かにそんな感じだったった……そう言えば、夜に前を通りかかった時に、順番待ちの列が長く続いていた。

ちょっと冷麺のこと、調べてからにする。

慎重というか何というか……ネットで調べても、正確に味が分かるわけでもあるまい。まあ、千夏の世代なら、初めて見たものは、取り敢えずネットで検索するのが普通なのだろう。

冷麺に抵抗があるなら、まずどこかで待ち合わせてから店を探せばいい。岩倉の経験では、週末の蒲田の繁華街は、平日よりもぐっと人が減る。日曜日なら、二人で入れる店ぐらい、すぐに見つかるだろう。実際、蒲田には焼肉屋も多いので、それほど苦労はしないはずだ。

千夏はまたすぐにメッセージを送ってきて、冷麺に対する質問をあれこれ浴びせかけるだろう。「噛みきれないぐらい硬くて、どうやって食べるの？」「こんな透明なスープに味、あるの？」。質問の数々を予想すると、つい苦笑してしまう。千夏は昔から「何故？」を連発する子だった。子どもというのはえてしてそういうものだが、千夏は明らかに他の子よりも疑問が多かった。

そしてそれは、今でも変わっていない。しっかりしてはいるものの、子どものままハイティーンになってしまった部分もあるのだ。

七時四十分。岩倉は店を出た。田澤たちはもう、現着しているはずだ。彼らに話を聞き、状況によっては、自分は予定通り正面で張ることにしよう。少しでも彼らの手助けになりたかった。

岩倉はビルの裏側に回りこんだ。既に覆面パトカーが二台、待機している。南大田署のパトカーの方へ向かって歩き出した途端、パトカーのドアが開いて柏木が姿を現す。おっと、まずい……岩倉は慌ててビルの陰に姿を隠した。特捜本部に詰めて指揮を執っていないといけない刑事課長が、どうしてここにいる？　ここが山場と想定して、自ら出動したのだろうか。

しばらく様子を見守っていると、柏木はビルの裏手までやってきて、ドアをじっと見つめた。手はかけない——さすがにその辺は慎重だ。取り敢えずそのまま引き返してくれたのでほっとしたが、これでは田澤たちに会えない。電話も駄目だし、メールやメッセージもまずいだろう。こうなったら、こちらはこちらで適当に動くしかない。そもそも、今夜何か動きがある保証もないのだが。

岩倉は正面に回った。オートロックだし、管理人の姿も見当たらないので、取り敢えず待機に入る。住人の出入りもないので、中に入ることはできない。じりじりと時間が過ぎる中、ＬＩＮＥの着信音……またか、と舌打ちしながら反射的に確認すると、やはり千夏だった。

今、どこ？

田町で張り込み中。また後でＬＩＮＥする。

それだけ返信して、マナーモードに変えた。スマートフォンはいつも背広のポケットに入れているから、着信があれば自分には分かるが、他人に聞かれる恐れはない。

八時。

田澤たちはドアをノックしたはずだ。そこで何が起きるか——九分九厘、何も起きないだろうと岩倉は読んでいた。先ほど見た限り、部屋の上部にあるスリットからは灯りが漏れていなかった。おそらく今日は、ここには誰もいない。二十四時間監視と言っても、それは裏側だけの話である。表——今、岩倉がいる方は見張っていなかったはずだ。そもそも誰がここにいるかも分からないわけで、仮に特捜が摑んでいない人間が出入りしていたら、チェックしようがない。

どうするか……待つしかないのだが、何が起きるか予想もできない中で待つのはストレスだ。右足から左足へ体重を移し替えた瞬間、ドン、と低い音が響く。交通事故か？いや、違うだろう。交通事故なら、もっと金属的な音が響くはずだ。ほどなく、かすかに刺激臭が漂ってくる。火事？　いや、爆発だ。

ビルの裏で何かが爆発したのだ。もしかしたら、ドアにトラップでもしかけてあったのか？　慌てて駆け出そうとした瞬間、オートロックのドアが開く。

佐野充だ。

事前に写真を見て情報を頭に叩きこんでおいたので、間違えるはずもない。ここに籠っていたのはこいつだったのか……岩倉は一瞬逡巡《しゅんじゅん》した。もしも本当に爆発があったのなら、田澤たちを救出に行かねばならない。しかし佐野を逃すわけにもいかなかった。

岩倉は意を決して、佐野の尾行を始めた。このチャンスを逃すと、次に接触できる機会がいつになるか分からない――そもそも永遠に失われてしまうかもしれないのだ。佐野がこちらに気づいている気配はない。用心してはいるだろうが、これまで警察と本格的に関わり合いになったことはないから、用心にも限度があるはずだ。

グレーのパンツに、それより少し濃いグレーのブルゾンというラフな格好。足元も黒いスニーカーだった。背が高い――百八十センチはあるだろう――ので、人混みの中でもいい目印になる。岩倉は彼を視界に収めながら、消防に電話を入れた。名前と所属を名乗り、爆発が起きたかもしれない、と通報した。曖昧な内容だが、警察官からの通報ということで、消防司令もすぐに了解してくれた。次いで、南大田署の特捜にも連絡を入れる。電話に出た若い刑事に「張り込み現場で爆発が起きたかもしれない」とだけ告げ、すぐに電話を切った。

これで現場は大丈夫だろう……と自分に言い聞かせた。田澤たちが無事かどうか考えるとぞっとしたが、ここは消防に任せるしかない。消防経由で、所轄にも連絡が入るはずだから、現場はすぐに警察官たちで埋め尽くされるだろう。田澤たちは助かるはずだ、と呪文のように心の中で何回も唱えた。

振り返る。煙も炎も見えなかった。ということは、仮に爆発があったとしても、心配するほど大きなものではなかったはずだ。

またLINEの着信――それも立て続けだ。千夏に決まっているが、さすがに今は返事できない。千夏はせっかちな性格だから、長く既読にならないと、今度は電話をかけてくるかもしれない。しかしこの状態ではどうしようもない……電源を切ろうか、と一瞬思ったが、そこに気を取られているうちに、佐野を見失ってしまうかもしれない。

佐野は広い旧海岸通りを少し歩き、右へ曲がった。このまま歩いて行くと、現場であるビルの裏に出てしまう。わざわざ現場を確認しに行くつもりだろうか？

どうも動きが怪しい。少し間を詰めようと思った瞬間、岩倉は後頭部に強烈な衝撃を受けた。クソ……もう一人いたのか？

2

暗い……目を閉じていても、自分が暗闇の中にいるのは分かる。カビ臭い空気が充満しており、岩倉はかすかに吐き気を覚えた。いや、この吐き気は臭いのためではないかもしれない、と恐怖が走る。確か、後頭部を殴られたはず――打ち所が悪いと、吐き気に襲われるものだ。

うなだれるような格好で床に座りこんでいるのが分かり、岩倉はゆっくりと目を開けた。何も見えない……両手両足を動かしてみると、取り敢えず拘束はされていないのが分かった。どうやら襲われて拉致され、どこかに放りこまれたようだ。拘束されていないのは、ここがかなりセキュリティのしっかりした場所である証拠だろう。

殴られた後頭部だけではなく、頭全体がずきずきする。今すぐここから逃げ出すのは、絶対に無理だ。とにかく今は、余計なことはしないで体力を回復させないと。

背広のポケットを探る。スマートフォンは公用、私用のものとも無事だった。犯人はどうも用心が足りない……ほっとして、公用のスマートフォンをスリープモードから解除させたが、圏外だった。クソ、ここはどういう場所なんだ？

地下かもしれない。動きを止め、耳を澄ませたが、何も聞こえなかった。自分がどこにいるのか、何の手がかりもない。

私用のスマートフォンを取り出して確認すると、こちらは何とか圏内だった。二台持ちするなら別のキャリアを選ぶのが正解なんだよな、と思いながら画面を見る。千夏からのメッセージが十五件……何なんだよ、と苦笑しながら、岩倉はざっと内容を確認した。どうでもいい話ばかりだった。冷麺に絡んだ話と、「さっさと返事して」という怒りの滲んだメッセージのみ。

返信しているような場合じゃないんだがと思いながら、岩倉は反射的に「拉致された。

どこかの倉庫にいる」とメッセージを送った。次いで、南大田署の代表番号にかける。呼び出し音が鳴ったと思った瞬間、カチリと音がしたので、慌てて通話を終了させた。

細い光が部屋に射しこんできた。目がくらんだが、一瞬だけ部屋の中の様子を観察できた。やはり倉庫らしい。木箱などがあちこちに積み重ねられており、空いたスペースはあまりなかった。

光はすぐに消えた。ドアが閉まったのか――しかし今度は、マグライトのものらしい強烈な光をまともに顔に受けてしまう。岩倉は思わず右手を眼前に上げて光を遮ったが、一瞬視界が白く染まり、何も見えなくなる。

甲高い足音が響く。部屋――倉庫はそれほど広くないようで、反響音はごく短かった。

やがて、一人の人間が岩倉の前でしゃがみこんだ。これから尋問かと思った瞬間、相手が立ち上がり、岩倉の頭をいきなり蹴りつける。予想外の攻撃に、岩倉はもろに後ろに倒れこんだ。辛うじて後頭部を床にぶつけずに済んだが、危なかった……背中に感じる冷たく硬い感触は、明らかにコンクリートのそれである。勢いよくぶつかったら気を失ってしまったかもしれないし、もっと悪いことになっていたかも――倒れこんだ時に打ち所が悪くてそのまま死亡、というケースを岩倉は何度か扱っている。

人間の体は意外に強いが、ささいなことで致命傷を受ける時もある。

岩倉はゆっくりと上体を起こした。目眩《めまい》と頭痛に襲われたが、何とかふらつかずに相手の顔を見ようとする。暗闇には目が慣れてきたが、頭がふらつくせいで視界がはっきりしない。何度も瞬きして、ようやく焦点が合った。

佐野。

「刑事さん、困るな」佐野がとぼけた口調で言った。

「何が」

「うろちょろされたら困るんだ。お陰で、乱暴な手に出るしかなかったんだぜ」

「あそこを爆発させたのか？」

「大したことはない」佐野の唇が歪んだ——笑おうとしたようだ。「追っ払うためのちょっとした脅しだ。とにかく、あんなところで張り込みされたら、動けないからな」

「最初から、警察官を殺そうと思ってしかけたのか？」

「そんな威力はない」

佐野は否定したものの、岩倉はぞっとした。最初にあの部屋を訪れた時、岩倉もドアノブを回した。あの時、既に爆発物がしかけられていたら、吹き飛ばされていただろう。あるいは俺の行動が引き金になって、ああいうしかけを施したのか？

「ま、大したことはない」佐野が繰り返す。「怪我人もいないだろう」

「どういう爆発物だ？」

「目が眩んだだけだ。閃光弾というやつだ」

「それでも傷害罪にはなる」

「捕まれば、の話だろう」

佐野が肩をすくめ、片膝をついた。岩倉との距離は一メートルほど。跳ね上がるようにして襲いかかれば制圧できるかもしれないが、向こうが何か武器を持っている可能性もある。しかもこちらには激しい頭痛というハンディがあった。反撃しても返り討ちに遭い、さらに状況がひどくなる恐れもある。

ここはじっと我慢だ。我慢しているうちに、事態が変わるかもしれない。

「スマホ」

佐野が右手を差し出した。抵抗しても無駄だろう。岩倉は、公用のスマートフォンを差し出した。受け取った佐野が立ち上がり、思い切り床に叩きつける。鈍い音……佐野が追い討ちのように、思い切り踏みつけた。画面が割れる嫌な音が響く。

「もう一台」佐野が平然とした表情でまた右手を突き出す。

「その一台だけだ」

「二台持ってるだろう。支給品と私用と」

「変なことに詳しいな」

「警察小説が大好きなんだ」

支給品はどうでもいいが、私用のスマートフォンを奪われるのは痛い。しかしここで下手に抵抗しても、自分が不利になるだけだ。仕方なく、岩倉は私用のスマートフォンを渡した。その瞬間、バイブ——千夏に違いない。佐野はスマートフォンをちらりと見たが、特に確認することもなく、一台目と同じように床に叩きつけ、踏み潰した。

「さて」佐野がまた、岩倉の前で片膝をついた。「どこまでこっちの事情を知っているか、話してもらおうか」

「捜査の秘密は話せないな」

「困るなぁ」佐野が溜息をつく。「それを知りたくて、わざわざ危険を承知であんたをここまで連れて来たんだから」

「何故俺を？」

「最初にあそこで確認した刑事さんが、あんたなんだよ」

「よく刑事だって分かったな」

「尾行されてたの、気づかなかったか？」

岩倉は耳が赤くなるのを感じた。佐野の言葉が本当なら、刑事として情けない限りだ。尾行されているのに気づかなかったのは、刑事失格である。

「ま、こっちは人材豊富で、いろいろなスペシャリストがいるもんでね」佐野が自慢げに言った。

「こっちっていうのは、ＭＥＴＯか？」

「そういう名前もあるようだな」

「その名前は、どういう意味だ？」

「さあね」佐野が肩をすくめる。「俺がつけたわけじゃないから」

「牟田か？」

「牟田ね……俺は会ったこともないな」

「あの部屋を契約したのは牟田――牟田が主宰する研究会だ」

「俺は、その件にはまったく嚙んでない」

話しながら、岩倉は周囲に視線を向けた。よく見ると、佐野の背後から薄く細く光が差しこんでいる。そちらに出入り口があるのだろうが、縦に長く伸びる光を見た限り、ドア――おそらく引き戸は天井まで高さがありそうだ。ドアの隙間か……これなら鍵は、それほど頑丈なものではあるまい。セキュリティも大したことはないのではないか？もっとも、目の前の佐野を打ち倒して、ドアまでたどり着ける自信はなかった。佐野は、それほどがっしりした体格ではないものの、自分と五センチほどの身長差が絶望的な壁に思える。

「で？　あの部屋のことはどこまで分かってる？」

「何も分かってない。何しろ中に入れなかったんだからな」

「そうか。まあ、入っても無駄だが」

「中は空か……」

「そう、何もない」

「あそこは武器庫なのか？」

「物騒なことを」佐野がおどけた口調で言った。「武器庫？　爆発でもしたら大変じゃないか」

「あんたは、ずっと警察からマークされてたんだ。知ってるだろう？」

「もちろん」闇の中で、佐野が薄らと笑うのがかすかに見えた。「日本の警察はしつこいからな。でも、弱点もある――海外だ。海外で何をしていても、実質的にチェックは不可能だろう」

「海外の警察はどうなんだ？　あんたは、治安状況があまりよくない場所で仕事をしているんじゃないか？」

「そういうところは、国家としての仕組みもきちんとしていないし、警察も頼りない。そういう連中を動かす手はいくらでもあるんだ」

「――金か」

「人が、安い金でどれだけ簡単に転ぶか、あんたも見たら楽しめると思うよ」

「賄賂で監視網を突破してきたわけか」

「――という話を聞いたこともある」佐野がとぼけた。

「俺がしてるのは、あんたの話だ」

「刑事さんに対して、何か認める気はないね。俺はそこまで間抜けじゃない」

「ＭＥＴＯは、いったいどういう組織なんだ？」岩倉は構わず質問を続けた。「本当に武器の密輸をやっていたのか？」

「あんた、刑事さんにしては聴き方が下手だね」佐野が鼻を鳴らす。「そんなこと聴かれて、『はい、そうです』なんて素直に答えるわけがないだろう」

「俺をどうするつもりか知らないが、どうせ帰す気はないんだろう？　だったらここで、お前らがやってきたことの全容を話してくれてもいいんじゃないか？　何も知らないまま死んだら、化けて出てやるぞ」

「さあ……どうするかな」

佐野の余裕しゃくしゃくの態度が気に障る。しかしこの男は、状況を甘く見ているのではないか？　この部屋は安全だと思っているのかもしれないが、俺を拘束していないことこそ、油断している何よりの証拠だ。

「俺たちは元々、二件の殺人事件を捜査していた」

「そうらしいな」

「その途中で、ＭＥＴＯという組織の存在を知った。警察はまだ、この組織の実態をまったく知らない」

「マジかね」佐野が馬鹿にしたように言った。「だとしたら、警察も本当に大したことはないんだな」

「そんなにおおっぴらに動いているのか」

「そんなこと、言えるわけないだろう。わざわざヒントを与えるつもりはない」

「俺を帰す気がないなら、ここで全部喋ってもいいだろう」

「そんな風に言われてペラペラ喋るのは、素人だ」佐野が嘲笑《あざわら》うように言った。「あんたらが相手にしているのは、せいぜい暴力団レベルだろう。今の暴力団は、死線をくぐっていない。俺は戦地で――銃弾が飛び交う中で、何とか生き延びてきた」

「自慢したいのか？　そういう話も、いくらでも聞くぞ」

「まさか……死ぬ前に自伝を残すから、それを読んでもらうしかないな。もちろん、あんたには読むチャンスはないが」

「自分のことは話したくないか？」

「調子に乗って自分のことをペラペラ喋って、自爆する奴は多い。人と繋がりができると、つい油断して喋ってしまうことがあるしな。だから俺は家族を持たない。友だちもいらない」

「それで、金を敷き詰めたベッドで寝てるのか？　さぞかし気持ちいいだろうな」

「あんたはやってみたことあるか？　信じられないほど気持ちいいぞ」佐野が嫌らしい笑みを浮かべた。

本気で言っているのか？　岩倉は佐野の真意を測りかねた。暗闇の中でぼうっと顔が見えているだけなので、どうしても表情を読めない。明るいところではっきり見えれば、少しは本音が読めるのだが。

「島岡剛太と藤原美沙。この二人は、どうしてお前たちの仲間になったんだ？」

「慎重なる選考を重ねた結果だ」

「藤原美沙は、アメリカに伝手があったはずだ。向こうに住んでいた時期もあったからな。それが関係しているのか？」

「国際派の人間は、いろいろと役に立つ。彼女は実によく働いてくれた」

「メディアに出ている人間だぞ？　そういう人間を仲間に引き入れて、むしろ危ないと思わなかったのか？　周りで怪しいと思う人間がいたら、マスコミは必ず調べ出す。そもそも彼女の身体検査だってしているはずだし」

「今のマスコミに、そんな力があると思うか？」佐野が本当に声を上げて笑った。「特に彼女のような、いわば身内の人間に対して、そんなにきつい調査はできない。それに彼女は、一切怪しい素振りは見せなかったはずだ。見せる必要もなかった」

「だったら彼女は、ＭＥＴＯで何をやってたんだ？　武器の買いつけか？」

「彼女は英語だけじゃなくて、フランス語もスペイン語もこなせる。中国語も日常会話レベルなら大丈夫だ。語学の達人なんだよ。そういう人間が連絡係にいると、何かと便利なんだ。残念ながら俺は、英語以外はイマイチ自信がなくてね。ややこしい話になったらアウトだ。メールで情報をやり取りすることもできない」

「アラビア語は？」

「あんたらは、テロというと中東ばかりを気にするんだな。世界中には、武器を必要としている人がたくさんいるんだよ。火種はアラビア語の圏内だけにあるわけじゃない」

佐野が嘲《あざけ》るように言った。

「彼女は、通訳と連絡係か……」

「極めて有能な」佐野がうなずく。

「そしてあんたは、武器を調達していた」

「――認めたわけじゃない。今のはあくまで仮の話、世間話だ」

「警察がそこまで摑んでいるとしたら？」

「ヒットエンドランさ」佐野が肩をすくめる。「さっさと引いて、しばらく隠れていればいい。さっきも言ったが、海外にいれば、日本の警察はまず手を出せない」

「逃げるつもりか？」

「このところ働き詰めだったからな」佐野がぐるりと肩を回した。「そろそろ長い休暇が欲しい。死ぬほど働いたら、その後は半年ぐらい何もしないで、バハマ辺りのビーチで美味い酒を吞んで、いい女を抱いて、リフレッシュしたいもんだ。人生はメリハリだよな」

「日本から逃げるつもりか？」岩倉は繰り返した。「無理だぞ。お前はもう、警察の捜査線上に浮かんでいる。実際にあの部屋で刑事たちに被害を与えたんだから、もう逮捕状が出ているかもしれない」

岩倉は脅しにかかった。実際には、そんなに簡単にはいかないだろう。あそこに佐野がいるのを知っていたのは岩倉だけで、肝心の岩倉はここで囚われの身――自分がここで死んだら、佐野は悠々と出国してしまうに違いない。

「まあまあ、そんなに焦りなさんなって」佐野は今にも笑い出しそうだった。「俺たちは、こうやってあんたをこの場所にお連れした。しかし助けは来ない――ということは、警察は俺たちの動きを摑んでいないんだよ。拉致できるかどうか、ギャンブルだったけど、あの現場は俺が思っていたより手薄だったようだな」

「それは——」岩倉は唇を嚙んだ。「認めざるを得ないようだな」

「だろう？」佐野がまた低く笑った。「助けは来ない。俺も行方不明になる。しばらく身を隠してから、また新しいビジネスを始めるよ」

「誰の指示で？」

「ああ？」

「お前はただの駒だろう。誰かの指示を受けて動いていただけじゃないのか？　例えば牟田とか」

「そういう人は知らない」佐野が顔を背ける。

「もう一度言う。あの部屋を契約したのは牟田だ」

「へえ」

「お前や牟田よりも上の人間——本当のボスがいるんじゃないか？　お前らは、その命令に従って動いているだけだろう。もしかしたらお前は、ボスの名前も顔も知らないんじゃないか？　最近は、そういうことも珍しくないからな。ネットの闇バイトサイトで集められて、互いの顔も知らない同士が犯行に走ったりする」

「そういうのは、素人のやることだ。結局は発覚するんだよ」

「つまりあんたは、自分がプロだと思っているわけだ——その割に、俺たちに尻尾を摑まれてる」

「俺はともかく……」佐野が溜息をついた。「素人がいたからだよ」

「島岡とか、藤原美沙とか」

「彼女もねえ……彼女は、プロの素質があった。秘密は守り、仲間を裏切らない——俺たちはそれを評価していた。でも、男を見る目はなかったね」

「島岡が元凶か」

「奴はロクでもない男だったよ。確かにうちは、人手が足りない。使える人間だったら何人でも欲しい。しかし島岡は、使えなかった。そもそも普通に働けない——会社を馘になるような人間は、何をやっても上手くいかないものさ」

「つまり、奴があんたらの仲間になったのは、会社を馘になってからだな？」実際には、それ以前から接触があったかもしれないが。

「——ということにしておこうか」

「島岡は使えなかった。彼女は使えた。恋人同士なのに、温度差があった」

「恋人？」佐野が声を上げて笑う。「あんた、何を見てたんだ？」

「詳しい関係は分からない。残念ながら二人とも亡くなってるからな」

「女の方が積極的になることもあるんだよ」

「最初に藤原美沙がＭＥＴＯに入った——あんたたちがリクルートしたのか？」

「それで彼女が島岡を引っ張ってきた、と。まあ、当時は恋人関係と言ってもよかったかもしれない。失業した可哀想な男に、何とか仕事を与えようとしたんだからな」

「そこで、末松を使って仲間に引き入れたわけか」

「ほう」佐野が目を細める。「結構調べていたわけだ。警察も馬鹿にできないな」

「末松がリクルーター――調査係だったのか」

「こういうのは、慎重にいかないとまずいからな。間抜けな奴を仲間に入れるわけにはいかないんだ」

「なるほど……あんたたちは、ずいぶん儲けていたようだな。末松のように、振り込め詐欺で捕まった過去のあるような人間が、湾岸地区のクソ高いマンションに住んでポルシェを乗り回しているんだから」

「末松は馬鹿なんだよな」佐野が溜息をついた。「そういうことをすると目立つから……金を使うなら、海外でやるべきなんだ。日本人は目立つのが大嫌いだからな。目立ったことをする人間は、嫌でも浮いてしまう」

「まったくだ」岩倉はうなずいた。「あんたらから見れば、末松を雇ったのも失敗――奴は、ロクでもない人間だったんじゃないか」

「仕事はそれなりにやっていたけど、生活態度には問題があったな……しかし、島岡は典型的な駄目人間だ。すぐにビビった」

「当たり前だ。武器の仲介なんかやってたら、すぐにヤバイと分かる」

「黙っていなくなれば、こっちも見逃したかもしれないが、奴は藤原美沙まで引きこもうとしたからな」

「引きこむ？」

「あの女を説得して、手に手を取り合って一緒に逃げようとしたんだ。しかも、正義感を発揮したのか、警察に駆けこもうと計画していた。冗談じゃない。あんな馬鹿一人のために仕事が潰れたら、洒落にならないだろう？」

「どうしてそれが分かったんだ？　藤原美沙が喋ったのか？」

「彼女もねえ……結局は、金じゃなくて男になびいたわけだよ。あんな人間のどこがいいのか、さっぱり分からないが」

「彼らの裏切りをどうやって知ったんだ？」岩倉は言葉を変えて質問を繰り返した。

「今は、世の中全部が監視社会なんだよ。人の部屋を覗くのも簡単だ」

「盗聴か」

「いやいや」佐野がまた笑った。「音だけじゃなくて映像つきで。新しく入ってきた奴については、しばらくはしっかり監視しておかないといけないからな。おかげでこっちは、あの二人がセックスしてるところまでばっちり見ちまった。しかしああいうのは、特に興奮するものでもないんだな。覗き見を趣味にする人間もいるんだろうが、俺には理解できない」

「隠しカメラをしこむのも、相当趣味が悪い」

「それは認めざるを得ないなあ」佐野が呑気な口調で言って笑った。「しかしこっちも、自分の身は自分で守らなくちゃいけないからな。もっとも今まで一度も、こういう風にドロップアウトしようとした人間はいなかったけどね」

「一度も？　そんなに歴史のある組織なのか」

「そんなこと、俺は知らないな」佐野がとぼける。

「あんたもただの手足だからか」岩倉は挑発したが、佐野は動じる気配もなかった。

「何とでも言えよ。どうやら俺には、まだ余裕がありそうだな。あんたたちは何も摑んでいない」

　果たしてそうなのか……自分が知らないだけで、組対の方ではより深く調べているかもしれない。それこそ、新谷も知らないようなことを、現場の捜査員が密かに摑んでいる可能性だってあるのだ。

「何も知らないというなら、俺はもう用済みじゃないか？」

「だから？」

「解放してくれてもいいんじゃないかな」

「まさか」

佐野が声を上げて笑う。岩倉は次第に不快になってきた。佐野の笑い声は微妙に甲高く、耳に突き刺さるようなのだ。

「そろそろいいだろう」佐野が立ち上がる。その瞬間、もう一人の男がどこからか姿を現した。先ほどドアが開いた時に一緒に入って来たのか？　いや、まったく見えなかった。ということは、ずっと闇に潜んで俺を見張っていた？　いくら暗いとはいえ、そこまで気配を消せるものだろうか。

小柄な男だった。しかし、黒い半袖のTシャツを着ているので、むき出しになった腕が丸太のように太いのが分かる。肩も筋肉で盛り上がり、上半身が綺麗な逆三角形になっていた。手にはバット。岩倉は鼓動が一気に速くなるのを感じた。しかも次の瞬間には、他にもう一人の気配を感じた。まだいるのか……三対一だと、絶対に勝ち目はない。

「人を始末するのに、お前らなら拳銃でも使うかと思っていた」

「そういうのは証拠が残りやすい。ここでホームランを打ってもらった方が無難だな」

「二人を殺したように、か」

「俺は何も知らない――俺が何かやったわけじゃないからな」

「そこのゴリラが実行犯か？」

岩倉が「ゴリラ」と呼んだ男が、ピクリと身を震わせた。この体型について、これまで散々からかわれてきたのかもしれない。どう考えても生まれつきではなく、本人が頑張って鍛え上げたのだろうが。

「ま、俺はゆっくり見させてもらうよ」

佐野が後ろに引く。ゴリラが岩倉の正面に来た。小柄といっても百七十センチはある。そして全身、筋肉の塊……体重は重くても、体脂肪率は極めて低いタイプだ。

岩倉はゆっくり立ち上がった。まだ頭痛が残り、頭がくらくらする。しかし座ったままでは、バットの攻撃を避けきれない。逆に幸いだったのは、向こうが凶器にバットを選んだことだ。バットだと、振り回すのに、ある程度のスペースと時間が必要だ——と思った瞬間、男が素早く一歩を踏み出す。岩倉は顔の前に両手を上げて身構えたが、腹に鈍い衝撃が来た。バットをいきなり槍のように突き出して腹を狙ったのだ。

思わず体を折ってしまう。慌てて横に転がろうとしたが、積み重ねてあった木の箱にぶつかってしまった。大きな音を立てて箱が崩れ、同時に埃《ほこり》が舞い上がる。そこへバットの第二撃が来た。左肩に激しい衝撃と痛みが走り、岩倉は短い叫びを上げた。岩倉が倒れそうになってまだ体が動いているタイミングで狙ってきたので、頭への直撃だけは避けられたのだ。それにしても、この衝撃は相当なもの……バットよりもはるかに重いもので一撃されたようだった。

しかも岩倉は、その場にへたりこんでしまった。立たないと危ない……それは分かっていても、肩の痛みに上から押さえつけられているようで身動きが取れなかった。闇の中、男が頭上にバットを振りかぶるのが影のように見える。まっすぐ振り下ろしても、一度は逃げられるだろう。しかし二度はない。右側は崩れた木箱で埋まっていて逃げようがなく、身を翻《ひるがえ》すとしたら左しかない。男も当然それは分かっているはずで、正面から振り下ろすと見せかけて左——男から見て右方向を狙ってくるだろう。

一か八かだ。

バットが動き始めるのを見て、岩倉は右へ身を投げ出した。上体は崩れた箱の上へ。

しかし下半身はそのまま残っている。金属的な音が響くと同時に、左足のすぐ先に振動が伝わった。バットが床を直撃したのだ。岩倉は瞬時に立ち上がり、正面から男の腹に蹴りを見舞った。とはいえ、足場が不安定なので、蹴り倒すまではいかない。男は二、三歩下がっただけで、逆に岩倉は足を滑らせて尻から床に落ちてしまった。

二度目のチャンスはない……この姿勢から、どちらかへ身を投げ出すのは不可能だ。

小さな音が聞こえた。何だ？　佐野の舌打ち。仕損じたので苛ついているのかと思ったが、次の瞬間、岩倉の目に入ったのは、強烈な光だった。

「確保だ！」

誰かの野太い声が響く。岩倉の視界に、逆光の中、素早く逃げ出す佐野の姿が映った。正面――出入り口の方ではなく、反対側へ。裏口もあるのか……しかし今は、佐野のことをかまっているわけにはいかない。岩倉は、体を捻って出入り口の方を向いている男の膝に向かって、左肩をぶつけていった。バランスを崩した男が、仰向けに倒れる。そこへ、数人の男が殺到した。「確保！」の唱和が響き渡る。それに重なるように、駆け出す複数の足音が聞こえた。

「ガンさん！」

今度は女性の声――彩香か？　彩香だ。岩倉の前にしゃがみこみ、懐中電灯の光で岩倉の顔を照らし出す。

「大丈夫ですか？」

「俺、大丈夫じゃないのか？」

「血が出てます」

「マジか」

夢中になっていて気づかなかった。もしかしたら、最初に襲われた時に、既に出血していたのかもしれない。

「あと二人いるはずだ。裏から逃げた。追え！」

弾かれたように彩香が走り出す。岩倉は取り押さえられたゴリラ男の姿を見ながら、その場で呼吸を整えた。倉庫の中は照明が点いたわけではなく、開いたドアから車のライトが射しこんで明るくなっているのだった。

まったく……落ち着いてくると、頭の他に肩もずきずき痛み出す。肉の分厚いところに当たったはずだが、それでもバットの衝撃を全て受け止められたわけではあるまい。左肩を回してみると、関節には痛みがなく、何とか動いた。ただ、しばらくはまともに肩が上がらないだろう。

ゴリラ男が連れていかれ、岩倉は一人その場に取り残された。おいおい、俺は被害者だぞ……文句を言おうにも、その相手がいない。その場で胡座をかき、何とか痛みをこらえ続けた。一つ大きく深呼吸した瞬間、倉庫の中がぱっと明るくなる。ようやく誰かが照明をつけたのだった。

「ガンさん」

戻って来た彩香が、岩倉の前でひざまずいた。

「佐野はどうした？」

「佐野？」

「今の男だ」

「逃げました」

「冗談じゃない――逃すなよ。あいつはこの件のハブになる人間だ。もう一人いたはずだけど、そいつの正体は分からない」末松ではないかと想像していたが。

「ハブって……」彩香の顔に戸惑いが浮かぶ。

「二つの殺人事件のハブだ。もしかしたら、今君たちが連れていった男が実行犯かもしれない」

「まさか」彩香の顔からさっと血の気が引く。

「それはこれから調べればいい」

「それよりガンさん、病院へ行かないと」

「そんなに重傷なのか？」

「立てますか？」

岩倉は立とうとしたが、足に力が入らない。彩香が肩を貸してくれようとしたが、岩倉は断った。

「足は大丈夫だ。頭が痛いだけだから」

「その方が大変じゃないですか」

「少し休めば治る。水、ないかな」

「ちょっと待って下さい」

彩香がその場を離れ、すぐに戻って来た。ペットボトルを受け取った岩倉は、一気に半分ほど水を飲み、ようやく目眩が治まってくるのを感じた。時刻を確認するためにスマートフォンを取り出そうとした瞬間、床で無残な残骸になった二台のスマートフォンが目に入る。まったく……腕時計で確認すると、午後十一時だった。拉致されてから三時間も経っていたのか。

岩倉は一声呻《うめ》くと、腕の力も利用して立ち上がった。依然として目眩はするが、何とか……彩香が腕を摑んで支えてくれたので、倒れずに済んだ。そのまま、光が射しこむ方──開いたドアに向かって歩き始める。

「ここはどこなんだ？」

「湾岸地区の倉庫──第一自動車警ら隊の近くです」

「マジか」本当に第一自動車警ら隊の近くだとすると、住所としては港区海岸──岩倉が襲われたマンションからほど近い。車だったら数分の場所だ。「それで、何で君がここに？」

「機捜ですよ？　何かあったら真っ先に駆けつけるのが仕事です」

「あと五秒早かったら、殴られずに済んだのに」

「痛いですか？」彩香が心配そうに訊ねる。

「まあ……何とか無事だ」強がりも言えなかった。さすがに今日はダメージが大きい。死なずに済んだだけでもよしとしなければ。

岩倉は、機捜のパトカーに乗りこんだ。彩香が隣に座る。

「今、救急車を要請しています」

「どうして？」

「念の為ですよ」

岩倉は額に手をやった。指先が濡れる感触——見たくはなかったが、確認すると血が付着している。

「こうやって喋れてるんだから、大したことはないだろう……それより、どうしてここが分かった？」

「ガンさん、娘さんに早く電話した方がいいですよ」

「ああ……どうして？」

「ガンさんが拉致されているって一一〇番通報してきたの、娘さんなんですよ」

岩倉はシートに後頭部を乗せ、安堵の息を吐いた。千夏のおかげで助かったか……娘に助けを求めてどうにかなるとは思っていなかったのだが、さすが、刑事の娘というべきか。本当に危ない状況かどうか、鋭く勘で気づいたのかもしれない。

「ここで気がついて、すぐに娘にＬＩＮＥしたんだ」

「警察にではなく？」彩香が疑わしげに目を見開く。

「しつこくメッセージが入っていてさ。早く返信しないと機嫌が悪くなるんだよ。それでまず娘に……それから特捜に電話しようとした時に、奴らが入って来た」

「ガンさん……順番が逆ですよ」彩香が溜息をつく。

「結果的に助かったんだから、正解じゃないか」

「娘さん、泣き叫びながら一一〇番通報してきたそうです。警察官の家族がそんな風にしたら、緊急だって判断しますよね」

「だろうな」

「その前から、私たち、この辺を流して捜索していたんです」

「それは、例の爆発の関係で？」

「そうです。南大田署の特捜の依頼を受けて」

「そう言えば」岩倉は姿勢を正した。「あの爆発での怪我人は？」

「あれは爆発じゃないです。閃光弾ですね。目が眩んだ人はいましたけど、それだけです。怪我人はいません」

佐野の言う通りだったのか……だったら、田澤たちを助けずに佐野を追った自分の判断は正しかったのだ――結果的には拉致されてしまったが。

「うちの柏木課長はどうした？」

「無事です。何ともありません」

「世の中、なかなか上手くいかないな」

「ガンさん……」彩香がまた溜息をついた。「とにかく、捜索している最中にガンさんが拉致されたっていう情報が入ってきて、ガンさんの捜索に切り替えたんです。そうしたらすぐに、この倉庫の前に不審車が停まっているのが見つかって」

「ラッキーだったわけだ」

危なかった……機捜の刑事たちは、「怪しい物」を見抜く能力に長《た》けている。例えば路上駐車してある車でも、少しでも異変があればすぐにチェックする。不自然に斜めに停まっているとか、ドアが少しだけ開いているとか、あるいは遠い他県ナンバーの車だったりとか。

遠くから救急車のサイレンが聞こえてきた。大怪我ではあるまいが、今晩は病院の厄介になるだろう。その前に、とにかく千夏に連絡しなくては。

問題は、千夏が母親にこのことを話しているかどうかだ。千夏は当然、岩倉と妻の関係が冷え切っていて、もう会話も交わさない状態であることはよく分かっている。岩倉のことを話せば、彼女が不機嫌になるのも分かっているだろう。だから黙って、自分だけの判断で一一〇番通報した可能性もある。

岩倉は彩香の電話を借り、千夏の番号を打ちこんだ。千夏は、着信を待っていたようにすぐに出た。

「もしもし？」

「ああ、俺だ」一言喋って、岩倉は咳払いした。

「パパ？　大丈夫なの？」千夏の声は鼓膜を突き破りそうなほど高かった。

「何とかな。おかげで助かったよ……この件、ママに言ったか？」

「言ってない」

「正解。お前一人の判断か」

「だって……」千夏が急に涙声になった。「パパ、本当に大丈夫なの？」

「無事だよ。本当に助かった。お前の判断は百パーセント正しかった」

「怪我してない？」

「何ともない」ここは嘘をつくしかなかった。「しかし、どうして一一〇番通報しようと思った？」

「だって、マジだって分かったから」

「そうか？」

「パパが本気かそうじゃないかなんて、すぐに分かるわよ」

「さすが、俺の娘だ」

「そんなこと言われても、あんまり嬉しくないけど」千夏が泣きながら笑い声を上げた。

「分かった、分かった」

「パパ、どうしてこの番号からかけてるの？」

「携帯が壊れたんだ。新しいのを買ったらまた連絡するよ。それより、日曜日、空けておけよ。高級焼肉店で特上ロースを奢ってやる」

「特上タン塩でもいい？」

「両方、ＯＫだ」

電話を切り、岩倉は低く笑ってしまった。泣きながら一一〇番通報したのは、いかにも女子高生らしい慌て方だ。しかし今の落ち着きぶりはどうだろう。

娘は何とタフな女性に育ちつつあるのか。

岩倉としては誇らしく……笑うしかない。

3

一時的な検査結果は、「深刻な怪我はなし」。実際、病院に着いた時点で目眩は消えていて、心配なのは頭と肩の痛みだけだった。これなら病院に泊まる必要もなかろうと思ったが、当直の医師は、「念のため、明日の朝、ＭＲＩ検査をしたい」と主張した。それで何もなければ解放する——解放って何だよと呆れながら、岩倉は病室に引っこんだ。明日の朝まで、とにかく体を休めよう……ところが、そう簡単にはいかなかった。処置室を出た瞬間、柏木に摑まる。田澤も一緒だった。二人とも無事だと聞いてはいたが、本人たちの顔を見てほっとする。

しかしそれも一瞬のことだった。柏木の表情は引き攣り、顔は真っ赤になっている。

今にも怒りをぶちまけ、殴りかかってきそうだった。

「ガンさん！　どういうことなんだ！」

岩倉は唇の前で人差し指を立てた。その小さな動きが、柏木の怒りをあっさり封じこめる。さらに追撃として「病院ですよ」と加えた。柏木が咳払いし、小声で「外へ」と言って踵を返した。

「ガンさん、大丈夫なんですか？」田澤が近づいて来て、声を潜めて訊ねる。

「今夜は病院へ泊まる。明日の朝ＭＲＩ検査をやって、何もなければ退院だそうだ」

「怪我、やばそうですよ」田澤が自分の額を指差した。

「三針縫っただけだよ。軽傷だ……問題は、髪の毛を少し剃られたことだな。これで額が後退したら困る」岩倉は額に手をやった。

「そんな心配は必要ないでしょう。ま、取り敢えず無事でよかったですよ」

「ガンさん！」振り返った柏木が叫ぶ。近くを通りかかった看護師が鋭い目つきで柏木を睨んだが、柏木は気づかなかったのか、無視したのか……無視したのだろう。基本的に図々しい男なのだ。

夜間緊急出入り口から病院の外へ出る――出ただけだった。車に乗りこんで話をするのだろうと思ったが、柏木は建物から離れるとすぐに岩倉に向き直り、話し始めた。

「ガンさん、勝手なことをされたら困る。若い連中にも示しがつかん」

「その件は謝罪します」岩倉は素直に頭を下げて平然と嘘をついた。「実は、匿名の情報提供がありましてね。あの現場で、怪しい取り引きが行われると聞いたので……着いた途端にあの爆発ですよ」

「ガンさん……」柏木が首を横に振った。「後で報告書を出してくれよ。出せるものならな」

「今は、それどころじゃないでしょう。やることが山積みじゃないですか？　佐野はどうしたんですか？　奴は、あの倉庫から逃げたんでしょう」

「……まだ発見に至っていない」柏木が目を細めて唇を噛んだ。

「高飛びするかもしれませんよ」

「それも想定して手配している」

「それならよかった……空港を使うにしても、明日の朝以降でしょう。チェックは可能ですよね」

「当然だ」

「あのゴリラ男はどうですか？」

「ゴリラ男？」

「倉庫で俺を襲った人間ですよ。何か喋りましたか？」

「いや、一言も喋ってない。完全黙秘だ」

「身元は」

「それは分かりそうだが、とにかく明日以降だな——いや、もう日付は変わっているか」柏木が大袈裟な動作で左腕を突き出し、腕時計を見た。

「結構です。俺も朝からお手伝いしますよ」

「いや、ガンさんにはしばらく休んでもらう。怪我してるんだからな」

「怪我は平気です」まだ邪魔にするのか、と岩倉は呆れた。「それに、あの現場にいたのは俺です。いわば当事者ですよ。一番状況を分かっている人間が捜査に参加しないのは問題でしょう」

「それは、刑事課長として許さない」

「それより柏木さん、目は大丈夫ですか？」

「ああ？」

「閃光弾を食らったそうですね。現場で、部下の刑事たちに指示するのも大変ですねえ」

「何を……」

「その件も、報告書に書きこまないといけないんですか？　何だったら、俺が書いてもいいですよ。表にいて、状況はある程度分かっていますから。それに、あの倉庫で佐野からも話は聞いています」

「結構だ！　こちらのことはこちらでやる！」柏木が吐き捨て、早足で去って行った。

「ガンさん、刑事課長をあんなにいじらなくても」田澤が笑いを嚙み殺しながら言った。

「分かってるよ……それより、ちょっと頼まれてくれないか？」

「何ですか？」

「本部の係長と管理官に話をして、俺を正式に捜査に戻すように言ってくれ。柏木課長の頭越しでいい。この件では、俺がちゃんと落とし前をつける」

「ガンさん、ここから本気を出すつもりですか」

「俺はいつでも本気だよ」岩倉は田澤の胸を拳で小突いた。「この件、俺たちが想像しているよりもずっと奥が深いぞ」

「先に、俺に話を聞かせてくれませんか？　それで上を何とか説得しますから」

「長くなるからメモを取った方がいいぞ」岩倉は指示した。「中へ入ろうか。座って話そう」

薄暗いロビーに座り、自動販売機の甘ったるいコーヒーを飲みながらの話になった。長い話になったが、田澤は的確にポイントを押さえて質問し、岩倉の話をまとめてくれた。

話し終えて岩倉がまず感じたのは、この件は長引く――そもそも解決するかどうかも分からないということだった。組対との協力は必須だし、本格的にＭＥＴＯを追うためには部際間の専従捜査班も作らねばなるまい。自分もそこに入って、まだ闇の中に隠れている悪党どもを掘り出す作業に従事すべきかもしれない。

「芝浦のマンションは調べたのか？」

「ええ」

「どこから入った？　表側の鍵はかかってただろう？」

「かかっていたんですが、あの爆発――閃光弾の爆発がありましたから、強制捜査する理由になりました。結局、マンションの管理会社に連絡を取って、表側の鍵を開けて入りました」

「で、中は？」

「ほぼ空でした」

「ほぼ？」

「一つだけ木箱が残っていて、中に何か入っていたんですが……爆発物の可能性もあるので、爆対が持ち帰って分析しています」

「爆対まで出てきたのか」機動隊の爆発物処理班が出動するほどの大事だったわけだ。その間、自分は気を失って拉致されていた……実に情けない。

「特捜としては、佐野を見つけ出すのが最優先事項だぞ。あいつもＭＥＴＯの中でトップというわけじゃないと思うが、事情は分かっているはずだ」

「俺が監禁されていた倉庫にいたもう一人の男は何者ですかね」

「殺し屋かもしれない」

「殺し屋？」田澤が目を細める。

「始末屋と言うべきかな。おそらくだが、島岡と藤原美沙を殺したのもあの男だろう。ＭＥＴＯの中で、汚いことを一手に引き受けてる人間じゃないかな」

「ヤクザのヒットマンみたいなものですか」

「今時、ヤクザはヒットマンなんか使わないぞ」岩倉は指摘した。「最近は、ヤクザ同士の抗争も滅多にない——少なくとも東京ではな」

「ですね」田澤がうなずく。「佐野か……高飛びするつもりでしょうね」

「だろうな。奴は、海外にも伝手がありそうなんだ」

「飛行機なら止められるかもしれませんけど、船で行かれたら、まず追いきれませんよ」

「せどりみたいなものだろうな——奴の身柄を船から船へ、だ」岩倉は右手を左から右へひらひらと動かした。

「ですね……とにかく急ぎます。今夜も最大限の警戒態勢でやってますから、ガンさんは安心して休んで下さい」

「ああ。明日から俺が捜査に戻れるように、根回し、頼むぞ」

「了解です」

明日の午前中までは、病院に拘束されるだろう。動けないのは悔しいが、考える時間がたっぷりできたのはありがたい。

頭さえ無事なら、何とかなる。

翌日、病院の味気ない朝食を食べた後、岩倉はＭＲＩ検査を受けた。初めての経験で、自分は閉所恐怖症なのだと思い知ることになった。横になって土管のように狭い空間に閉じこめられ、ずっと不快な電子音に晒《さら》される。ヘッドホンをして、クラシック音楽を聞かされていたのだが、それで検査機器の音が完全に消えるわけではなく、終わった時には、かえって体調が悪化してしまったようだった。どうせこんなに煩いなら、ヘッドホンからはヘビメタでも流してもらった方がよかった。

検査結果を確認するのにしばらく時間がかかるというので、岩倉は一度病室に戻った。ベッドに腰かけ、ふっと溜息をつく。熱いコーヒーが飲みたいな、とつくづく思った。しかしこの病院には缶飲料の自動販売機しかなく、今体が欲しているような美味いコーヒーは飲めそうにない。検査結果が出るまで一時間と言われているが、外へ出てコーヒーを飲んでいる時間があるかどうか……。

引き戸が開いて、千夏が顔を出した。

「千夏」思わず立ち上がり、呼びかけてしまう。同時にコーヒーの香りを嗅いで、岩倉は顔が緩むのを意識した。来てくれたのはありがたいが……。「お前、学校はどうしたんだ」

「体調不良で午前中は休み……ってことで」

「おいおい——」

「大丈夫よ。今まで無遅刻、病欠もなかったんだから。半日ぐらい休んだって、内申点には影響ないから……コーヒー、買ってきたわよ」

「助かる。それより、この病院のこと、どこで聞いてきた？」

「署に電話したの」

「よく教えてもらえたな」

「感じ悪かったわよ。娘だって言っても、信じてもらえないんだから」千夏が頰を膨らませる。

「でも聞き出したから、ここにいるわけだ」

「それはテクニック……それより、コーヒー飲む？」

「もちろん」

どこで仕入れてきたのか、スターバックスだった。あれこれ入ったラテではなく、「本日のコーヒー」。受け取って一口飲み、ようやく人心地がつく。

「お前、金は？」

「今日は私の奢り」

「娘に奢ってもらうようじゃ……」嬉しいような、情けないような。

「それぐらい、バイトで稼いでいるわ。座っていい？　もしかしたら、もう退院するの？」

「検査の結果待ちだ。頭を打ったから、一応精密検査したんだ」

「元気そうだけど」千夏が椅子を出して座った。

「元気は元気だよ。でも、医者っていうのは慎重だから……ママもそうだろう？」

「ママは医者じゃなくて、脳科学者──あ、このこと、ママには話してないからね」

「助かる」岩倉は千夏に向けてカップを掲げてみせた。「ママの反応は読めないからな」

「私、別にどっちの味方でもないけど……」千夏がふっと目を逸らす。

「ママと上手くいってないのか？」

「そういうわけじゃないけど、ママ、相変わらず忙しいから。最近、あまり話もしてないな」

「頼むから、仲良くやってくれよ」

「私は、パパのところに行ってもいいけど」

冗談じゃない。実里と千夏が鉢合わせでもしたら、人生は今の百倍複雑になる。岩倉は「蒲田に来たら、通学時間が今の二倍になるぞ」とやんわりと拒絶した。本当は娘の願いを受け止めるべきなのだろうが。

「それは面倒だけど……卒業したらどうしようかな」

「一人暮らししたいって言ってたじゃないか」

「お金がね……」

「そんなに金を貯めて、どうするんだ？」

「まだ全然貯まってないわよ」千夏が肩をすくめる。「とにかく、自分のことは自分でやらないと」

「そこまで自立してくれなんて、頼んでないぞ」

最近の親子は仲がいい——子どもに反抗期もなく、ずっとべったりの関係を保っている親子は、一種の共依存かもしれない。千夏の場合は、独立心が強過ぎるというか……母親は娘にあまり関心がないようだし、親子の関係を気にしているのは自分だけかもしれない。

「検査結果聞くの、つき合おうか？」

「学校、遅れるぞ」

「それは、ちゃんと言ってあるから大丈夫よ。ついでにお昼ご飯、奢ってくれる？」

「焼肉は次の機会にしような」そこまで食欲がない。

「昼間から焼肉なんか食べられないわよ」千夏が苦笑する。

予定より少し早く、検査結果を聞けた。基本的に異常なし——ほっとしたものの、若い医師の余計な一言でかちんときた。

「隠れ脳梗塞の危険性もありますから、定期的に脳ドックを受診して下さい」

「あの検査、もうちょっと何とかなりませんか？　ＭＲＩを生理的に受けつけない人も多いでしょう。人に優しい検査をお願いしますよ」

捨て台詞を吐いて、病院を後にする。そもそもどこの病院にいたかも分かっていなかったのだが……芝公園の近くにある総合病院だった。最寄駅は東京メトロの赤羽橋だが、確かあの辺にはいいレストランがない。病院の会計を済ませる間に、近くで食事ができる店を検索しておいてくれ、と千夏に頼んだ。

結局、少し離れた都営浅草線の三田駅まで出ることにした。千夏も、ここからなら学校へ行きやすい。選んだのは、こぢんまりとしたイタリアンレストランだった。そういえば昔からパスタが好きだったな……と思い出す。

開店したばかりの店に入り、パスタランチを頼む。この辺りで千円のランチなら、かなりお得な感じだ。千夏は店の名物だというラザニアに、岩倉はペンネアラビアータにした。食後の飲み物は別料金だったが、娘の前ではいい格好をしたいと思い、二人分を頼む。ふと思いついて訊ねてみた。

「お前、ナポリタン、好きだよな?」

「好きよ」千夏があっさり答える。

「昔から?」

「そういうわけじゃないけど……子どもの頃って、そんなにナポリタンを食べた記憶がないわね」

「そうなんだよなあ」岩倉はうなずいた。

「何の話?」

千夏が鼻にシワを寄せた。ああ、この表情、母親とまったく同じなんだよな……。

「最近、渋い喫茶店が行きつけになったんだけど、そこのナポリタンが美味いんだ。昔懐かしい味が売りでさ。でも俺も、子どもの頃に食べた記憶はそんなにないんだ」

千夏がスマートフォンをいじって、何かを検索した。

「ナポリタンって、そんなに昔からあるものじゃないのね」画面から顔も上げずに言う。

「そうなのか？」

「戦後生まれだって。横浜のホテルニューグランドが発祥の地」

「何だ、出自がはっきりしてるのか。珍しい食べ物だな」

「そうね。でも、確かに不思議よね。何で誰でも『懐かしい』って言うのかなあ」

たわいもない会話を続けているうちに、料理が運ばれてきた。千夏のラザニアは、ほぼ正方形に整えられ、赤茶色のソースがいかにも美味そうだった。一方、岩倉のアラビアータは、真っ赤な色合いからして猛烈な辛さを感じさせる。唐辛子が一本、そのまま入っているのも不安だった。朝食は穏やかな病院食だったのに、昼にこの刺激はまずいのではないか……一口食べると、途端に辛さにやられた。一気に汗が吹き出てくるほどで、後で胃が痛くなるかもしれない。

「パパ、何でそんなに辛いの、頼んだの」悶絶する岩倉の様子を見て、千夏が不思議そうに訊ねる。

「いや、何となく」

「昔から、辛いの苦手じゃない」

「ゆうべ、頭を殴られたんだぞ。冷静な判断ができるわけないじゃないか」

「本当に大丈夫なの？」千夏がまた鼻にシワを寄せる。

「この刺激で、かえって元に戻るかもしれない。ショック療法だ」

とはいえ、ショックは強過ぎた。食べ終える頃には顔は汗でびっしょり濡れ、胃が熱くなっていた。お絞りで何度顔を拭っても、汗は引かない。水を二度お代わりして、ようやく人心地ついた。食後の飲み物も、アイスコーヒーに変更してもらう。

「ねえ」アイスティーを半分ほど飲んだ時、黙っていた千夏が口を開いた。「一つ、聞いていい？」

「何だ？」岩倉は、五枚目の紙ナプキンをくしゃくしゃに丸めてテーブルに置いた。

「昨日、何で怪我してないって言ったの？」

「心配させたら悪いからさ。怪我してるって言ったら、お前もママに言うだろう？」

「もちろん」

「そうしたら、ママも病院に来たかもしれないじゃないか。そんなことになったら厄介だ」

「変な家族よね、私たち」千夏が顔を上げ、岩倉の顔を真っ直ぐ見て突然言った。「ねえ、もう正式に離婚してもいいんだよ。私、全然平気だし」

「いや……」岩倉は苦笑した。「娘にそんなこと言われると、ちょっとショックだな」

「だって、離婚しないのって私のためでしょう？　親が離婚してると、内部進学で不利になるっていう噂。あれ、本当かどうか分からないよ」

「多少なりともリスクがあれば避ける――大人っていうのはそういうものさ」

「でも私、本当に内部進学しないと思うよ。城東大に行くから」

いつの間にか決心を固めてしまったのか。まったく……親の心子知らずとはこういうことだろう。中学受験に成功すれば、その後高校、大学へはエスカレーター式で上がれる——受験の苦労を少しでも軽減してやろうと考えていたのに、今までの努力が無駄になってしまう。

「わざわざ大変な受験をしなくてもいいのに」

「やりたいからやるの。お金の事なら心配しないで。そのためにバイトしてるんだから」

「そういうのは親の役目だぜ」

「いつまでも親子ではいられないのよ」

何なんだ、この台詞は？　まだ高校生の娘が早々と自立の道を探り始めるのは侘しい。

「いけない」千夏が左手を持ち上げて腕時計を見た。「そろそろ行かないと」

「そうだな」岩倉は伝票を摑んで立ち上がった。「ああ、それと、スマホが壊れたから、しばらく連絡は取れない」

「どうするの？」

「新しいのを買うよ。結構長く使ってたから、ちょうどいい」壊されたスマートフォンは回収されたが、電源も入らなかった。しかし、ＳＩＭカードは無事かもしれない。それなら、今まで通りの番号で使えるわけだ。「新しくしたらまた連絡する。約束通り、日曜日には飯を食おう」

「大丈夫なの？」千夏が心配そうに眉をひそめる。

「ああ。今日から忙しくなるけど、もう行く末は見えてる。週末には一段落するよ」

その読みが甘かったことを、岩倉は次第に思い知ることになった。

4

岩倉が南大田署に戻ると、すぐに幹部だけの捜査会議が招集された。その場にいる平刑事は岩倉と田澤のみ……田澤は岩倉を見ると、一瞬だけニヤリと笑って親指を上げて見せた。柏木は渋い表情。勝ち負けははっきりしていた。田澤は本部の刑事である。直接つながっている係長や管理官を説得できれば、所轄の課長に過ぎない柏木に勝ち目はない。

管理官の高島《たかしま》が、改めて説明を求めた。岩倉は腰を下ろし——どういうわけか、今になって膝が痛んできた——昨夜のできごとを逐一説明した。勝手に張りこんでいたことに対する謝罪は一切なし。こういう時には、堂々としているに限る。

「つまり二件の殺しは、ＭＥＴＯという犯罪組織の仕業だったと？　殺された二人もそのメンバーだったのか」

「残念ながら、佐野という男を捕まえないと、裏は取れません。俺は話を聴きましたが、録音はしてませんから」

「録音しておくべきだったんだ」

柏木が横から入ってきて文句を言ったが、岩倉は無視した。スマートフォンは壊されたのだから、当然録音などできない。それが分かっていて言っているなら、単なる因縁だ。

「佐野に対する捜索は続行中だ」高島が強い口調で断言したが、表情は渋かった。空港を押さえることはできるが、港は難しい……そもそも、港から出なくてもいいのだ。その辺の海岸から小舟で乗り出し、沖合で大きな船に乗り換えればいい。それはまさに、違法薬物や武器を交換する際の「せどり」そのもので、荷物が人間に変わるだけだ。多少危険ではあるが、用心深くやればそれほど大変なことではあるまい。今は、ＧＰＳなどが役に立つはずだ。

逆に、追跡は大変だろう。佐野を捕まえるのは難しい——不可能かもしれない。

「牟田はどうですか？」

「麻布に自宅があるのは確認できたが、今は海外滞在中のようだ」高島の表情がさらに渋くなる。

「海外、ですか」そういう情報は先日聞いていた。

「シンガポールだ。ここ数年は、シンガポールを拠点にして、投資活動などを行なっているらしい。メディアなどには一切出ないし、ＳＮＳで発信もしないから、何をやっているかはよく分からないが……捜査二課も、今は厳しいマークは外しているらしい」

捜査二課は、かつて詐欺容疑で牟田を逮捕した部署だ。警察は、一度逮捕した人物に関しては——特に経済事犯の犯人については、刑期を終えて釈放された後もマークを続ける。人間は、一度金の魔力に囚われ、一時的にも濡れ手に粟で違法な大金を手にしたりすると、刑務所暮らしを送っても反省せず、つい「夢よもう一度」と考えてしまうものだ。その結果、新しい悪事を考えつく……。

「シンガポールに住んでいる、ということですか？」

「基本は向こうにいるが、行ったり来たりのようだ。出入国は確認できている。一番最近、日本に戻って来たのは半年前だ。ちょうど、問題の部屋を借りた時には日本にいたことになる」

「やはり一連の事件に絡んでいるんでしょうね。METOの黒幕はあの男じゃないんですか？　何だったら、俺がシンガポールに飛んで調べてきましょうか？」

「まだそこまでの材料はない」高島が首を横に振る。「それはいずれ——傍証をしっかり固めてからだ。とにかく今は、殺しの方を何とかしないと」

「そうですね……あのゴリラ男の方はどうなんですか」

「依然、完黙だ」

「身元は？」

「三崎雄二《みさきゆうじ》、三十二歳。住所は分かったが、職業は不詳だ」

「殺し屋じゃないんですか」

岩倉が指摘すると、高島の頬がぴくぴくと痙攣《けいれん》した。

「殺された藤原美沙の部屋の指紋……それをチェックすべきですね」

「もうやってる」

「島岡の部屋も、もう一度詳細に調べて下さい。奴らは監視カメラまでしかけていたらしい。三崎は、そういう汚れ仕事を専門にしていた可能性があります」

「監視カメラ？」

「趣味の悪い覗きみたいなものですよ」岩倉は皮肉に言った。「もしかしたら、まだカメラが残っているかもしれません。見つかったら、それをネタに追及すべきです」

「分かった。すぐ手配する」高島がうなずく。

「それと……芝浦のマンションで見つかったものが何だったか、分かりましたか？」

「プラスティック爆弾」

「まさか……」岩倉は唾を呑んだ。軽くて扱いが容易なプラスティック爆弾は、テロリストにもよく利用される。古いところでは、一九八八年に起きたパンナム機爆破事件で使われたのも、確かプラスティック爆弾だった。

「セムテックス――チェコ製らしいが、詳細はまだ分からない。セムテックスは、過去にテロリストに利用されたことが確認されていて、現在はチェコの国内での使用目的で、年間十トンほどが作られているだけだ。つまり、製造を制限されているようだな」

「見つかったのは、密かに国外に流出したものの一部、ということですか」

「恐らく、な。ただ、追跡は難しいと思う。爆対と科捜研、それに科警研が詳細に調べて、実際の追跡は外事の担当になると思う」

外事で追跡できるものだろうか……彼らが主に狙うのは「人の繋がり」と「情報の流れ」だ。ブツ――特に兵器の流れなどを追いかけるための、有効な捜査手法を持っているかどうか。かといって、外事以外のセクションがこの件を担当できるとも思えない。

「しかし……まさか、本当に武器庫だったとはな」高島が苦虫を嚙み潰したような表情を浮かべる。「他にも武器はあったんだろう。こちらの監視に気づいて慌てて運び出したのかもしれない。その辺を知っているのは――」

「佐野でしょうね。やはりあいつがハブだ」

「分かってる」高島がうなずく。

「それとも一人……末松です。島岡をMETOにリクルートした男」

「ポルシェ野郎か」高島が皮肉っぽく言った。

そんな風に呼ばれて、末松も嬉しいかどうか……人生を象徴するキーワードが「ポルシェ」というのはどうなのだろう。

「奴は、俺が監禁されていた倉庫にいた可能性もあります……まだ見つかっていないんですか？」

「ああ。もう逃げたかもしれない」

「捜索に加わらせて下さい。最初に目をつけたのは俺です」

「既得権か」高島が皮肉に笑った。

「そういう風にご理解いただければ」

「ありがたい話だな」高島が、今度は声を上げて笑った。「ガンさんが頑張ってるのを見てると、俺たちもまだまだやれると思うよ」

「中年の星とかいう言い方はしないで下さいよ」

「中年じゃなくて、初老なのか？」

「まさか」岩倉は笑顔を浮かべた。「俺はまだ、三十五歳のつもりですよ。もしかしたら二十八歳かな？」


深夜の勝どき……岩倉はタワーマンションの前に停めた覆面パトカーの助手席に、身じろぎもせずに座っていた。運転席には田澤。

「ガンさん、復帰が早過ぎませんか？　もう少しゆっくりしていてもよかったのに」田澤が心配そうに言った。

「心配するな。怪我のおかげで、ＭＲＩ検査も受けられた。今のところは隠れ脳梗塞もないそうだ」

「何ですか、それ」

「五十を過ぎると、何が起きるか分からないんだよ。お前も、若いからって安心しないで、脳ドックぐらい受けた方がいいぞ」

それから岩倉は、ＭＲＩ検査の様子を事細かく――恐怖を膨らませて語った。今考えるとそれほど大変なことではなく、ただ不快なだけだったが、それでも田澤の顔は引き攣った。閉所恐怖症なのかもしれない。

「体をあれこれいじられるのって、それだけで嫌ですよね」

「もしかしたら、人間ドックも受けてないのか？」

「年一回の健康診断は受けてますよ。それで十分でしょう」

「人間、三十代から一気に老化が始まるって言うぜ」

「マジですか」田澤が目を見開く。「そんなにびびらされると、煙草が必要ですよ」

「煙草をやめれば、一番安心できるんだけどな……検査ぐらいは入念にやった方がいい」

田澤が肩をすくめ、ドアを押し開ける。少し冷たい五月の風が車内に吹きこみ、岩倉は肩をすくめた。体調は……問題なし。額の傷が少し引き攣り、殴られた左肩にも痛みが残っているが、それだけである。病室での一夜は、むしろいい休養になったようだ。

末松は家にいない――いない確率が高かった。正式な捜査になったので、マンションの管理会社にも協力を求め、いろいろ調べた結果である。自宅のインタフォンを鳴らし、ドアもノックしてみたが反応はなし。そして地下駐車場の彼が借りているスペースに車はなかった。愛するポルシェに乗って、どこかへ逃げ去ったのか……しかし、何が起きているか知らぬまま、呑気に過ごしている可能性もある。昨日の一連の事件については、本部の広報課もまだ一切公表していない。マスコミは今のところ嗅ぎつけていないようだし、一般人に目撃された形跡もなかった。世間に知られないうちに、できるだけ早く末松の身柄を押さえる必要があった。

十一時半……張り込みを始めてから一時間半が過ぎた。何もなければ、明日の朝六時まで張り込みを続ける予定だ。徹夜になっても、何ということもない……最近、睡眠時間が減ってきたというか、夜に何度も目覚めてしまうのだが、昨夜は一度も意識が戻らなかった。十分寝足りた感じがしている。

このタワーマンションの張り込みには、計四人が投入されていた。岩倉たちは地下駐車場への出入り口を担当。残る二人は正面の入り口……車で戻って来る可能性が高いと思うが、徒歩で帰宅しないとも限らない。

田澤が戻って来た。

「そろそろ静かになってきましたね」

「この時間だと、そうだろうな」岩倉は腕時計を見た。十一時四十分。終電までは少し間があるが、街はそろそろ眠りにつこうとしている。「奴、来ると思うか？」

「賭けますか？」

「やめておく。俺は賭けには弱いんだ。論理的に推理するのはいいけど、何も証拠がない状態で、ただ当てずっぽうで賭けるのは……」

「そういうのが、本来の賭けじゃないんですか」

「とにかく、一か八かは好きじゃない」

「そうですか……ガンさん！」田澤が短く叫んだ。

岩倉は身を乗り出した。一台の車が左折し、地下駐車場の出入り口に続くアプローチに入ってくる。同時にシャッターが上がり始めた。岩倉は反射的に車を飛び出し、無線に向かって短く怒鳴った。

「奴だ！　駐車場！」

正面入り口で待っている二人組は、この連絡を聞いてすぐに敷地内に入り、地下駐車場へ向かうはずだ。できれば、駐車場の中で身柄を確保したい。部屋に籠城されてしまうと、後々面倒だ。

シャッターが上がりきり、ポルシェがゆっくりと下り坂を降りていく。岩倉は全力疾走で、下がり始めたシャッターの隙間から地下駐車場へ駆けこんだ。少し遅れた田澤は、体を投げ出して二、三回転して止まった。

「こんなところでアクションシーンを見せることはないぞ」岩倉は小声で警告した。

「出遅れたんですよ」しかし受け身は完璧だったようで、立ち上がった田澤は平然としていた。「行きましょう」

気が急く……ポルシェは駐車場内をかなりのスピードで走っているようで、角を曲がる時にタイヤが鳴る「きゅるきゅる」という音が甲高く響いた。

末松が借りている駐車スペースは分かっている。Bの十二番……立体式駐車場の地下一階部分だ。この駐車場はパレットが複雑な動きをするタイプで、車が奥の方に入っていると、出し入れにかなりの時間がかかる。そうでなくても、パレット前のシャッターを上げて車を入れるだけでも、最低で一分はかかるだろう——自分たちにはまだ、時間の猶予がある。

柱の陰に隠れて、Bの十二番の様子を見守る。末松のポルシェは、シャッターの前に停まっていた。末松自身はまだ車中……指先でハンドルを叩きながら、シャッターが開くのを待っていた。

やがてシャッターが開き、ポルシェが一度前進し、バックでパレットに入っていく。すっかりこの駐車場に慣れているのか、一度も切り返すことなく、一発で入った。すぐに末松が車を出て、シャッターを上げ下げするスウィッチのところへ向かう。

「行くぞ」岩倉は声をかけて、先に走り出した。しかし二、三歩行ったところでスピードを落とす。岩倉たちと反対側から、別の刑事二人組がやって来たところだった。末松はまだ気づいていない。どちらが先に着いても、まず逃がすことはないだろう。これで挟み撃ちにできる。

シャッターが閉まると、末松は開閉用の鍵をスウィッチ部分から引き抜いて、掌の上で一度バウンドさせた。まったく警戒しておらず、どこか上機嫌な様子……何も知らないのかもしれないが、ひどく間抜けに見えた。

「末松さん」岩倉が一番先に声をかけた。

末松が、怪訝そうな表情を浮かべてこちらを向く。その表情がすぐに、怒りのそれに変わった。こちらが警察官だと認知しているのか？

まあ、それはいい。こちらには、この男を追い詰めるだけの材料があるのだ。

「警視庁の岩倉です。ちょっとお話を伺いたいことがあるので、ご同行願えますか」

「ご同行って、こんな時間に？」

末松の顔からは、怒りの表情が消えていた。できるだけ平静を装う——迷惑そうではあったが、ただ困惑しているだけ、という演技を続けることに決めたようだ。

「本来なら、こんな時間にご同行いただくことはありません」岩倉はクソ丁寧な言葉を続けた。こういう風に接されると、かえって苛ついて怒り、つい本音を漏らす人間もいる。

「任意か？　任意だったら、拒否する。こんな時間に警察に行く気はないね」

「でしたら、明日の朝、改めて来ていただけますか？　ただしその場合、明朝まであなたを監視します」

「わざわざ宣言して監視？」

「我々と同じホテルの同じ部屋に泊まっていただく、ということです。もちろん費用は警視庁が払いますが」

「冗談じゃない。どうしてそんなことをしなくちゃいけないんだ」

「あなたは昨夜、湾岸地区の倉庫にいましたね」

厳密には、確証があるわけではない。岩倉が監禁されていた倉庫は徹底して調べられ、検出された指紋の一つが末松のものと一致しただけだ。現在、特捜本部で逮捕状の請求を行なっているが、許可が出るかどうかは微妙だろう。「監禁事件が起きた現場にいた可能性がある」というだけでは、厳しい裁判官は逮捕状を出し渋る。そもそもその指紋も、いつついたものか分かっていないのだし。逮捕状が間に合って、ここへ持って来られれば一番よかったのだが……取り敢えず任意で事情聴取、逮捕状が出た時点、あるいは自供した時点で強制捜査に切り替える、というシナリオはできていた。

「倉庫にあなたの指紋が残っていたんですよ。あそこで私が気を失っている間、何をしていたんですか？　見張りですか？　あの倉庫には間違いなく三人いた。一人は佐野、もう一人が三崎とかいうゴリラ男」

「あんたの顔は見たこともないよ」

「そうですか……そういう話も取調室で伺いたいですね」

「拒否する」

「だったら、これからホテルまでご同行願います」

「明日も仕事なんだよ」

「それはあなたの都合です。こちらには関係ない」

田澤のスマートフォンが鳴った。一言二言話しただけで、すぐに通話を終える。「取れました」と岩倉に囁きかけると、ニヤリと笑う。

「あなたに逮捕状が出ました」岩倉は宣言した。「ご同行願います。これは任意ではなく強制捜査です」

末松の顔が恐怖で引き攣った。

日付が変わった頃、末松は南大田署に連行され、逮捕状を執行された。そのまま留置場へ入れられる。

岩倉は取り調べ担当を買って出た。本格的な取り調べは朝からだ。柏木が妨害するかもしれないと心配したが、管理官の高島がOKを出した。これでよし……田澤を取り調べの相棒に指名し、軽く打ち合わせをしてから岩倉は自宅へ戻った。田澤は、今夜は署へ泊まりこみだ。道場に布団を敷いて寝ると気が休まらないものだが、この時間だともう自宅へは戻れない。岩倉もできるだけ睡眠時間を確保するために署に泊まろうかと思った——自宅へ戻らなければ、四十分ぐらい時間を節約できる——が、今夜は帰宅することにした。昨日は病院のベッドの上……思いの外熟睡できたのは幸運だったが、二日続けて自宅を空けるのは気が進まない。

額の傷に気をつけながら頭と体を洗い、ほっと人心地つく。これで明日に向けて準備完了——さっさと寝ないと、と思ったが、ふと実里のことが気になった。しばらく話していない。彼女も大人だから、連絡できない時はこちらも忙しいと分かってくれるはずだが……今、向こうは真昼だ。メッセージぐらい入れておこうと思ったものの、そもそもスマートフォンがない。もしかしたら実里は、昨夜からこちらに連絡を取ろうとして困っているかもしれない。

仕方がない。パソコンを立ち上げ、メールを送ることにした。最近は彼女との連絡はスマートフォンに頼りがちだが……これでも問題はない。

スマートフォンが壊れたこと、時間がないのでしばらく私用のスマートフォンを手に入れるのが難しいかもしれないことを書いた。いろいろ言いたい——書きたいこともあるが、こういう時はさらりと済ませるべきだろう。

実里から返信があった時にすぐにこちらからも返信できるよう、パソコンの電源は落とさぬままベッドに潜りこんだ。メールの着信を告げる音に邪魔されるかもしれないと思ったが、あっという間に眠りに落ちてしまう。

起きたのは、朝六時だった。

すぐにパソコンのキーボードを叩き、スリープモードを解除させる。一時間ほど前に、実里からメールが届いていた。ほっとして内容を確認する——短いメールだった。どうやらレッスン中だったようで、ひどく素っ気ない。まあ、しょうがないだろう……取り敢えず、こちらから連絡が取りにくい状況だということを分かってもらえればいい。

よし、これで心配はなくなった。携帯ショップに行っている時間がないのが悩みのタネだが……蒲田駅近くのショップの営業時間は午後七時までだと確認してから部屋を出る。昼に電話を入れて予約し、夕方から行ってみるか。今は、取り調べも午後五時を過ぎると問題になるから、一段落したところでちょっと署を抜け出すぐらいはできる。

しかしそれは、明日以降にしよう。今日は勝負の日だ。集中して、末松を何としても落とさなければならない。

一晩経っても、末松のふてぶてしさは変わらなかった。ただし、疲れてはいる……留置場ではほとんど眠れなかったのだろう。髪には脂っ気がなくボサボサで、目の下には隈ができていた。それでも眼光は鋭く、態度も悪い——手錠を外されて椅子に座った瞬間、足を組み、体を斜めに倒して、右腕を椅子に引っかける。

「楽にしてくれ」

「ああ？」

「そういう姿勢はきついだろう。腰によくない」

「何だって？」

「だらけてるつもりかもしれないけど、長続きしないぞ。椅子にちゃんと座って背筋を伸ばした方が楽だ……今日は長くなるからな」

「何の話だよ。さっぱり分からないな」末松が吐き捨てた。

「じゃあ、順番に行こうか。君がきちんと答えてくれないと、話が長くなるだけだ」

「だから、何の話だよ」

「ゆうべも説明したが、君は監禁容疑で逮捕された。俺を監禁した、ということで」

「あんたの顔を見るのは初めてだ――昨夜見たけどな」

「一昨日の夜は、暗くて顔が見えなかったのか？」

末松の頬が引き攣った。しかし何とか爆発を堪える。

「君には前科がある。振り込め詐欺の一味として捕まって、執行猶予判決を受けた。逮捕されてから十五年――まだ下っ端なのか？　そろそろ、自分でトップになって人を使いたいと思わないか？」

「何を言われても、俺は何も喋らないからな」

「黙秘か？」岩倉は腕組みをした。「それでも構わない。君には喋らない権利――黙秘権がある。しかしだな、君は十五年前にも、こういう濃密な時間を経験しているだろう？　その時はどうした？　黙秘を続けたのか？」

「そんなの、あんたらの記録で残ってるだろう」

「知らないな」岩倉は素っ気なく言った。「そんな記録は見ていないし、興味もない。そもそも俺は、振り込め詐欺みたいなセコイ犯罪には関係ないんだよ」

「ああ？」

「俺が捜査するのは、殺しだけなんだ」

「それは、俺には何の関係もない」

「殺しには関係なくても、拉致には関係しているのか？」

「黙秘する」

末松がそっぽを向いた。こういう奴は必ず落ちる……経験で、岩倉には分かっていた。

「黙秘する」と言いつつ、雑談やこちらの挑発に乗ってくる人間は、いつか必ず喋る。

「突っ張るなよ。前にも言ったけど、現場の倉庫から君の指紋が発見されている。ああいう場所にいる時には、何にも触らないようにするか、手袋をするかどちらかだ。下手打ったな」

「知らないな」

「君は俺を殴ったのか？　それとも監視していただけなのか？」

末松がさらに視線を逸らす。今や、体が不自然なほどに捻れていた。

「ちゃんと座れ。まるでヨガだぞ」

末松が岩倉に一瞬鋭い視線を送り、ゆっくりと座り直した。それでも両足は、だらしなくテーブルの下に放り出している。蹴飛ばしてやりたいという欲望を必死で抑え、岩倉はデスクの上に身を乗り出した。

「一昨日の夜、午後八時から十一時までの間、どこにいた？」

「さあね」

「とぼけるのもいいけど、ちゃんとアリバイを証明できないと苦しくなるぞ。自慢のポルシェで夜のドライブでもしてたのか？」

「何とでも言えよ」嘲るように末松が言った。「一々説明しない」

「説明しない？　できない、の間違いじゃないのか？」

非常に重要なポイントだ。何とか話を続けたい、続けるうちに決定的な証言を漏らすのではないか、と岩倉は期待していた。

遠慮がちなノックの音が響く。岩倉は末松を見たまま「どうぞ」と返事した。ドアが開き、「ガンさん」と短い呼びかけ……大岡だった。そうか、彼もこちらへ来ているのか。岩倉はちらりと振り向き、彼に向かってうなずきかけた。大岡が右手を伸ばし、岩倉の肩越しに折り畳んだ紙片を差し出した。岩倉はそれを開くと、もう一度振り返って「助かった」と礼を言った。大岡が表情を変えぬまま一礼して、すぐに出て行く。

「さて」岩倉は紙片を再度広げ、もう一度内容を確認した。確認するほどではない……岩倉は内容が見えないよう、紙片を立てたままで末松に向けた。末松の顔に、急に不安そうな表情が広がる。

「新しい札が来た。何だと思う？」ジョーカーだ。相手がどんな手を出してもこちらが勝てる。

「そういう下らないゲームをやるつもりはない」

「これはゲームじゃない。君の命運がかかったことだ。真面目に答えろ。何だと思う？」

「何が」末松の声に苛立ちが混じった。

「聞いてるのはこっちだ。ここに、絶対的な証拠がある。君がどう弁明するか、俺は興味津々だね」

「ふざけてるのか！」

末松がいきなり立ち上がる。身を乗り出して岩倉に殴りかかろうとしたが、田澤がそれより一瞬早く動いた。末松の両肩に手をかけ、動きを封じる。自分より一回り大きな男に制圧され、末松は身動きが取れなくなった。しばらく身を捩《よじ》るように暴れていたが、やがて諦め、音を立てて椅子に座りこむ。

「一発殴らせた方がよかったか？　そうしたら暴行の現行犯で、もう逃げ場がなくなる。黙秘するならするで、黙って大人しく座ってろ」

末松がまた顔を背ける。岩倉はそこへ、強烈な右フックになりそうな情報をぶつけた。

「君の指紋は、別のところからも発見されている。殺された島岡剛太さん、そして藤原美沙さんの家だ。選り分けるのにえらく時間がかかったが、君の指紋は、完全なものが警察に保管されているからな。これについてはどう説明する？」

「知らねえよ」

「この二人と知り合いじゃないのか」

「そんな連中は知らないな」

「だったらどうして現場に指紋が残っている？　何かの間違いだとでも？」

末松が黙りこむ。岩倉はさらに畳みかけた。

「監禁の疑いで、君より先に一人が逮捕されている。ゴリラ男——三崎雄二だ。この名前に心当たりは？」

「さあな」

「METOというグループについては？　君はそこの一員なんだろう」

「知らない」段々答えが短くなってきた。

「君は、渋谷のバー『アウル』で島岡と会っていた。この件に関しては証人もいる。君が、彼をMETOにリクルートしたんじゃないのか」

「ふざけるな！」

「それはこっちの台詞だ。いい加減に喋ったらどうだ？　公判維持に十分な証拠もある。君が喋ろうが黙っていようが、有罪に持っていけるんだ。でもここで喋って、自ら真相を明らかにすれば、心証はよくなる。心証が悪いまま裁判になれば、どうしても君に不利になるぞ」

いつの間にか、末松が体を真っ直ぐ立てていた。

「下っ端は辛いよな……俺もこの年になってまだ下っ端だから、よく分かる。しかし、下っ端でも意地を見せることはできるんだぜ。上の人間に嚙みつけ――下克上だ。だいたい上の人間は、君を見捨ててとっくに逃げてるんだぞ。そういう奴らの鼻を明かしてやりたくないか？　君だけが責任を負わされて、上の人間はのうのうと逃げ回っていて、それでいいのか？」

「俺は……俺は……」末松がうつむく。突然、意を決したように顔を上げ、「上手くいくはずだったんだ！」と叫んだ。

「上手くいってたじゃないか。タワーマンションにポルシェ……振り込め詐欺より、よほど儲かっただろう？」

末松が唇を噛んで黙りこむ。肩が震えているのが見えた。もうひと押し――岩倉は静かに語りかけた。

「大まかな構図は分かっているんだ。君と一緒に仕事をしていた佐野は、調子に乗ってぺらぺら喋った。俺を殺すつもりでいたんだろうが、そんなに上手くいくわけがない。島岡さんや藤原さんを殺したようには……そういう奴が逃げて平然としている一方、君は自由を奪われている。このまま何も喋らないと、警察としては、二人を殺したのは君と三崎というシナリオを書かざるを得ない。俺はそんなことはないと思っているが、材料が足りない以上、仕方がないよな」

「俺は……俺はその場にいただけだ！　見張っていろと言われて、見ていただけだ！」

「つまり、実際に二人に手を下したのは三崎なんだな？」

「俺はただの監視役だった。三崎がちゃんとやるかどうか、見ていただけだ！」

「倉庫では何をしていた？　やっぱり見張り役か？」

「そうだ。あの三崎っていう男は、いい加減なところがあるから、見張りが必要なんだ」

「分かった」内心ほくそ笑みながら、岩倉は無表情でうなずいた。実際には、二人を殺すのに末松も手を貸していたかもしれない。とにかく倉庫にいたことは認めたのだ。これは大きな一歩になる。「ゆっくりやろう。しっかり思い出して、完全に喋ってくれ。そうすれば、君が助かる道もある」

無言で末松がうなずいた。落ちた――確信して、岩倉は体の力を抜いた。二つの殺人事件の筋は、これから詰めていけるだろう。その前に、どうしても確認しておきたいことがあった。

「一つ、聞かせてくれ。君に指示を出していたのは佐野か？」

「ああ」

「その上は誰だ？　牟田涼か？」

「牟田？」末松が顔を上げ、首を捻った。「牟田って……」

「もともと投資ファンドを率いる人間だったが、IT企業を舞台にした恐喝事件で実刑判決を受けて服役した。今は、シンガポールを拠点に活動しているようだ」

「いや……」末松の顔に戸惑いが浮かぶ。

「あのマンションの部屋を借りたのも牟田だ。会ったことはないか？」

「ない」末松が即座に否定した。「名前も知らない」

「ある程度有名人なんだけどな」

「ない」末松が繰り返し否定する。「何の話か、まったく分からない」

「マジか？」

「もちろん、マジだ」末松が必死にうなずく。

そういうことか……どうやらＭＥＴＯは、普通の会社のような組織ではないようだ。振り込め詐欺のグループに近いだろうか。末端の人間には横のつながりもなく、命令を下す直属の上司の名前しか分からず、誰が本当にトップで仕切っているかは、知る由もない。万が一下っ端が摘発されても、蜥蜴《とかげ》のしっぽ切りで済むようにするための定番の手法だ。

しかし、必ず追い詰めてやる。佐野、そして牟田——あるいはさらにその上にいるであろう黒幕まで辿りつかないと、ＭＥＴＯは名前とメンバーを変え、さらに悪事を繰り返すかもしれない。

もしかしたら、ＭＥＴＯとの対決は、自分の警察官人生の締めくくりになるかもしれない。相手に不足はない……いや、未だにその実態も分からないのだが。

5

その夜の捜査会議で、岩倉は末松の取り調べの様子を詳細に報告した。一方で、三崎は依然として完全黙秘……取り調べを担当している刑事の印象では「何を考えているかまったく分からない」。もしかしたら裁判まで黙秘を貫くかもしれない。しかし末松の証言もあるし、何とか立件は可能だろうと、岩倉は楽天的に考えた。

捜査会議が終わると、げっそりと疲れを感じた。さすがに、一昨日の夜から今日にかけては張り切り過ぎたか……椅子にだらしなく腰かけて足を伸ばし、目を閉じてくつろいでいると、「ガンさん」と声をかけられた。田澤だった。コーヒーのいい香りが漂う。

「淹れたてです」

「助かる」

手刀を切るように右手を動かして礼を言い、岩倉はカップを受け取った。一口飲もうとして口元に持っていくと、爽やかな香りで目が覚める。

「きつい事件でしたね」

「きつくはないさ」未だに謎が多いだけで。

「でもガンさんは怪我してるんですよ」

言われて岩倉は額の傷に手をやった。特に痛みがあるわけではないが、依然として引き攣るような感触はある。もしかしたら、処置した医者が下手だったのだろうか？

「名誉の負傷ってことにしておこう。それより、助かったよ。無事に捜査に復帰できて、一番美味しい取り調べを担当させてもらってるし」

「柏木さんは、ヤバイんじゃないですか？　ガンさんを外したこと、本部では問題になってますよ」

「本部の一部で、だろう？」岩倉は苦笑いして訂正した。「本部でも、俺を煙たく思ってる人間が多いのは分かってるよ。今のところ、プラスマイナス拮抗かな」

「まあまあ……」田澤も苦笑する。「しかし、複雑な事件ですね」

「実態解明には相当時間がかかるだろうな。そもそも、METOの正体が分かるかどうか」

「トップは牟田なんですか？」

「それもまだ分からない」岩倉は首を横に振った。「しかも、実際に何をやっていたかは不明だし、武器の仲介も、あくまで活動の一つに過ぎなかったんじゃないかな。それに、関わっていた人数も多い。末松は、あの芝浦のマンションに大量の武器を運びこんで来た時に手伝っただけで、中身までは見ていないと言っている。逮捕される四日前に運び出された時にも手伝ったが、その時も中身を見ないように厳命されていたようだ」

「そんな力仕事だけで、ポルシェが買えるものですか？」

「だから、多角経営だったんだよ。これから裏を取らないといけないが、奴は密航ビジネスや不法入国の幇助もやっていたようだし、ペーパーカンパニーを使ってマネーロンダリングにまで手を出していたらしい」

「マネーロンダリングは、いかにも牟田がやりそうなことですよね」

「ああ。ただ、末松が言われたままに動いていただけなのは間違いないようだ。もう五年ほど前からMETOの活動にかかわり、金を貯めこんでいた。その結果がタワーマンションとポルシェだよ。ただし、実際に一気に金を使ったのはポルシェだけだけどな」

「タワマンは賃貸でしたね」

「しかも家賃は十七万円で、極端に高いわけじゃない。あの辺の平均的な相場だろう。

ポルシェも中古だったしな」

「表面だけ、高額所得者っぽく振る舞っていたわけですか」

「銀行の口座、調べただろう？　残高は二十万円と少しだった。あれじゃ、来月の家賃も危ない。これからあの家に戻れるとも思えないけど」

田澤が軽く声を上げて笑った。ザマアミロ、という本音が透けて見える。

「とにかくＭＥＴＯは、多くの地下経済活動に手を染めていた。今回の武器仲介事件がどういう筋書きだったかは、末松レベルの人間には分からないと思うが、手法としてはせどりなんだろうな」

海上での受け渡し――麻薬の取り引きなどでよく使われる手段だが、武器でもできないことはあるまい。手持ちできる武器――銃やプラスティック爆弾などなら、洋上での受け渡しも十分可能である。

「どこから買って、どこへ売るんですかね」

「世界には、規律の緩い軍隊もあるだろう。古くなった兵器の横流しも平気で行われていると聞いたことがある」

「怖い話ですねえ」

「テロがなくならない理由の一つがそれだよ。武器があって初めてできることなんだから……それはともかく、少なくとも末松は三回、同じように武器の出入りに立ち会っている」

「半年で三回となると、結構頻繁ですね」

「ああ。ここから先の話は推測と、俺が監禁されていた倉庫で佐野から聴いた話で組み立てたんだが、多くの地下経済活動に手を出していたＭＥＴＯは、多種多様な人材を必要としていたんだと思う。そのため、藤原美沙のように、犯罪とは関係なさそうな人間も引きずりこんでいたんだ」

「しかし……あんな人が犯罪にかかわるというのは、ちょっと意外ですね」田澤が首を傾げた。

「末松の証言を聴いただけだから、本当かどうか判断できないが、彼女はアメリカで暮らしている時に、相当深くドラッグにかかわっていたらしい。その時の人脈を、日本に帰ってからも引っ張っていたようだ」

「あんな人が？　テレビに出ているような人がドラッグに手を出して、もしもバレたら、人生終わりじゃないですか」田澤が目を見開く。

「文化人じゃなくても、ドラッグに手を出したら人生終わりだよ。とにかく藤原美沙には、表の顔と裏の顔があったわけだ。ドラッグ絡みで、金にも困っていたらしい」

「テレビに出ているような人が金に困る？」

「出演者のギャラにもランクがあるんだ。藤原美沙は、あくまで文化人扱い――ギャラは最低レベルだったらしいよ。それだと、仮にレギュラーを持っても、急に金持ちになれるわけでもない。会社の給料も、そんなに高かったわけじゃないらしいしな。そういう状況で『いい金儲けの手段がある』と誘われたら、なびくよ」

「本当にドラッグに手を出していたんですかねえ？　解剖では、そういう結果は分からなかったんでしょうか」

「本人は、長い間使っていなかったのかもしれない。あるいは、日本ではまだ認知されていないドラッグの可能性もある。アメリカでは今、むしろ鎮痛剤が大きな問題になっているらしいぜ。日本の鎮痛剤よりもずっと効き目が強くて、中毒性もある。これから日本でも問題になってくるかもしれない」

「そういうものを扱っていたかもしれない、ということですか」

「彼女は今でも頻繁に渡米していた。正規の仕事もあったんだろうが、怪しいよな。運び屋だった可能性もある」

「最初に彼女がＭＥＴＯに引っ張りこまれて、その後に恋人の島岡が続いた——そういう構図ですよね」

「島岡も会社を馘になって困ってたし、彼女から誘われたのは渡りに船だったんじゃないかな」

「元々いい加減で、悪いことに対する免疫のない人でしたしね」田澤がうなずく。

「ああ。とにかく二人は仲良く揃って、ＭＥＴＯで働き始めた。しかしそのうち二人は、自分たちがヤバイ立場に追いこまれてることに気づいて、抜けようとした。おそらく、武器を扱うことまでは考えていなかったんだろう。しかしＭＥＴＯには、一つだけ鉄の掟があったようだ――抜けるのは絶対に許されない。一度入ったら、死ぬまで続けるしかない。それでも抜けたいという人間がいたら――」

「殺す、ですか」田澤が低い声で言った。

「その命を受けたのが、末松たちだった。末松たちはまず藤原美沙を、続けて島岡を殺した。自業自得の面もあるが、殺さなくてもいいよな」

「ですね……ヤクザよりもひどいな」

「知能犯の集まりかと思ったら、中には暴力担当もいたわけだ。手に負えない連中だな」

「佐野はどういう役回りだったんですか?」

「おそらく中間管理職だな。武器の仲介に関して、国内の責任者のようなものだったのかもしれない。売買や受け渡しに関しては、また別の人間が担当していた可能性が高い」

「牟田は?」

「トップかもしれない……いや、トップはまた別にいるんじゃないかな。トップの人間が、わざわざ自分の名前で犯罪に使う場所を借りるとは思えない。誰かに命じられて、あるいは勝手に名前を使われて、この件に嚙むことになったのかもしれない。誰かが彼を貶《おとし》めようとした可能性もある」

「何なんですかね、この組織は」田澤が不安げに言った。

「さあな」岩倉はコーヒーをぐっと飲んだ。「放っておくわけにもいかないだろうな。ただ、どこが担当するかは難しいところだ。今までとは違う対応を要求されるかもしれない」

「ガンさん、この件にずっと嚙み続ける気ですか？」

「あるいは」岩倉はうなずいた。「警察官人生の仕上げには、ちょうどいい相手かもしれない」


岩倉は、日曜は休みを取った。結局、新しいスマートフォンをようやく入手したのがこの日。さっそく実里にメッセージを送って連絡を復旧させ、千夏を夕飯に誘った。

約束通り、JR蒲田駅近くで焼肉を食べる。冷麵の専門店ではなく、普通の焼肉屋。焼肉屋は、古くからある汚い店の方が美味かったりするのだが、さすがに高校生の娘をそういう店に連れて行くわけにもいかず、比較的新しい綺麗な店を選んだ。

千夏は岩倉のことを心配する様子も見せず、旺盛な食欲を発揮した。上タン塩から始まり、カルビ、ロース……内臓系にもまったく抵抗がないようで、ハツもレバーも喜んで食べる。特にレバーは気に入ったようで、追加で頼んだぐらいだった。

「レバーが苦手な女性は多いけどな。ママも食べられない」

「そう？　私、好きかな」

「いいことだよ。貧血対策にもいいらしいからな」

締めは冷麵にした。今日は、昼間の気温が二十八度まで上がり、夜になってもまだ蒸し暑さが残っていたので、冷麵の爽やかな冷たさがありがたい。そもそも焼肉屋というのは、どんなに冷房をガンガンかけていても、肉を焼く熱で店内の温度が上がって汗をかいてしまうので、最後は冷たいもので締めたくなる。

「冷麵、美味しいね」千夏は上機嫌だった。

「初めてか」

「これ、嚙んだ方がいいのかな」千夏が麵をかき回した。

「嚙んでも嚙みきれないよ。適当にすすりこむのが一番だ」

「消化に悪そうね」

「それが、そんなこともないんだな」

すっかり満足した千夏だが、デザートを頼むことは忘れなかった。アイスクリームの盛り合わせ……バニラと抹茶で、しかも両方とも巨大だった。それを平然と平らげて、さらにお代わりしそうな勢いだった。岩倉は焼肉とビールの後でコーヒーが欲しくなったが、この店にはコーヒーはない。仕方なく烏龍茶を頼んで、口の中に残る脂を洗い流すことにした。

「パパ、怪我はもう大丈夫なの？」ここにきてようやく、千夏が訊ねた。

「ああ、もう何ともない」

「歳なんだから、無理しないでね」

「余計なこと言うなよ」実際歳ではあるのだが、娘には言われたくない。「俺はまだ、十分やれる」

「でも、怪我したじゃない」

「それはしょうがないんだよ」詳しく事情を話す気にはなれなかったが、一応言っておかなければ。「不意打ちされたら、どんな人間だってやられるさ」

「そういう危ない仕事は、もうしない方がいいわよ」

「自分で仕事は選べないんでね」

「仕事は選んでいい年齢なんじゃない？」

「そうもいかないんだよ」岩倉は苦笑した。警察官の仕事は、年齢ではなく階級で決まる——説明が難しいことだ。話し始めたら、自分がどうして警部の昇任試験を受けずにここまできたかまで、説明しなくてはいけなくなってしまう。面倒臭かったから、では千夏は納得しないだろう。

「とにかく、しばらく忙しいんだ。でもまた近いうちに飯を食おう。大学のことも、俺で相談に乗れるようならちゃんと話を聞くよ」

「パパも頼りにならないんだけどね」千夏が大袈裟に溜息を漏らした。

「そう言うなって」思わず苦笑してしまう。実際のところ、否定できない。

「また焼肉がいいな」

「気に入ったか」

「冷麺もね」

「じゃあまた、美味い店を探しておくよ」

今日はいい夕飯だった……家を出てから、一人で食べる飯にも慣れてしまったが、やはり食事は誰かと一緒に食べてこそ美味い。普段は実里と一緒の時が多いのだが、彼女が渡米して以来、岩倉の食生活は貧しくなる一方だった。

千夏を京急蒲田駅まで送り、改札で別れた。

「また一緒に飯食ってくれよな」

「何言ってるの」千夏が笑う。「親子なんだから、ご飯ぐらい普通に食べるでしょう」

「……そうだな」

今の自分にとって、千夏と一緒に食事をするのは「普通のこと」ではない。千夏もそれは感じているはずだが……。

「それと、ありがとうな」

「何が？」

「この前は、迷わず一一〇番通報してくれて助かった」

「迷ったのよ。何でもないのに一一〇番通報する人が多いって、問題になってるでしょう」

「まあな……それが分かってて、どうしてすぐに一一〇番した？」

「パパが冗談言うわけないから。冗談言った時はつまらないしね」

「それは余計だ」

千夏が笑みを浮かべたまま、手を振って改札の向こうに消えた。ふっと息を吐き、岩倉は踵を返した。その瞬間、スマートフォンが鳴る。買い換えたばかりの私用ではなく、新しい支給品……日曜の夜にまた事件か？　そう言えば、この事件も二週間前の日曜日に始まったのだと思い出す。川嶋だった。二週間前と同じく、今日も当直のようだ。

「また事件か？」

「死体です。うちの管内じゃないですけどね」

「だったら、関係ないじゃないか」

「例のＭＥＴＯの人間――佐野ですよ」

「何だと！」岩倉は思わず声を張り上げ、スマートフォンをきつく握り締めてしまった。改札を出入りする人たちが、驚いたように岩倉に視線を向ける。

岩倉は改札から離れ、デッキを歩き始めた。五月の風が頰を撫でていく。散歩に最適な陽気だが、岩倉の頭の中は熱く沸騰していた。先ほどまで呑んでいたビールの酔いも、あっという間に抜けてしまったようだった。署に行かなければ……。

「どこで見つかった？」

「静岡県です」

「静岡？」

「伊東の海岸で……どこかから流れ着いたようですね。今日の昼に見つかっていたようですが、夜になって身元を確認できたそうです」

佐野にも監禁容疑で逮捕状が出て、指名手配されていた。しかし一切手がかりはなし
――やはり船で密航を図ったのではないかと岩倉は読んでいた。海岸で遺体が見つかったということは、密航に失敗して船から転落でもしたのだろうか。

「クソ……」岩倉は吐き捨てた。

「そんなに古くない遺体みたいですね」

「傷は？」

「だいぶ魚に突《つっ》かれたみたいですが、明らかな刃物傷が何ヶ所か確認できたようですよ」

ということは、密航ではない……今回の失敗の責任を取らされたか、あるいは他のメンバーに対する見せしめのための死かもしれない。

「少し前に殺されて海に遺棄された……それが伊東まで流れついたわけか」

「そういうことでしょうね。遺体はそのうち、こっちに移送することになると思いますよ」

「分かった。今夜のうちに動きは？」

「ないですね。まず、明日向こうで解剖してからでしょう。一応、念のためにお知らせしておこうと思いまして」

「そうか」礼を言うべきかどうか迷ったが、岩倉は結局何も言わなかった。やはりこの

男に礼など言いたくない。

「岩倉さん、この件、まだ追うつもりですか?」

「この件とは?」

「METOとかいう組織のこと」

「そいつらが悪さをしようとしている以上、やるしかないだろうな」

「怪我しますよ。怪我では済まないかもしれない」

岩倉は口を閉ざした。一見昼行灯《ひるあんどん》のように見えて、川嶋は間違いなくエージェントである。警察の裏事情にも通じているし、その動きの中で独自にMETOの実態を掴んだ可能性もある。

ではないか? 今のは話の流れで出た言葉ではない。川嶋は何か知っているの
「忠告か?」

「岩倉さん個人に対するものではないですけどね」

「どういう意味だ?」

「警察全体に対する警告、というところですかね。警察も手を出さない方がいいものもあるんです。暴力団のように、生かさず殺さずでコントロールできる組織と、そうじゃない組織がある」

「METOは警察の手には負えないと?」

「さあ、どうですかねえ」からかうような口ぶりで川嶋が言った。「しかし、何も自分

から進んで危ない橋を渡る必要はないでしょう。そもそも地下経済っていうのは、直ちに一般市民に危険を及ぼすものじゃない。放っておいてもいいんじゃないですか？」

「兵器の売買は、まさに人命に直結する話じゃないか。薬物だってそうだ」

「それが日本で使われれば――日本でなければ、関係ないでしょう。我々が手を出せる問題じゃないし、出すべきでもない」

警察の管轄権の話をすれば、確かにその通りだ。しかし、日本人が世界の平和を脅かすようなことをしていたら、能力の全てを使って潰すぐらいの覚悟がなくてどうする？

「お前がビビって手を出さないのはお前の勝手だ。俺には俺の考えがある」

「そうですか。警告はしましたよ」

「お前……何か知っていて、捜査を妨害しようとしたのか？　俺のデスクから証拠を盗んだのもそのためか？」

「その件に関しては、肯定も否定もしません」

「警告したのは、お前がＭＥＴＯの実態を知っているからじゃないのか？」

「さあ……」

「知らないで言ってるのか？」

「想像力豊かなものでしてねえ」

川嶋は電話を切ってしまった。後味が悪い電話だった……今夜は何の動きもないだろう。岩倉が全ての事件に首を突っこまねばならないというわけでもない。

しかし岩倉は、自然と南大田署に向けて歩き始めていた。今回の事件は取り敢えず解決に向かっている。しかしそれは、巨大で迷路のような悪への入り口に過ぎないのだ。それを倒すか、呑みこまれるか。

川嶋のように距離を置くことで、安閑としているわけにはいかない。先回りしてカバーするのも、最終防御線としての自分の役割なのだ。

本作品は文春文庫のための書き下ろしです。
本書はフィクションであり、実在の人物、
団体とは一切関係がありません。

文春文庫

迷《めい》路《ろ》の始《はじ》まり
ラストライン3

定価はカバーに表示してあります

2020年3月10日　第1刷

著　者　堂《どう》場《ば》瞬《しゆん》一《いち》
発行者　花田朋子
発行所　株式会社　文藝春秋

東京都千代田区紀尾井町3-23　〒102-8008
TEL　03・3265・1211㈹
文藝春秋ホームページ　http://www.bunshun.co.jp

落丁、乱丁本は、お手数ですが小社製作部宛お送り下さい。送料小社負担でお取替致します。

印刷・凸版印刷　製本・加藤製本
Printed in Japan
ISBN978-4-16-791450-9